DIE 4 VOM SEE

BAND 4

ALEXANDER LOMBARDI · SANDRA BINDER
DIE 4 VOM SEE
Der Wächter
der goldenen Schale
WDL
WORT DES LEBENS
SCM

SCM

Stiftung Christliche Medien

SCM ist ein Imprint der SCM Verlagsgruppe, die zur Stiftung Christliche Medien gehört, einer gemeinnützigen Stiftung, die sich für die Förderung und Verbreitung christlicher Bücher, Zeitschriften, Filme und Musik einsetzt.

MIX
Papier | Fördert gute Waldnutzung
FSC® C014496

3. Auflage 2024

Max-Eyth-Straße 41 · 71088 Holzgerlingen
Internet: www.scm-verlag.de; E-Mail: info@scm-verlag.de

Umschlaggestaltung: Patrick Horlacher, Stuttgart
Titelbild und Illustrationen: Clara Vath, vath-art.de
Satz: Burkhard Lieverkus, Wuppertal
Druck und Verarbeitung: GGP Media GmbH, Pößneck
Gedruckt in Deutschland

ISBN 978-3-417-28874-2
Bestell-Nr. 228.874

Inhalt

Die 4 vom See – das sind …

Antonia Reihmann

Alter: 12
Hobbys: Klettern, Archäologie
Beste Freundin: Emma
Lieblingsort: Antonia hängt am liebsten im »alten Heinrich« ab oder sitzt auf dem Burgturm und guckt auf den Starnberger See. Außerdem klettert sie auf jeden Berg, der ihr in die Quere kommt.
Lieblingsessen: Wiener Schnitzel mit Pommes
Besondere Kennzeichen: trägt immer Jeans und Sneaker. Hat Diabetes.

Emma Weiß

Alter: 12
Hobbys: Reiten, Biologie
Beste Freundin: Antonia
Lieblingsbeschäftigung: auf ihrem Pferd »Firestorm« reiten, mit ihren Freunden abhängen, Lesen, Träumen und in ihrem Labor forschen
Besondere Kennzeichen: Emma ist Vegetarierin. Sie trägt eine Brille und geht ohne Pferdeschwanz nicht aus dem Haus.

Franky Giuliani
Alter: 12
Hobbys: Computer, Zocken, Kochen
Bester Freund: Jaron
Lieblingsessen: Pizza und Döner
Besondere Kennzeichen: Franky trägt am liebsten Jogginghosen. Auf seine Baseballkappe würde er niemals verzichten. Außerdem hat er immer das neueste Smartphone.

Jaron Rahn
Alter: 12
Hobbys: Kung-Fu
Bester Freund: Franky
Lieblingsbeschäftigung: mit seinen Freunden zusammen sein, in Flugzeugbüchern stöbern, Flugzeugmodelle bauen
Lieblingsessen: Currywurst mit Pommes
Besondere Kennzeichen: hat immer perfekt gestylte Haare.

Was bisher geschah

Antonia, Jaron, Emma und Franky leben am Starnberger See und sind die besten Freunde. Antonia und Jaron wohnen beide in der Seeburg, einer Jugendherberge direkt am Ufer. Emma lebt mit ihrem Vater und ihrer Stiefmutter ein paar Kilometer südlich davon und Frankys Eltern gehört die Pizzeria am Sportplatz in Allmannshausen.

Vor einigen Monaten sind die »vier vom See« durch Zufall unter der Dorfkirche in Allmannshausen auf eine verborgene Gruft gestoßen und haben darin eine Broschenfassung und einen Bernstein entdeckt. In die Brosche ist ein lateinischer Spruch eingraviert: *Et absterget Deus omnem lacrimam ab oculis – Gott wird abwischen alle Tränen von ihren Augen*. Das ist ein Vers aus der Offenbarung, dem letzten Buch der Bibel.

Es gibt eine Legende, nach der diese Brosche zum Versteck eines unbezahlbaren Schatzes führen soll: einer goldenen Schale aus dem Tempel in Jerusalem, die schon seit zweitausend Jahren am Ufer des Starnberger Sees versteckt sein soll.

Allerdings ist die Brosche zunächst noch nicht vollständig – es fehlen offenbar noch zwei Edelsteine, die neben dem Bernstein in die Fassung gehören. Die vier Freunde machen sich auf die Suche. Mit Scharfsinn und viel Glück finden sie den zweiten Stein unter einer kreuzförmig gewachsenen Eiche und den dritten Stein schließlich am Ort einer versiegten Quelle.

Hilfe bekommen sie dabei immer wieder von Richard Weixlhammer, einem Antiquitätenhändler, der sehr viel über die Legenden rund um den See weiß. Als sie ihm jedoch von der verborgenen Gruft erzählen, reagiert er ganz anders als erwartet. Die Freunde sind sich nicht einig, ob sie ihm vertrauen können.

Noch jemand scheint sehr viel über den Schatz zu wissen: Opa Hans, ein alter Fischer, der für Antonia eine Art Ersatzopa ist. Sie hat großes Vertrauen zu ihm und auch die anderen drei schätzen seinen Rat. Sobald aber von der Schatzsuche die Rede ist, wird Opa Hans sehr verschlossen. Er warnt die Freunde mehrmals davor, die Suche fortzusetzen.

Doch sie lassen sich nicht abhalten. Jetzt, wo sie die komplette Brosche haben, kann es nicht mehr lange dauern, bis sie ihr Ziel erreicht haben. Was sie allerdings genau mit der Brosche anfangen sollen, wissen sie noch nicht …

Kapitel 1:

Auf dem Speicher

Schloss Unterallmannshausen, im Jahr 1894

Ludwig erinnerte sich noch deutlich: »Sucht in den Ecken«, hatte Sepp, der alte Stallbursche, genuschelt. *Leichter gesagt als getan*, dachte Ludwig, als er mit seinem Freund Michi nun in dem großen, dunklen Raum unter den Dachbalken stand. *Hier gibt es viele Ecken.*

Michi hielt seine Lampe hoch, ihr Schein fiel über Kisten voller Gerümpel und zerbrochene Möbel.

Staub kitzelte Ludwig in der Nase. Er nieste.

»Was hat Sepp noch mal gesagt, wie sieht der Sekretär aus?«, fragte Michi.

»Etwa so groß wie ich, und aus dunklem, gemasertem Holz«, erklärte Ludwig. »Obendran sei ein Schmuckelement, dem eine große Ecke fehlt. Das sei auch der Grund, warum das Ding auf dem Speicher gelandet ist.«

»Vor dreizehn Jahren«, hatte der Stallbursche erzählt, »hat das Schloss ein neues Obergeschoss bekommen. Und als wir die Möbel eingeräumt haben, ist dem Willy auf der Treppe der Sekretär aus den Händen gerutscht und die Stufen hinuntergefallen.«

Sepp hatte gegrinst. »Da ist mir aufgefallen, dass sich ganz hinten über der Tischplatte etwas verschoben hatte. Es sah aus wie die Tür eines kleinen Faches. Das hat man vorher nicht sehen können. Ein Geheimfach!«

Und genau danach suchten sie jetzt. Michi, sein bester Freund, war sofort Feuer und Flamme gewesen, als Ludwig ihm davon berichtet hatte. Beide waren noch nie hier oben auf dem Speicher gewesen.

Michi ging ein paar Schritte weiter, und Ludwig trat an ein windschiefes Regal, das mitten im Raum stand.

Schlosshotel Unterallmannshausen

In welcher Ecke der Sekretär wohl steht?, überlegte Jaron, während er sich aufmerksam auf dem Dachboden von Schloss Unterallmannshausen umschaute. Den Schlüssel mit dem *FB*-Monogramm drehte er dabei in seiner Tasche.

Hinter sich hörte er, wie Isabelle in der staubigen Luft nieste. »Gesundheit«, sagte er, ohne sich umzudrehen.

»Danke«, schniefte sie. »Was willst du eigentlich hier oben? Sollen wir nicht lieber wieder runtergehen? Wir könnten eine Runde im Pool schwimmen.«

Sie hatte ihn nur widerwillig hier heraufgeführt und war an der Tür zum Speicher stehen geblieben. Als Jaron sie um eine Schlossführung gebeten hatte, hatte sie bestimmt ein anderes Programm im Sinn gehabt. Seit ihrer Geburtstagsfeier im vergangenen Herbst hatte Isabelle immer wieder versucht, ihm näherzukommen.

Doch Jaron war ihr bisher stets ausgewichen. Er fand Isabelle hübsch, mochte aber ihre zickige und eingebildete Art nicht, obwohl sie zu ihm immer nett war. Diesmal aber nutzte er ihr Interesse, denn nur so bekam er die Gelegenheit, den Speicher des Schlosshotels nach dem Sekretär abzusuchen.

»Warum denn?«, wiegelte Jaron ab. »Hier ist es doch voll cool.«

»Na ja«, meinte Isabelle und wischte angewidert mit dem Finger über einen alten Tisch, »ich find's ekelig und gruselig.«

»Stimmt, und deswegen ist es doch voll spannend. Vielleicht finden wir ja einen Schatz.«

»Ja, klar.« Isabelle verdrehte die Augen, holte ein Taschentuch aus ihrer Hosentasche und putzte sich lautstark die Nase.

»Weißt du, was das für Möbel sind?«

»Keine Ahnung«, sagte sie verschnupft, »ich war noch nie hier oben.«

»Echt nicht? Krass.«

Jaron ließ den Strahl seiner Taschenlampe über den Dachboden schweifen. Direkt vor ihm, mitten in dem großen Raum, stand ein Regal. Von oben, durch eine Stelle im Dach, wo es mit Glasziegeln gedeckt war, fiel ein wenig Tageslicht. Staub wirbelte im Lichtkegel der Taschenlampe, Spinnweben hingen überall. Es roch nach Politur und alten Büchern. *Altertümlich irgendwie,* dachte Jaron, *aber nicht unangenehm.*

Er trat einen Schritt auf das Regal zu und sah nach, was dort auf den Brettern lag.

Erstaunt streckte er dann seine freie Hand aus. »Hier liegen Waffen!«, rief er dem Mädchen zu, das sich immer noch nicht vom Fleck gerührt hatte. Er nahm einen der Gegenstände und drehte ihn hin und her. »Ich glaube, das ist eine Armbrust«, überlegte er.

»Schön«, schnaubte Isabelle. »Können wir dann bitte wieder gehen?«

»Ja, gleich«, sagte Jaron und legte die Waffe wieder auf ihren Platz zurück. »Nur noch diese Ecke dort.« Er hatte bemerkt, dass dort tatsächlich Möbel standen. Ob der Sekretär des jungen Grafen dabei war?

Schloss Unterallmannshausen, im Jahr 1894

»Schau, mal, Luggi«, rief Michi, griff nach einem der verstaubten Gegenstände, die in dem Regal lagen, und hob ihn hoch. Es war eine Armbrust. »Mann, die ist ja mächtig schwer«, meinte er, während er damit herumfuchtelte.

Ludwig trat zu ihm, nahm die Waffe in die Hände und betrachtete sie mit Kennerblick. »Die muss richtig alt sein«, erklärte er dann und legte sie an. Er kniff ein Auge zu und visierte seinen Freund an.

Der wich erschrocken einen Schritt zurück und rief: »He, mach keinen Unsinn!«

Ludwig lachte und nahm die Armbrust wieder herunter. »Angsthase!« erwiderte er. »Da liegt doch gar kein Bolzen drauf.«

»Bolzen?«

»Ja, die Munition. Mit solchen Armbrüsten hat man früher kleine Metallstifte verschossen. Hauptsächlich auf der Jagd.« Ludwig legte die Waffe wieder in das Regal zurück und sah sich um.

Als Michi die Armbrust weiterhin stirnrunzelnd betrachtete, boxte Ludwig ihn in die Seite. »Komm weiter, ich will endlich wissen, ob Sepp die Wahrheit gesagt hat.«

Daraufhin leuchtete Michi in den Raum hinein. In einer Ecke stapelten sich Hirschgeweihe und ausgestopfte Tiere – wohl Exemplare, die entweder keinen Platz mehr in der eindrucksvollen Trophäensammlung im Herrenzimmer von Ludwigs Eltern gefunden hatten oder beschädigt waren.

An einer Wand lehnten Bilder. Eines davon zeigte einen Jungen, etwa so alt wie Ludwig selbst, in einer altmodischen blauen Jacke. Aufrecht stand er da, die rechte Hand auf eine Säule gelegt, und sah den Betrachter etwas schüchtern an. Ein hässlicher Riss, der quer über die Leinwand ging, ließ keinen Zweifel daran, warum dieses Gemälde zurzeit nicht in der Ahnengalerie hing. Vermutlich sollte es irgendwann restauriert werden.

Michi verschwand zwischen einigen Möbeln, der Lampenschein flackerte gedämpft über die Holzbalken am Dachstuhl.

Ludwig beeilte sich, seinem Freund zu folgen.

Als er zu ihm trat, betrachtete Michi gerade einen schrankähnlichen Gegenstand, der in einer Ecke an die Dachschräge gerückt war. »Ist es das?«, fragte er.

»Könnte sein«, antwortete Ludwig. Das Möbelstück sah tatsächlich in etwa so aus, wie Sepp den Sekretär beschrieben hatte. »Lass uns mal genauer nachschauen.«

Gemeinsam räumten sie einen Kinderwagen mit zerbrochenem Rad, zwei Stühle ohne Sitzfläche und einen ganzen Haufen löchriger Säcke beiseite, um an das Möbelstück heranzukommen. Dabei wurde so viel Staub aufgewirbelt, dass Michi nun ebenfalls niesen musste.

Ludwig ärgerte sich wieder einmal darüber, dass er so schlechte Augen hatte. Bei schwacher Beleuchtung konnte er manche Einzelheiten kaum wahrnehmen. Er kniff die Lider zusammen und fuhr mit den Händen über das Holz.

Michi stand neben ihm und hielt die Lampe.

Unter der Dachschräge, im hintersten Winkel, sah Jaron ein Möbelstück, das ganz an die Wand gerückt war.

Er ging um das Regal herum und zwängte sich zwischen den Gegenständen hindurch, die hier aufgetürmt waren: Stapel von vergilbten Büchern, zerbrochene Tische und Stühle, die aussahen, als hätten sie noch vor Kurzem in einem der Hotelzimmer gestanden. Weiter hinten gab es alte Hirschgeweihe und gerahmte Fotografien – alles Mögliche, was im Schlosshotel einmal seinen Dienst getan hatte und nun nicht mehr gebraucht wurde.

Während Jaron sich vorkämpfte, nahm er eine Menge Dreck mit. Und als er endlich vor dem Möbelstück stand, sah seine Jeans ganz weiß aus.

Der Sekretär hatte etwa Jarons Größe und bestand aus dunklem, gemasertem Holz. In den Aufsatz schienen, soweit das unter der dicken Staubschicht zu erkennen war, Muster in einem anderen Material eingearbeitet zu sein.

Jaron ließ den Schein der Lampe über jedes Detail gleiten und versuchte, das, was er sah, mit dem Ölgemälde zu vergleichen. *Das muss es sein,* dachte er. Zur Sicherheit schaute er sich noch einmal um, aber etwas Vergleichbares konnte er nirgends entdecken.

Obwohl das Möbelstück in einem schlimmen Zustand war – eine Schranktür war abgerissen und an dem oberen Schmuckelement fehlte eine Ecke –, strahlte es immer noch Reichtum und Luxus aus. Es war deutlich, dass es einmal sehr beeindruckend gewesen sein musste.

Als Jaron die Fächer oberhalb der Tischplatte betrachtete, machte sich Enttäuschung in ihm breit. Der Aufsatz war stark beschädigt, auch hier fehlten die Türen zu einigen Fächern. Ob da noch irgendwo etwas zu finden war?

Er beugte sich weiter vor und leuchtete in ein Fach rechts von der Aussparung in der Mitte. An der Rückwand hatte sich ein Brett verkantet. Und schließlich entdeckte Jaron sogar ein kleines Schlüsselloch, das er fast übersehen hätte.

Ob dort ein Geheimfach ist? Ob Ferdinand da wohl etwas aufbewahrt hat?

Er zog den kleinen silbernen Schlüssel aus seiner Tasche und musterte ihn. Würde er passen?

»Können wir jetzt endlich gehen?«, maulte Isabelle von Weitem. »Mir wird auch langsam kalt.« Sie hatte sich noch immer keinen Zentimeter vom Fleck gerührt.

Geh mir nicht auf die Nerven, dachte Jaron und sagte beschwichtigend: »Ja, gleich!«

Als Jaron und seine Freunde den silbernen Schlüssel in einer verborgenen Gruft unter der Sankt-Valentins-Kapelle gefunden hatten, hatten sie zunächst nichts damit anfangen können. Erst später hatten sie herausgefunden, dass das Monogramm *FB* auf Ferdinand von Beilstein hinwies, der Ende des 16. Jahrhunderts in jener Gruft ums Leben gekommen war. Die Freunde vermuteten, dass der Schlüssel zu einem Sekretär gehörte, der auf dem Porträt des jungen Grafen abgebildet war.

Jaron steckte den Schlüssel in das kleine Schlüsselloch. Er passte, und Jarons Puls beschleunigte sich. Vorsichtig drehte er den Schlüssel und brauchte dafür mehr Kraft, als er erwartet hatte.

Es knirschte, dann knackte es leise.

Jaron zog an dem Brett, bis es sich schließlich bewegte. Er fegte mit der Hand Staub und Schmutz beiseite, um besser in das Geheimfach hineinsehen zu können. Dann hob er sein Handy und leuchtete.

Das Fach war leer.

Schloss Unterallmannshausen, im Jahr 1894

Das dunkel gemaserte Holz des Sekretärs schimmerte im Zwielicht. Fein ausgearbeitete Ornamente schmückten den beschädigten Aufsatz.

»Ich glaube, wir haben das richtige Möbelstück gefunden. Da sind noch alte Papiere drin«, sagte Michi, während er sich bückte. »Briefe oder so.« Er griff in ein Fach und holte einen Stapel alter Briefumschläge heraus, die mit einem Lederstreifen zusammengebunden waren.

Ludwig trat noch dichter heran und spähte in die Fächer über der Tischplatte. »Leuchte mal hier hinein«, bat er seinen Freund.

Michi tat ihm den Gefallen.

Die meisten der kleinen Türen ließen sich nicht öffnen, als Ludwig an ihnen rüttelte. Schließlich nahm er seinem Freund die Lampe aus der Hand und beugte seinen Kopf über die Platte. Er sah, dass ein Teil der Rückwand aus ihrer Fassung gerutscht war.

»Genau wie Sepp beschrieben hat«, sagte er über die Schulter zu Michi. »Das sieht aus wie eine Geheimtür!«

»Zeig mal«, verlangte Michi und stieß Ludwig beiseite.

»He!«, protestierte der und wich zurück.

Michi murmelte: »Tschuldigung«, und tastete mit den Fingern an der Kante entlang. »Da ist auch ein

Schlüsselloch«, sagte er. »Aber es sitzt ganz in der Ecke, nur schwer zu entdecken.« Er griff an das Brett und rüttelte daran.

Ludwig lachte. »So leicht kriegst du das bestimmt nicht auf.«

»Muss ich gar nicht«, keuchte Michi und zog kräftiger. »Ich will ja nur mal einen Blick hineinwerfen.« Und tatsächlich schaffte er es, die Tür ein wenig weiter nach außen zu biegen.

Mit einem Mal gab das Holz nach.

»Na toll, jetzt hast du es kaputt gemacht«, beschwerte sich Ludwig.

Michi zuckte mit den Schultern. »Ach was, das können wir leicht wieder einsetzen. Und jetzt können wir immerhin in das Fach schauen. Leuchte doch mal.«

Sein Freund hielt die Lampe höher, und Michi griff, so weit er konnte, in das Fach hinein.

Ludwig beobachtete, wie er im Schrank umhertastete und schließlich die Hand wieder ins Freie zog. Er hielt ein zusammengefaltetes Papier darin. »Das ist alles, was drin lag«, sagte er und faltete das dünne Blatt vorsichtig auseinander.

Neugierig beugte sich Ludwig darüber.

Es war eine Zeichnung mit schwarzer Farbe, die aussah wie Kohle. Es schien, als hätte jemand das Blatt auf eine unebene Oberfläche gelegt und das Darunterliegende abgepaust. Im schwachen Licht der Lampe konnte Ludwig leider kaum etwas erkennen.

Michi aber sagte: »Das ist ein Vogel! Ein Vogel auf einem Ast.« Er hob das Blatt näher an die Augen. »Und hier steht etwas: ›Der erste Hinweis auf das Versteck der Schale. Relief im Fels auf der Rottmannshöhe. Ferdinand von Beilstein, 1571.‹«

Er ließ das Papier sinken. »Es stimmt also, was Sepp erzählt hat«, sagte er und sah Ludwig triumphierend an. »Am Würmsee ist eine kostbare goldene Schale versteckt, die aus dem Tempel in Jerusalem stammt. Wie aufregend!«

Nachdem sie die Zeichnung wieder zusammengefaltet hatten, steckte Ludwig sie ein. Er freute sich schon darauf, sie bei besserem Licht zu studieren.

»Komm schon, lass uns gehen«, forderte er seinen Freund auf. »Hier gibt es wohl nichts Interessantes mehr zu entdecken.«

»Ich will erst noch die Tür wieder einsetzen«, meinte Michi und schaffte es auch tatsächlich, das herausgelöste kleine Brett wieder am richtigen Platz zu verstauen. Dann ging er seinem Freund hinterher.

Als sie bei dem Regal mit den alten Jagdwaffen vorbeikamen, blieb er jedoch stehen und griff noch einmal in ein Fach. »Schau mal, Luggi, die ist besonders schön.« Er hob mit beiden Händen eine Armbrust hoch, deren Griff und Schaft mit metallenen Ornamenten verziert waren. Er legte sie auf einen Arm und beugte den Kopf darüber.

Mit einem leisen Pfeifen schwenkte er die Waffe in Richtung Ludwig. Der sah ihm dabei zu und lächelte nur.

Dann drückte Michi den Abzug.

Brennender Schmerz durchzuckte Ludwigs Kopf. Im selben Moment ertönte hinter ihm ein Klirren, als ob eine Vase in tausend Scherben zersplittert sei.

Er schrie auf und griff sich über dem rechten Ohr an seinen Kopf. Als er die Hand zurückzog, war sie voller Blut.

Michi hatte die Armbrust fallen lassen und war mit zwei Schritten bei seinem Freund. »Luggi«, rief er erschrocken. »Was ist denn jetzt passiert?«

»Die Armbrust war geladen, du Idiot!«, schrie Ludwig ihn an. Tränen stiegen in seine Augen, und er hatte das Gefühl, dass Blut in den Kragen seiner Lodenjacke tropfte.

Auch in Michis Augen standen Tränen. »Das wusste ich nicht! Es tut mir so leid, Luggi. Lass mal sehen.«

»Lass mich!«, fauchte Ludwig verärgert. Die Stelle, wo ihn der Bolzen gestreift hatte, brannte heftig. Er fühlte, dass ihm ein wenig schwindelig wurde.

Schnell drehte er sich um und ging zu der Falltür zurück, durch die sie auf den Dachboden geklettert waren.

Michi folgte ihm schweigend.

Kapitel 1:

Der Phönix

Am Starnberger See,
ein paar Tage vorher

»Aaah! Solo una canzone!«, sang Franky und übertönte damit sogar die voll aufgedrehte Box, die er im *alten Heinrich* installiert hatte. Weil er nur etwa jeden zweiten Ton korrekt traf und den Rest einfach improvisierte, klang diese Mischung äußerst schrill.

Jaron, die Hand an der Außenklinke des ausgemusterten Zirkuswagens, drehte sich zu Antonia um und sah sie stirnrunzelnd an. »Hat noch keiner von uns herausgefunden, wo er diese blöde Box versteckt hat, mit der er uns immer karaoke-foltert?«

Antonia seufzte. »Nein, wie du unschwer hören kannst, hat das noch niemand geschafft. Keine Ahnung, wie Franky das hinkriegt.«

Der Wagen, auf dem das Logo eines *Zirkus Heinrich* langsam verblasste, war der Treffpunkt der vier Freunde, wo sie in Ruhe neue Abenteuer planen konnten. Und *Die vier vom See*, wie sie sich nannten, hatten in den vergangenen Monaten schon so einige davon bestanden.

Plötzlich wäre Jaron beinahe die Tür an die Stirn geprallt, so schnell wurde sie von innen aufgestoßen.

Dann stapfte Emma sichtlich genervt die Stufen hinunter und knallte die Tür hinter sich zu. »Er feiert«, schnaubte sie, »und behauptet, das mache man in Italien so. Wenn das stimmt, will ich da nie hin.«

»Also feiern wir heute nicht nur seinen Geburtstag, sondern er hat den Gips tatsächlich ab?«, fragte Jaron.

Emma nickte. »Ja, das hat geklappt. Er ist ihn los.«

Franky hatte sich vor etwa zwei Monaten bei einem Fußballspiel den Ellbogen verletzt. Die Heilung hatte sich aus verschiedenen Gründen in die Länge gezogen, sodass er den Arm eine ganze Weile in Gips gehabt hatte. Das war für den begabten Programmierer und Hacker eine echte Einschränkung gewesen.

Also schon irgendwie verständlich, dass ihm zum Feiern zumute ist, dachte Jaron und grinste in sich hinein. *Und dann ist auch noch sein Geburtstag – eine bessere Gelegenheit gibt es nicht.*

Die Tür des Zirkuswagens wurde erneut aufgerissen und Franky breitete die Arme aus. »Amici!«, rief er. »Kommt doch rein, hier ist Party! Ich habe Pizza dabei – Zeit zu feiern!«

Aus der offenen Tür drang die Popmusik nun so laut, dass Jaron ihn kaum verstehen konnte. Gleichzeitig roch er einen verlockenden Duft und merkte, wie ihm das Wasser im Mund zusammenlief. Frankys Vater servierte in seiner Pizzeria am Sportplatz die beste Pizza der ganzen Gegend.

»Gerne. Aber nur, wenn du den Lärm runterfährst«, rief Antonia.

»Lärm? Welchen Lärm?«, erwiderte Franky.

»Mach dieses Gejaule aus!«, brüllte sie und trat näher.

Beschwichtigend hob er die Hände. »Jo, chill mal. Ihr habt einfach keine Ahnung von guter Musik.«

»Jetzt mach leiser!«

»Ja, ja, keine Sorge.« Mit diesen Worten drehte Franky sich um und verschwand im Wagen.

Jaron, Emma und Antonia folgten ihm.

Nachdem Franky die Musik mithilfe seines Handys auf ein erträgliches Maß reduziert hatte, winkte er seinen Freunden, sich zu setzen. Auf dem kleinen Tisch am Fenster standen vier offene Pizzaschachteln neben einer Flasche Limonade und Gläsern.

Obwohl Jaron es kaum erwarten konnte, mit dem Essen anzufangen, folgte er dieser Aufforderung nicht sofort. Etwas anderes kam zuerst. »Hey, zeig mal her!«, sagte er zu seinem Freund.

Daraufhin schob Franky strahlend einen Ärmel hoch und streckte ihm seinen Arm entgegen. Der war sichtlich dünn geworden, die Haut war völlig bleich und ein wenig verschrumpelt. »Das hat so dermaßen gestunken, als sie den Gips abgemacht haben«, berichtete er geradezu triumphierend. »Und eine ganze Schicht Haut konnte ich abrubbeln.«

»Igitt!«, sagte Emma. »Wenn du so eklige Sachen erzählst, kannst du deine Pizza gleich allein essen.«

»O super«, freute er sich. »Da gibt es noch was viel Ekligeres, wisst ihr, als ich …«

»Stopp!«, sagte Jaron. »Ich hab Hunger, lasst uns essen.«

Alle setzten sich an den Tisch. Antonia sprach ein kurzes Dankgebet, dann griffen alle herzhaft zu. Franky hatte jedermanns Lieblingspizza besorgt – für Emma mit Pilzen, Antonia liebte Pizza Hawaii und Jaron Salami.

Franky selbst hatte seine ganz eigenen Vorstellungen von gutem Geschmack: Er kombinierte am liebsten Sardellen mit Peperoniwurst.

»Erzähl doch mal, was du zum Geburtstag gekriegt hast«, forderte Jaron ihn auf, während er in sein erstes Stück Pizza biss.

»O Mann, ihr werdet es nicht glauben: Meine Eltern haben einen 3-D-Drucker springen lassen!«

»Echt? Wahnsinn«, kommentierte Emma kauend, »so was hätte ich auch gerne. Dann kannst du jetzt alles ausdrucken, was du brauchst?«

Franky nickte. »Nur Pizza funktioniert leider nicht.«

Alle lachten.

Franky griff schon nach dem zweiten Stück. »Jetzt, wo ich wieder ganz fit bin, könnten wir doch eigentlich einen neuen Versuch starten. Was unsere Suche nach der Schale angeht, meine ich.«

Seit dem vergangenen Sommer bemühten sich die vier Freunde, ein großes Rätsel zu lösen: Franky war im Internet auf eine Legende gestoßen, die besagte, dass am Starnberger See ein geheimnisvoller Schatz versteckt sei. Unter der nah gelegenen Sankt-Valentins-Kapelle hatten die Freunde durch Zufall eine Gruft entdeckt, die mehrere Hinweise enthalten hatte: ein altes Tagebuch, dessen Schrift allerdings so verwischt war, dass sie nichts damit anfangen konnten, ein silberner Schlüssel, die Fassung einer Brosche und ein sichelförmiger Bernstein.

Offenbar sollte die Brosche – sobald sie komplett war – zum Versteck einer wertvollen goldenen Schale führen, die aus dem Tempel in Jerusalem stammte.

Die fehlenden beiden Steine, die neben dem Bernstein in die Broschenfassung hineinpassten, hatten die Freunde inzwischen auch tatsächlich gefunden. Doch immer noch hatten sie keine Ahnung, was sie mit dem Schmuckstück anfangen sollten.

Außer ihnen schienen noch zwei weitere Personen von der Existenz der Schale zu wissen: der Antiquitätenhändler Richard Weixlhammer – und Hans Bernwieser, ein älterer Fischer, der in einer Hütte direkt am See wohnte und für Antonia sozusagen ein Ersatz-Opa war. Beide Männer hatten ihnen schon gelegentlich gute Tipps gegeben und sie sogar aus gefährlichen Situationen gerettet.

Allerdings verhielten sich die beiden Männer manchmal auch ziemlich merkwürdig, sodass die Freunde nicht wussten, ob sie ihnen trauen sollten.

Emma seufzte zufrieden und schob ihre Pizzaschachtel von sich. »Ja, wir sollten weitersuchen. Aber ganz ehrlich: Ich habe keine Ahnung, wie wir das anstellen sollen. Noch mal Weixlhammer fragen? Oder Opa Hans? Ich bin mir nicht sicher, ob das eine gute Idee wäre.«

Jaron zuckte mit den Schultern, und auch Antonia sah ratlos aus.

»Jetzt bleibt mal ganz locker und lasst das Onkel Franky machen.« Vergnügt stopfte Franky sich den letzten Bissen in den Mund und wischte sich seine Hände an der Hose ab.

»Ja, klar, und wie willst du weiter vorgehen, ›Onkel Franky‹?«, meinte Antonia schnippisch.

»Lasst uns doch einfach noch mal in Ruhe über alles nachdenken und zusammentragen, was wir bisher schon herausgefunden haben.«

»Na, wenn du meinst, dass das mit dem Denken bei dir klappt«, foppte Jaron seinen besten Freund.

»Lasst den Meister nur machen«, gab Franky selbstsicher zurück, worauf Antonia schnaubte und Emma kicherte.

Der Computerspezialist griff nach seinem Tablet. »Also, auf dem letzten Stein, den wir an der Zährenborn-Quelle gefunden haben, war ein Vogel abgebildet, richtig?«

»Richtig«, sagte Antonia.

»Hol den Stein doch mal her.«

»Aber natürlich, großer Meister, ich tue alles, was du sagst«, erwiderte sie ironisch und stand auf.

Emma stapelte inzwischen alle Kartons aufeinander und räumte den Tisch ab.

Antonia holte die Brosche aus ihrem Versteck und legte sie auf die Tischplatte. Die runde Broschenfassung war etwa so groß wie eine Mandarine. Auf der Rückseite war unter der Nadel ein lateinischer Spruch eingeritzt: *Et absterget Deus omnem lacrimam ab oculis – Gott wird abwischen alle Tränen von ihren Augen*, ein Spruch aus der Offenbarung, dem letzten Buch der Bibel.

Die einzelnen Bestandteile dieses Spruchs fanden sich auch auf den drei Steinen, die sich in die Fassung einsetzen ließen.

In einen sichelförmigen Bernstein war außerdem ein Kreuz eingearbeitet; es hatte sie zu einem Baum geführt, dessen zwei Stämme kreuzförmig übereinandergewachsen waren.

Dort hatten sie den zweiten Stein entdeckt, einen Mondstein in der Form eines Fisches. Die Tränen oder Wassertropfen darauf hatten auf das Versteck des dritten Steins hingewiesen: eine längst versiegte Quelle namens Zährenborn.

Der dritte Stein, eine Koralle, den sie dort gefunden hatten, war wieder sichelförmig. Auf ihm war ein Vogel zu sehen. Er saß auf einem Ast, reckte den langen Hals und breitete die Flügel aus.

Dieser letzte Stein, so hofften die Freunde, würde sie nun endlich zum Versteck der goldenen Schale führen.

»Okay, wir hatten uns geeinigt, dass dieses Vogelvieh ein Phönix sein könnte«, meinte Jaron.

»Ja, nachdem ich tagelang im Internet nach allen möglichen Vogelbildern geforscht habe«, ergänzte Franky.

»Das war ja für den großen Meister kein Problem, oder – Onkel Franky?« Antonia zog die Augenbrauen hoch.

Franky grinste. »Ich lese mal vor, was wir über diesen komischen Phönix schon alles rausgefunden haben.« Er öffnete Wikipedia und las:

»Der Phönix (…) ist ein mythischer Vogel, der am Ende seines Lebenszyklus verbrennt oder stirbt, um aus dem verwesenden Leib oder aus seiner Asche wieder neu zu erstehen. Diese Vorstellung findet sich heute noch in der Redewendung ›wie Phönix aus der Asche‹ für etwas, das schon verloren geglaubt war, aber in neuem Glanz wieder erscheint ... Bei den Christen galt er als Sinnbild der Auferstehung.«

»Schon krass«, kommentierte Jaron, als Franky fertig war.

»Okay, so viel zum Phönix. Was haben wir noch?«, fragte Emma.

Antonia begann aufzuzählen: »Wir haben es mit drei verschiedenen Symbolen zu tun, jedes bezieht sich auf den Bibelspruch auf der Brosche. *Et absterget Deus* bedeutet ›Gott wird abwischen‹.« Sie betrachtete die Brosche, die sie in der Hand hielt.

»Dem Anfang des Spruchs können wir das Kreuz auf dem Bernstein zuordnen. Es ist das Zeichen für Jesus – also Gottes Sohn«, stellte Jaron fest. »Und der zweite Stein mit der Inschrift *omnem lacrimam* – ›alle Tränen‹ – hatte Tränen eingraviert.«

»Dass dies zusammenpasst, ist offensichtlich. Vermutlich soll der dritte Stein mit der Inschrift *ab oculis* – ›von ihren Augen‹ – auf eine Erneuerung hinweisen. Der Phönix als Symbol der Auferstehung lässt sich damit gut vereinbaren«, überlegte Franky, während er weiter konzentriert auf sein Tablet starrte. »Der ganze Spruch steht in der Offenbarung, also dem Buch der Bibel, das sich mit der Wiederkunft von Jesus beschäftigt. Wenn Jesus wiederkommt, wird er alle Tränen abwischen, er wird alles neu machen und wir werden auferstehen.«

»Mag ja alles stimmen«, warf Jaron ein, »klingt alles logisch. Aber was ich nicht verstehe: Auf welchen Ort weist denn nun der Phönix hin? Von dem Kreuz und den Tränen konnten wir die Verstecke der beiden fehlenden Steine herleiten. Aber worauf bezieht sich dieses Federvieh – auf einen Hühnerstall vielleicht?«

Die anderen drei lachten.

»Hühnerstall ist gut«, prustete Franky. »Und die Schale als Osternest – passt doch.«

»Jetzt aber mal ernsthaft: Was sollen wir mit dem Phönix anfangen – habt ihr eine Ahnung?«, fragte Jaron.

»Nein, keinen Schimmer«, gab Emma zu.

Auch Antonia und Franky schüttelten den Kopf.

»Und was sollen wir dann jetzt machen?«

»Vielleicht gehen wir einfach noch mal an den Anfang unserer Suche zurück«, schlug Franky vor. »Damals haben wir bei Weixlhammer doch dieses Buch über die Legenden vom Starnberger See gesehen, wisst ihr noch? Inzwischen habe ich es nicht nur online gelesen, sondern mir sogar ein Exemplar der Printausgabe besorgt. Und ratet mal, wie die Autorin heißt.«

»Keine Ahnung, sag schon«, erwiderte Jaron ungeduldig.

Franky griff in seinen Rucksack, holte ein abgegriffenes kleines Büchlein mit verblasstem grünem Leineneinband hervor und streckte es den anderen hin. »Die Autorin heißt Martha Weixlhammer.«

»Gibt's ja nicht!«, rief Emma.

»Krass«, ergänzte Jaron. »Ist die mit unserem Antiquitätenhändler verwandt?«

»Könnte schon sein«, meinte Antonia.

»Vielleicht macht es doch Sinn, dass wir noch mal mit Weixlhammer reden.« Franky blickte in die Runde.

Antonia verzog das Gesicht. »Oh, nee, bitte nicht, ich trau diesem schrägen Vogel nicht über den Weg.«

»Ja klar, du willst bestimmt zu Opa Hans gehen, oder?«, sagte Franky etwas gereizt.

»Genau, das will ich! Der scheint nämlich mehr zu wissen, als er uns bisher erzählt hat.«

»Aber er rückt eben nicht mit der Sprache raus«, gab Emma zu bedenken. »Und er hat sich manchmal schon reichlich merkwürdig benommen.«

»Das stimmt«, erklärte Jaron. »Und was Weixlhammer betrifft: Wenn er uns vor einigen Wochen nicht unterstützt hätte, hätten wir diese Dr. Dragumir mit ihren Machenschaften jedenfalls nicht drangekriegt.«

Dr. Dragumir hatte Frankys Arm in der Klinik in Kempfenhausen behandelt; die Freunde waren dahintergekommen, dass sie Gelder im großen Stil unterschlagen hatte. Bei der spektakulären Aufdeckung des Skandals hatte der Antiquitätenhändler zum Schluss tatkräftig mitgeholfen.

»Ich bin derselben Meinung wie Franky: Ich denke, wir sollten noch mal mit Weixlhammer reden«, fuhr Jaron fort. Das mutige Vorgehen des alten Mannes hatte ihm imponiert, auch wenn dieser, zugegeben, ziemlich verschroben war.

»Ich bin für Opa Hans«, sagte Antonia bockig.

»Leute, so kommen wir doch nicht weiter«, seufzte Emma. »Wie wäre es, wenn wir uns aufteilen und jedem der beiden nur zwei Fundstücke zeigen? Dann weiß keiner von ihnen, dass wir schon die komplette Brosche haben, und wir kriegen doppelte Hilfe.«

»Gar keine blöde Idee«, stimmte Franky zu. »Obwohl Opa Hans die zusammengesetzte Brosche ja schon gesehen hat, als er mich damals im Krankenhaus besucht hat.«

»Mag sein, aber vielleicht weiß er das nicht mehr«, sagte Antonia. »Ich finde den Vorschlag auch gut.«

»Also, dann machen wir es so«, entschied Jaron. »Du und Franky, ihr sprecht mit Opa Hans, und, Emma, wir beide gehen zu Weixlhammer.«

»In Ordnung. Aber bevor wir das tun, möchte ich die Brosche gerne noch genau dokumentieren«, erklärte Emma. »Um sicherzugehen, dass wir noch alle Hinweise haben, sollte sie abhandenkommen.«

»Ganz die Wissenschaftlerin«, zog Jaron sie auf.

Emma begeisterte sich für Naturwissenschaften und

war unangefochten die Beste von ihnen, was Sachwissen, Experimente oder logisches Denken betraf.

Ohne auf seinen gutmütigen Spott einzugehen, holte sie einen Maßstab von der kleinen Werkbank, auf der sie immer ihre Versuche aufbaute. Sie positionierte die einzelnen Steine so, dass sie vom Tageslicht gut ausgeleucht wurden, legte den Zollstock daneben und fotografierte alle vier Fundstücke erst getrennt und dann zusammengesteckt von allen Seiten. Hinterher verstaute sie alles wieder in ihrem Versteck.

»So«, schloss sie befriedigt, »jetzt müssen wir die Originale gar nicht mehr mitnehmen, wenn wir zu Weixlhammer und Opa Hans gehen. Die Fotos genügen.« Sie tippte auf ihrem Smartphone und versendete die Bilder an ihre drei Freunde.

»Clever«, kommentierte Jaron, während er die Fotos auf seinem Display betrachtete.

»Tja.« In Emmas Stimme schwang ein kleiner Stolz, als sie ihre Brille zurechtrückte.

»Okay«, sagte Antonia, »dann kann's ja losgehen. Onkel Franky, sprechen wir morgen mit Opa Hans, wenn wir zu seiner Geburtstagsfeier gehen?«

»Aber natürlich, Chefin«, sagte er strahlend, »der Meister ist bereit.«

»Hast du eigentlich sein Geschenk besorgt, wie wir es abgesprochen hatten?«, fragte Emma.

»Klar«, sagte Antonia und deutete auf ein kleines Päckchen, das auf Emmas Labortisch lag. »Ein Smartphone für Senioren, wie geplant. Mein Vater hat sich um die SIM-Karte gekümmert, und eingerichtet ist das Handy auch schon. Opa Hans kann also gleich lostelefonieren. Seine neue Nummer schicke ich euch noch.«

»Super!«, lobte Emma, dann wandte sie sich an Jaron. »Und wir gehen zu Weixlhammer?«

»Ja, machen wir«, bestätigte Jaron, »aber erst am Mittwoch. Ich hab morgen Training und hinterher reicht die Zeit nicht mehr.«

Emma nickte.

Die vier Freunde verließen den Zirkuswagen. Antonia und Franky gingen voraus.

»Weißt du, was wir noch vergessen haben?«, sagte Emma zu Jaron. »Wir wollten doch den Sekretär suchen, zu dem der silberne Schlüssel gehört. Der, den wir in der Gruft gefunden haben.«

»Stimmt, im Schloss Unterallmannshausen. Hat ja beim letzten Mal nicht so gut geklappt«, meinte Jaron. Bei ihrem ersten Versuch, auf den Speicher des Schlosses zu gelangen, waren die vier Freunde nämlich entdeckt und rausgeworfen worden.

»Na ja, aber mir ist da eine Idee gekommen.« Emmas Stimme klang ein wenig geheimnisvoll, während sie Jaron anblickte.

»Eine Idee? Und welche?«, fragte Jaron verdutzt.

»Ähm – Isabelle?«, druckste Emma herum.

»Isabelle?«

»Ja, die steht doch voll auf dich.«

»Ach was«, winkte Jaron ab, konnte aber vor sich selbst nicht verleugnen, dass er es auch schon bemerkt hatte: Isabelle von Beilstein, die Tochter des stinkreichen Besitzers des Schlosshotels Unterallmannshausen – und bei Weitem das eitelste und eingebildetste Mädchen in der Klasse –, hatte ein Auge auf ihn geworfen.

»Ach komm, das ist ja wohl offensichtlich«, beharrte Emma. »Jedenfalls, könntest du sie nicht bitten, dir mal eine Schlossführung zu geben?«

»Vergiss es.« Jaron schüttelte den Kopf.

»Warum denn nicht?«

»Weil sie eingebildet ist. Wenn ich sie das frage, meint sie, dass ich auf sie stehe.«

»Ist doch egal. Du musst sie ja nicht heiraten.« Emma ließ nicht locker. »Das ist unsere beste Möglichkeit.«

Jaron war hin- und hergerissen. Er sah ein, dass die Idee gut war, aber mit Isabelle abhängen – nein, darauf konnte er wirklich verzichten. Ihm war die Gartenparty im Herbst noch in allzu schlechter Erinnerung.

»Jetzt stell dich nicht so an. Du sagst einfach, dass du auf den Speicher willst, und guckst dich nach dem Sekretär um. Wenn der da ist, probierst du den Schlüssel aus. Vielleicht verschafft uns das den entscheidenden Hinweis.« Sie sah ihn auffordernd an.

»Das wird niemals funktionieren«, versuchte Jaron, sich herauszuwinden.

»Das kannst du nicht wissen, solange du es nicht probierst. Komm schon, das ist die einzige Chance, die wir haben.«

Jaron wusste, dass sie recht hatte. Schließlich seufzte er und gab nach: »Na, gut, ich versuche es.«

»Du bist klasse!«, meinte Emma und umarmte ihn, was Jaron überraschte.

Nachdem sie davongeradelt war, holte Jaron sein Handy aus der Hosentasche und rief Isabelle an. Er brachte es lieber gleich hinter sich.

Isabelle ging sofort ran. »Hi, Jaron!«, flötete sie begeistert.

»Hi Isabelle«, sagte er. »Du, ich wollte dich fragen, ob dein Angebot noch gilt und du mir das Schloss zeigen kannst.«

»Klar, gerne!«

Jaron hörte, wie begeistert sie klang, und verzog sein Gesicht. Sie verabredeten sich für den Mittwochnachmittag.

Kapitel 2:

Streit

Am Starnberger See

Geschickt drückte Jaron seinen Gegner auf die Matte und hielt ihn fest, bis er die Niederlage eingestand.

»Sehr gut!«, lobte der Kung-Fu-Coach, der den Zweikampf beobachtet hatte. »Jaron, du machst große Fortschritte.«

Jaron richtete sich auf und zog seinen Kampfanzug zurecht.

Sein Gegner stand auf, sie verbeugten sich und beendeten so den Kampf.

»Gut, die Stunde ist zu Ende, bitte alle zum Schluss versammeln!«, rief der Coach den Trainierenden zu, die sich über den ganzen Saal verteilt hatten.

Als das Training offiziell beendet war und die meisten schon in der Umkleide verschwanden, nahm der Coach Jaron beiseite. »Jaron, du hast dich sehr verbessert, seit du bei uns bist«, sagte er.

»Danke«, antwortete Jaron verlegen, aber auch ein wenig stolz.

»Ich wollte dich fragen, ob du nicht Lust hast, in die Leistungsgruppe zu kommen.«

»Echt?«

»Ja, du hättest dann zwei Mal die Woche Training und würdest regelmäßig an Wettbewerben teilnehmen können, sogar an überregionalen.«

Jaron freute sich. Seit er vergangenen Sommer an den Starnberger See gezogen war, hatte ihm das Training viel mehr Spaß gemacht als vorher. Der Coach war besser als sein alter Trainer in Köln und der hiesige Verein viel besser ausgestattet. Jaron hatte sich schon lange gewünscht, in die Leistungsklasse aufgenommen zu werden. Nun war es endlich so weit.

»Gerne!«, antwortete er schnell.

»In zwei Wochen steht sogar schon ein Wettkampf an. Wenn du willst, kannst du daran teilnehmen.« Der Coach griff in seine Sporttasche, zog einen Zettel hervor und reichte ihn Jaron. »Hier sind die wichtigsten Informationen drauf. Alles Weitere kann ich ja dann mit deinen Eltern per E-Mail klären.«

Jaron nickte und steckte den Zettel ein. Nachdem er sich vom Coach verabschiedet hatte, zog er sich um und stopfte seine Trainingskleidung in seine Tasche.

Als er aus der Sporthalle trat, wartete schon seine Mutter im Auto. Sie saß zurückgelehnt auf dem Fahrersitz und öffnete die Augen erst, als Jaron die Beifahrertür öffnete.

Sie lächelte ihm müde zu und startete den Motor, während er sich anschnallte. »Na, war es gut?«, fragte sie.

»Und ob!«, antwortete er. »Du wirst nie raten, was heute passiert ist: Mein Coach lädt mich in die Leistungsgruppe ein!«

Sie sah ihn an. »Das ist ja super! Herzlichen Glückwunsch, mein Schatz.«

»Er hat gesagt, dass ich voll die Fortschritte gemacht habe, seit ich im Verein bin.«

»Das ist toll, das freut mich für dich.«

»Ab jetzt habe ich zweimal die Woche Training. In zwei Wochen ist sogar schon ein Wettkampf. Da will ich unbedingt hin.«

»Klingt toll! Wo ist denn dieser Wettkampf?«

Jaron kramte den Zettel, den der Coach ihm gegeben hatte, aus der Tasche. »Warte kurz, das steht hier irgendwo – in der Nähe von Nürnberg. Man fährt gemeinsam mit einem Bus hin und übernachtet sogar. Es kostet 180 Euro.«

»180 Euro! Das ist aber viel! Wieso kostet das denn so viel?«

»Hier steht: Für Anmeldegebühr, Übernachtung, Verpflegung und Busfahrt.« Jaron warf seiner Mutter einen Blick zu. Sie sah heute Abend wirklich sehr müde aus. Jetzt presste sie die Lippen aufeinander und Jaron ahnte nichts Gutes.

»Hm«, sagte sie und räusperte sich. »Schatz, das ist schon ganz schön viel.«

»Ja, ich weiß«, murmelte Jaron.

»Im Moment habe ich einfach nicht so viel Geld. Der Umzug war ziemlich teuer, und ich muss noch eine Weile die Raten für die neuen Möbel zahlen.«

Enttäuschung und Ärger stiegen in Jaron auf. »Aber das ist eine einmalige Chance!«, protestierte er.

»Das glaube ich nicht«, meinte seine Mutter. »Es wird sicherlich auch noch Wettkämpfe hier in der Nähe geben, die dann nicht so teuer sind.«

»Und woher willst du das so genau wissen?«

»Jaron, wir können uns das einfach nicht leisten. Ich verdiene weniger als früher. Und hier unten in Bayern ist alles viel teurer«, sagte seine Mutter energisch.

»Das ist nicht fair.« Jaron runzelte die Stirn.

»Ich weiß, dass das nicht fair ist, aber glaubst du, ich mache das mit Absicht? Ich kann das Geld leider nicht herzaubern!« Jetzt klang sie richtig gereizt.

»War ja klar«, knurrte er.

»Was war klar?«

»Nichts.« Jaron verschränkte die Arme und sah zum Seitenfenster hinaus.

»Schatz«, sagte seine Mutter betont ruhig, »ich würde mir das für dich wirklich wünschen, aber im Moment geht es einfach nicht.«

»Ja, nichts geht im Moment«, äffte Jaron sie nach. »Nichts, kein neues Rad, kein Urlaub, kein Wettkampf, einfach nichts!« Er konnte seine Enttäuschung nicht mehr zurückhalten. »Immer muss ich auf alles verzichten. Darauf habe ich keinen Bock mehr! Wenn Papa da wäre, dann würde er mir das erlauben!«

Schon in dem Moment, als ihm diese Worte über die Lippen kamen, wusste er, dass er einen Fehler gemacht hatte, und es tat ihm leid.

Seine Mutter sah ihn nicht an, sondern runzelte nur die Augenbrauen.

Den Rest der Fahrt schwiegen sie.

Auch als sie an der Seeburg angekommen waren, sagte keiner etwas. Während seine Mutter das Auto zuschloss und noch einmal im Büro vorbeischaute, ging Jaron in sein Zimmer. Sie bewohnten zu zweit eine kleine Wohnung im Ostflügel der Burg. Eine steile Holztreppe führte zur Eingangstür, die sich zu einer zentralen Wohnküche öffnete. Das Fenster in Jarons Zimmer ging auf den Innenhof der Burg.

Nachdem er seine Tasche abgelegt und seine Trainingssachen verstaut hatte, ging er unter die Dusche. Müde vom Training setzte er sich dann auf seinen Schreibtischstuhl und rubbelte seine Haare trocken. Sein Blick fiel auf den Bilderrahmen, der dort zwischen Schulheften, Büchern und den Flugzeugmodellen stand, an denen er gerne bastelte, wenn er alleine war.

Das Foto im Rahmen war acht Jahre alt. Es zeigte seinen Vater, Thomas Rahn, während eines Urlaubs, den sie an der Nordsee verbracht hatten. Jaron selbst, vier Jahre alt, saß auf den Schultern seines Vaters und lachte über das ganze Gesicht. Die Sonne schien beiden in die Augen.

Auch Thomas Rahn lächelte glücklich, während er seinen Sohn an den Händen festhielt. Der Wind hatte ihm das Haar zerzaust, seine Haut war gebräunt. Im Hintergrund war der Himmel so blau, dass er fast gefärbt wirkte. Auf einem grünen Deich waren ein paar Schafe zu sehen.

Jaron betrachtete seinen Vater nachdenklich. Er konnte sich gar nicht mehr richtig an ihn erinnern. Nur Bruchstücke waren geblieben: ein dunkles Lachen, kräftige Hände, die ihn in die Luft warfen und wieder auffingen.

Auf der Heimfahrt von einer christlichen Freizeit war jener schreckliche Unfall passiert, so viel wusste Jaron aus den Erzählungen seiner Mutter. Der Wagen war von der Straße abgekommen und gegen einen Baum geprallt.

Wenige Tage später war sein Vater im Krankenhaus gestorben, seine Mutter, die auf dem Beifahrersitz gesessen hatte, war schwer verletzt worden. Nur Jaron selbst, der in seinem Kindersitz hinter ihr auf der Rückbank gesessen hatte, war mit leichten Prellungen davongekommen.

Seufzend stand er schließlich auf und hängte das Handtuch über die Stuhllehne. Dann legte er sich auf sein Bett und schaute aus dem Fenster. Draußen war es längst dunkel, und er wusste, dass er sich eigentlich noch die Zähne putzen sollte. Doch stattdessen schlief er ein.

In seinem Traum war er wieder klein. Er merkte, dass er in einem Auto saß, konnte das Brummen des Motors hören. Auf einmal knallte es, er fühlte Schmerz.

Mit einem Schrei setzte Jaron sich im Bett auf. Für einen Moment wusste er nicht, wo er war. Dann sah er, dass er sich in seinem Zimmer befand. Doch er konnte den Schmerz immer noch spüren.

Diesen Traum hatte er schon oft gehabt, und er fühlte die Verzweiflung, die ihn immer erfasste, wenn er aus ihm erwachte. Obwohl Jaron nur verschwommene Erinnerungen an jenen schicksalhaften Abend hatte, fühlte er sich irgendwie schuldig. Ohne es begründen zu können, wusste er tief in seinem Innern, dass er schuld war am Tod seines Vaters.

Nach einer Weile verblassten die Bilder und Jarons Atem beruhigte sich. In diesem Moment kündigte sein Handy den Empfang einer Nachricht an. Schnell holte er das Smartphone aus seinem Rucksack, den er auf den Boden geworfen hatte. Die Nachricht war von Franky:

Na Kumpel, alles klar? 😛

Jaron tippte seine Antwort:

Nicht wirklich. Hatte Streit mit meiner Mom. 🤤

O Mann. Worum ging es?

Ich darf jetzt in die Leistungsklasse beim Kung-Fu, kann aber nicht am nächsten Wettbewerb teilnehmen. Sie sagt, wir haben dafür kein Geld. 😤

O nein. Schöner Mist.

Ja, ich hab ihr blöde Sachen an den Kopf geworfen.

Passiert. Hast du dich entschuldigt?

Nein, noch nicht.

Tu's gleich. Du wirst dich hinterher besser fühlen. Ich weiß, wovon ich rede. 😉

Franky hat recht, dachte Jaron. *Ich muss mit Mama reden.*

Als er aus seinem Zimmer trat, konnte er den Fernseher im Wohnzimmer hören. Gerade liefen die Nachrichten. Er spähte um die Ecke: Seine Mutter lag auf dem Sofa und sah immer noch sehr müde aus.

Sobald sie ihn bemerkte, richtete sie sich auf. »Jaron, bist du aufgewacht?«

Er nickte und setzte sich zu ihr.

Sie schaltete das Gerät auf stumm und sah ihn an. »Hast du Hunger? Du hast nach dem Training gar nichts mehr gegessen.«

»Nein, danke. Geht schon. Mama, es tut mir leid, was ich eben im Auto gesagt habe.«

Auf ihrem Gesicht erschien ein Lächeln. »Ist schon gut, das ist lieb von dir, Schatz. Danke, dass du dich entschuldigst.«

Jaron rückte noch etwas dichter an seine Mutter heran.

Daraufhin legte sie ihre Wolldecke um ihn und er lehnte sich an sie.

»Ich kann dich ja verstehen und es tut mir sehr leid.« Liebevoll strich sie ihm durch die Haare.

Es tat Jaron gut, ihre Wärme zu spüren und ihre sanfte Stimme zu hören. Als ihm der Traum wieder einfiel, wurde ihm bewusst, dass die Lücke immer noch schmerzte, die sein Vater hinterlassen hatte. Jaron hatte sich schon oft vorgestellt, wie es wäre, wenn sein Papa ihm bei einem Wettkampf zusehen würde. Wie er ihm zuwinken und ihm auf die Schulter klopfen würde, wenn er einen Pokal gewonnen hatte.

Manchmal, wenn Jaron alleine war, redete er mit seinem Vater, als würde er neben ihm stehen. *Hätte ich doch damals im Auto nicht so einen Ärger gemacht, dann hätte sich Papa nicht umgedreht. Vielleicht wäre dann der Unfall nie passiert,* schoss es ihm durch den Kopf.

»Ich vermisse Papa«, sagte er leise, und eine Träne kullerte seine Wange hinunter.

»Ach, mein Schatz«, seine Mutter drückte ihn fest an sich, »das darfst du auch, du darfst ihn vermissen. Das tue ich auch. Ich wünschte, er wäre bei uns.«

Sie schwiegen, doch es war keine unangenehme Stille.

Irgendwann sagte Angelika: »Ich schaue mal, ob ich das hinkriege mit dem Wettbewerb. Vielleicht fällt mir eine Lösung ein.«

»Danke«, sagte Jaron müde und lehnte sich zurück.

So saßen sie eine ganze Weile, während die Bilder stumm über den Bildschirm huschten.

Kapitel 3:

Der Unfall

Am Starnberger See

»Mensch, Mama! Könnt ihr nicht eine andere Lösung finden?« Antonia ärgerte sich und machte keinen Hehl daraus.

»Nein, können wir nicht«, erwiderte ihre Mutter und griff nach den Jacken der Zwillinge, die an der Garderobe im Flur hingen. »Der Termin bei der Stadt ist wirklich wichtig für uns, und so kurzfristig habe ich keinen anderen Babysitter gefunden.«

Als Gitti sah, wie ihre Tochter frustriert das Gesicht verzog, fuhr sie ein wenig genervt fort: »Jetzt stell dich nicht so an. Wir sind zwei Stunden weg, das wirst du wohl noch hinkriegen. Ihr geht zusammen zum Spielplatz in Allmannshausen, da können die beiden spielen, und wir holen euch dort ab, wenn wir zurückkommen.«

»Ich habe mich aber mit den anderen drei verabredet. Wir wollten zu Opa Hans gehen und ihm zum Geburtstag gratulieren.«

»Das könnt ihr ja später immer noch machen.« Damit schien für Antonias Mutter die Sache erledigt zu sein. Sie drehte sich zu Sina und Lukas, die hinter ihr standen und dem Wortwechsel gespannt gefolgt waren, und streckte ihnen die Jacken hin.

»O super, der Spielplatz!«, freute sich Sina. »Da waren wir schon lange nicht mehr.«

Schnell schlüpften sie und ihr Bruder in die Jacken und

setzten sich auf die Bank, die im Flur stand, um sich die Schuhe anzuziehen.

Antonia beobachtete ihre Geschwister stumm, machte aber keinen Versuch, ihnen zu helfen. Sie war immer noch sauer.

In diesem Moment klopfte es an der Wohnungstür. Antonia öffnete, es war Jaron, der sie abholen wollte, um gemeinsam zum *alten Heinrich* zu gehen.

»Ich kann nicht mitkommen«, beschwerte sie sich. »Meine Mutter sagt, ich muss auf Sina und Lukas aufpassen, weil sie und Papa keine Zeit haben.«

»Weil wir einen Termin haben«, korrigierte Gitti, die Sina und Lukas inzwischen die Mützen auf den Kopf setzte. »Und Antonia soll mit den beiden nur zwei Stunden auf den Spielplatz gehen, mehr nicht.«

»Okay«, antwortete Jaron lässig, »dann kommen wir doch einfach mit. Emma und Franky haben bestimmt nichts dagegen.«

»Au ja!«, jubelte Lukas. »Dann können wir alle zusammen Fangen spielen.«

Jaron musste über den Achtjährigen lachen, auf dessen Gesicht sich ein breites Grinsen zeigte, während seine Schwester vor Freude auf und ab hüpfte.

Auch Gitti musste lächeln. »Eine nette Idee«, sagte sie.

»Ich geh schon mal zum *alten Heinrich* und sage den anderen beiden Bescheid«, meinte Jaron und verschwand im Innenhof der Burg.

Antonia nahm ihre Geschwister bei der Hand und folgte ihm.

»Tschüss und viel Spaß!«, rief ihre Mutter ihnen hinterher. »Wir sehen uns dann beim Spielplatz!«

Beim Zirkuswagen angekommen, trafen die drei Geschwister auf Antonias Freunde, die tatsächlich nichts dagegen hatten, mit auf den Spielplatz zu gehen.

»Dann kann ich meine Hangelkünste trainieren«, witzelte Franky, während er seinen abgemagerten Arm hochhielt.

Sina stürzte sich gleich auf Emma, die sie heiß und innig liebte, und ließ ihre Hand nicht mehr los. Emma ließ es geschehen, sie kannte das von ihrer kleinen Stiefschwester.

Gemeinsam machten sie sich auf den Weg zum Spielplatz. Die vier Freunde nahmen ihre Fahrräder mit, da sie, sobald die Zwillinge von Antonias Eltern abgeholt worden waren, noch zu Opa Hans fahren wollten. Lukas setzte sich bei Franky auf den Gepäckträger und ließ sich schieben.

Der Spielplatz lag am Ortsrand und war erst vor wenigen Jahren renoviert worden. Durch die tollen neuen Spielgeräte war er zum Anziehungspunkt für die Kinder der ganzen Gegend geworden: Es gab eine Nestschaukel, einen Kletterparcours mit Seilen und Netzen sowie eine Sand-und-Wasser-Landschaft, wo aber jetzt, im Frühjahr, noch kein Wasser floss.

Während die Zwillinge mit Jaron sofort ein wildes Fangenspiel begannen, hielten sich Antonia, Emma und Franky zunächst etwas zurück. Sie setzten sich lieber auf eine der Bänke am Rand und redeten.

Zu Antonias Überraschung verging die Zeit wie im Flug, und auf einmal klingelte ihr Handy – ihre Mutter war dran.

»Hallo, Mama, seid ihr gleich da?«, fragte Antonia.

»Schatz, wir müssen doch noch mal zum Baumarkt fahren und kommen auf dem Rückweg leider nicht bei euch vorbei. Könntet ihr die Zwillinge bitte zur Seeburg begleiten?«

»Och Mensch, muss das sein?«, jammerte Antonia. »Wir haben echt noch was vor!«

»Ich weiß und es tut mir auch leid. Aber es ist doch nicht weit. Und wenn ihr dort seid, könnt ihr auch bestimmt gleich weiterfahren.«

Missmutig stimmte Antonia zu und tippte auf *Gespräch beenden*.

»Wir sollen die beiden zur Seeburg bringen!«, rief sie ihren Freunden zu. »Wir können also leider noch nicht gleich loslegen.«

»Ist doch nicht schlimm«, sagte Franky. »Dann fahren wir halt erst mal zu Burg.«

Sina aber beschwerte sich. »Ich bin müde, ich will nicht laufen! Warum kann uns Mama denn nicht abholen?«

»Weil sie noch mal woandershin müssen«, erwiderte Antonia genervt. »Und wir laufen ja jetzt bergab, da dauert es nicht so lange, bis wir zu Hause sind.«

»Ich will aber nicht!«, trotzte ihre Schwester und setzte sich demonstrativ auf den Boden. »Ich bleibe hier und warte auf Mama!«

»Sina, jetzt komm einfach«, seufzte Antonia. »Wir sind auch schnell zu Hause, versprochen.«

»Weißt du was?«, sagte Jaron, der schon sein Fahrrad aufgeschlossen und zu ihnen geschoben hatte. »Ich nehme dich hinten drauf und wir fahren runter. Dann geht es wirklich ganz schnell!«

»Au ja!«, freute sich Sina und kletterte zufrieden auf den Gepäckträger, während Jaron das Rad sorgfältig festhielt.

»Danke!«, sagte Antonia zutiefst erleichtert. »Gar nicht so einfach, es diesen beiden recht zu machen.«

Nicht zufrieden war allerdings nun Sinas Zwillingsbruder. Er verschränkte seine Arme vor der Brust und schob beleidigt die Unterlippe vor. »Warum darf Sina mitfahren und ich nicht?«, fragte er. »Ich will auch nicht laufen.«

Antonia stöhnte auf. »Ihr könnt einem echt auf den Keks gehen! Jetzt fängst du auch noch an!«

»Alles gut«, meinte Emma. »Dann kommst du eben auf mein Rad.«

»Nicht auf deins. Ich will auch zu Jaron«, forderte Lukas.

»Aber ihr könnt nicht beide zu ihm«, wandte Emma ein.

»Doch, das kriegen wir hin«, sagte Jaron. »Ich nehme dich einfach auf meine Stange, Lukas.«

»Bist du sicher, dass das eine gute Idee ist?«, fragte Antonia zweifelnd. Einerseits war sie für seine Hilfe dankbar, andererseits hoffte sie, dass ihre Mutter nicht mitbekommen würde, wie die drei auf Jarons Rad zur Seeburg gelangten.

»Ja, klar, mach dir mal nicht ins Hemd«, antwortete Jaron lässig.

»Na, wie du meinst«, erwiderte Antonia schnippisch. »Aber sei vorsichtig!«

»Ja, ja.«

Den Vorschlag fand der Achtjährige natürlich supercool. Geduldig wartete er, bis Jaron aufgestiegen war, dann kletterte er mit seiner Hilfe auf die Stange. Etwas wackelig setzte sich das schwer beladene Gefährt in Bewegung, die anderen drei Räder folgten.

Sie bogen auf die Straße zum Seeufer ein, die sich bergab durch den Wald schlängelte. Jaron fuhr voraus, und Antonia konnte beobachten, dass er behutsam lenkte und dabei mit Lukas scherzte, der sich in seine Arme kuschelte. Sina saß glücklich lächelnd auf dem Gepäckträger und hielt Jarons Rumpf mit beiden Armen umschlossen.

Jaron lachte über etwas, das Lukas sagte, und begann, Schlangenlinien zu fahren. Die Zwillinge kreischten vor Vergnügen.

»Mensch, Jaron, sei vorsichtig! Mach nicht so einen Quatsch!«, mahnte Antonia.

»Warum denn? Das ist doch voll cool«, rief Sina zurück.

»Chill mal«, fügte Jaron hinzu. »Ich pass schon auf!«

Antonia verdrehte die Augen, sagte aber nichts mehr.

Die Straße wurde steiler, ihre Räder wurden schneller. Dann kam eine scharfe Rechtskurve.

Jaron bremste stärker und versuchte, seinen Lenker einzuschlagen. Aber durch das ungewohnte Gewicht, das sein Rad jetzt hatte, und weil Lukas sich am Lenker festhielt, unterschätzte er die Biegung und kam von der Fahrbahn ab. Im nächsten Moment holperte das Rad über den Waldboden am Straßenrand.

Sina hatte sich offenbar nicht gut genug festgehalten, denn sie schrie auf und purzelte vom Gepäckträger.

Gleichzeitig stieß das Vorderrad an einen liegenden Ast, worauf Jaron und Lukas mit dem Rad umkippten und ebenfalls auf dem Boden landeten – direkt auf Sina.

Antonia legte eine Vollbremsung hin, ließ ihr Rad einfach fallen und rannte, so schnell sie konnte, zu den dreien, die am Boden lagen.

Sina schrie erbärmlich und Lukas heulte mit aller Kraft. Die Zwillinge waren unter dem Rad eingeklemmt, und auch Jaron konnte sich nicht aufrichten, weil sein linkes Bein unter der Stange lag.

Emma und Franky waren ebenfalls herbeigeeilt, gemeinsam zogen sie das Rad weg.

Antonia packte Lukas, der sich jammernd an ihre Arme hängte. »Tut's dir irgendwo weh?«, fragte sie, als er endlich auf den eigenen Füßen stand.

»Mein Arm tut weh!«, jammerte er.

Schnell schob sie seinen Ärmel hoch, konnte aber nicht viel erkennen. »Ich sehe keine Verletzung. Kannst du die Hand bewegen?«

Er nickte schniefend und wackelte mit den Fingern.

»Das ist super. Und sonst tut dir nichts weh?«

Stumm schüttelte er den Kopf und wischte sich übers Gesicht, wo sich Tränen und Erde zu braunen Streifen vermischten.

Nun wandte sich Antonia ihrer Schwester zu. Emma und Franky hatten sie bereits vorsichtig aufgesetzt und versucht, sie auf die Beine zu ziehen. Sina aber brüllte immer nur: »Nicht aufstehen, mein Bein! Mein Bein!«

Ihre Jeans hatte am rechten Bein ein großes Loch – offenbar war sie hier vom Pedal des Fahrrads getroffen worden. Sie weigerte sich hartnäckig aufzustehen, hielt stattdessen ihren rechten Unterschenkel und weinte.

Emma kniete sich neben sie, legte einen Arm um ihre Schulter und redete beruhigend auf sie ein: »Ist schon gut, Sina, es wird gleich besser!« Sie blickte zu Antonia auf und meinte: »Ich glaube, wir müssen Hilfe holen, Antonia. Sie kann nicht mehr laufen.«

Antonia nickte. Ihr Herz raste und ihr war ein bisschen schwindelig. *So ein Mist,* dachte sie, *was werden nur meine Eltern sagen!*

»Ich mach das«, sprang Franky ein und zückte sein Smartphone. Er wählte den Notruf.

Während er telefonierte, versuchte Emma, Sina von ihrem verletzten Bein abzulenken.

»Vielleicht sollten wir ihr den Schuh ausziehen«, schlug Antonia vor. Sie fühlte sich elend und wünschte, sie könnte ihrer Schwester helfen.

Aber die Idee mit dem Schuh versetzte Sina in Panik, und sie schrie so laut »Nein, nein, nein!«, dass Antonia erschrak und beschwichtigend die Hände hob. »Keine Angst, wir lassen das Bein schon in Ruhe«, sagte sie.

Emma hatte sich neben Sina in den Dreck gesetzt und streichelte ihren Kopf.

Antonia atmete tief durch, um die Übelkeit, die sie erfasste, zurückzudrängen. Sie merkte selbst, dass sie unter Schock stand.

Da fiel ihr Blick auf Jaron, der sich inzwischen aufgerichtet hatte, und ihr Schreck verwandelte sich in Wut. Der Ärger, der in ihr hochbrodelte, ließ sie völlig ignorieren, dass Jaron wie versteinert auf Sina starrte. Sein Gesicht war kreidebleich.

»Ich hab dir doch gesagt, dass das keine gute Idee ist«, schimpfte Antonia. »Was hast du dir nur dabei gedacht, so einen Quatsch zu machen? Jetzt schau dir an, was passiert ist!«

Jaron flüsterte etwas, das wie »Entschuldigung« klang.

Aber Antonia achtete gar nicht darauf. Es tat gut, ihren Zorn an demjenigen, der ja offensichtlich schuld an dieser Katastrophe war, auszulassen. »Immer glaubst du, du bist der Größte, du arroganter Mistkerl!«, rief sie wütend. »Hauptsache, du stehst wie der große Macker da, hast die tollsten Ideen. Dass andere dabei zu Schaden kommen, daran denkst du keine Sekunde!«

In diesem Moment griff jemand von hinten nach ihrem Arm. Es war Franky, der mit Telefonieren fertig war. »Hey, Antonia, jetzt chill mal. Das hat Jaron ja wohl nicht mit Absicht gemacht.«

»Nein, natürlich nicht«, antwortete sie sarkastisch.

»Jetzt ist aber gut!« Frankys Stimme klang energisch. »Hör auf. Der Krankenwagen ist unterwegs, hörst du? Und deine Eltern habe ich auch erreicht. Sie kommen, so schnell sie können.«

Antonia kniff ihre Augen zusammen und fixierte Jaron. Der stand stumm da, starrte ins Leere und wurde immer blasser, wenn das überhaupt möglich war. Als sie gerade noch einmal etwas zu ihm sagen wollte, drehte er sich abrupt um und ging die Straße hinunter.

»Jaron! Wo willst du denn hin?«, rief sie ihm nach.

Er antwortete nicht, sondern fing an zu rennen. Kurz darauf verschwand er um eine Kurve.

»Was geht denn mit dem ab?«, wandte sich Antonia an Franky.

»Keine Ahnung.« Er zuckte mit den Schultern. »Es sah aus, als hätte er einen Geist gesehen.«

Nachdenklich runzelte Antonia die Stirn, ihr Ärger war auf einmal wie weggeblasen. »Vielleicht hat er das ja tatsächlich«, murmelte sie.

Wenige Minuten später ertönte das Martinshorn und ein Krankenwagen brauste um die Kurve. Die Sanitäter überblickten die Situation sofort. Sie vergewisserten sich, dass den übrigen vieren nichts fehlte, und kümmerten sich umsichtig um die verletzte Sina.

Die hatte inzwischen aufgehört zu weinen und wimmerte nur noch leise, als die Helfer sie sorgfältig untersuchten, auf die Trage legten und zudeckten.

In diesem Moment kamen Gitti und Andreas Reihmann angefahren und hielten hinter dem Krankenwagen an.

Gitti stürzte aus dem Auto. »Was ist passiert?«, rief sie besorgt, während sie zu der Trage rannte, auf der Sina lag. Auch Andreas eilte zu seiner Tochter.

Einer der Sanitäter legte Gitti beruhigend die Hand auf den Arm. »Sie hat sich wahrscheinlich das Bein gebrochen, deshalb bringen wir sie in die Klinik. Wenn Sie möchten, kann einer von Ihnen mitfahren.«

»Ich fahre mit«, sagte Andreas schnell.

Gitti nickte. »Ruf mich an, sobald klar ist, was sie hat.«

»Natürlich, das mache ich«, versicherte Andreas.

Die Sanitäter schoben Sina in den Krankenwagen, und Andreas stieg hinten mit ein, wo er neben ihr sitzen und ihre Hand halten konnte. Dann schlossen die Sanitäter die Türen und fuhren los.

Gitti nahm Lukas in die Arme. »Und du, mein Lieber, geht es dir so weit gut?«

Lukas nickte. »Alles okay. Mein Arm tut schon gar nicht mehr weh. Mama, wird Sina jetzt sterben?«

»Aber nein, mein Schatz.« Gitti lächelte schwach. »Sie hat sich nur am Bein wehgetan, das ist sicherlich gar nicht so schlimm. Die Ärzte kümmern sich um sie und Papa ist ja auch bei ihr.«

Sichtlich beruhigt schmiegte sich Lukas an sie.

Nun wandte sich Antonias Mutter an die drei Freunde, die immer noch dastanden und nicht genau wussten, was sie jetzt tun sollten. »Was ist denn genau passiert?«

Antonia schilderte kurz, wie Jaron die Zwillinge aufs Rad genommen und dann in der Kurve gestürzt war.

»Und wo ist Jaron jetzt?«

Antonia zuckte mit den Achseln. »Keine Ahnung. Er ist einfach davongelaufen.«

Jaron rannte. Auf den Weg achtete er kaum, seine Füße trugen ihn automatisch hinunter zum Seeufer und dann die Treppen hinauf zur Seeburg. Sein Kopf war wie leer gefegt, kein klarer Gedanke blieb darin zurück.

Er lief durch das Portal und schließlich in sein Zimmer. Dort warf er sich bäuchlings aufs Bett und blieb einfach liegen. Ein gewaltiger Schluchzer stieg in ihm auf.

Später, irgendwann viel später klopfte seine Mutter an die Tür. »Jaron?«, fragte sie leise.

Er antwortete nicht.

Die Tür öffnete sich einen Spalt und sie schaute herein. Als er sich aber nicht rührte, schloss sie die Tür wieder und bedrängte ihn nicht weiter.

Ihm war es recht. Er wollte mit niemandem reden, am wenigsten mit ihr. Wie hätte er auch die Verzweiflung erklären sollen, die ihn übermannt hatte?

Kapitel 11:

Freundschaft

Schloss Unterallmannshausen, im Jahr 1894

»Holt sofort den Grafen!«, rief Cäcilie von Beilstein, als ihr Sohn blutüberströmt in den Salon trat. Völlig fassungslos bei diesem Anblick, sprang sie auf und lief ihm entgegen.

Das angesprochene Dienstmädchen im schwarzen Kleid mit weißer Schürze verließ eilig den Raum.

»Was um alles in der Welt ist passiert?«, stieß die Mutter aus, während sie nach Ludwigs Arm griff.

Ludwig schwankte ein wenig und schloss die Augen. Jetzt, da seine Mutter ihn festhielt und er wusste, dass sie sich um seine Verletzung kümmern würde, wurde ihm schlecht. »Michi hat mich angeschossen«, flüsterte er und hielt sich an seiner Mutter fest, weil seine Beine nachgaben.

Sie stützte ihn. »Hier, leg dich erst einmal hin«, sagte sie beruhigend und führte ihn zu einem der Sofas.

Dann wandte sie sich Michi zu, der hinter Ludwig den Salon betreten hatte. »Was hast du angestellt?«, zischte sie ihn an. »Angeschossen? Was meint er damit?«

Ludwig sah verschwommen, wie sein Freund zurückwich.

»Es war keine Absicht«, stammelte der Junge. »Wir waren auf dem Speicher und da lagen diese alten Armbrüste. Ich wollte sie mir doch nur näher anschauen und einmal in die Hand nehmen. Dass eine von ihnen geladen ist, habe ich nicht wissen können.«

»Geladen? Was geht hier vor?«, polterte auf einmal Graf Maximilian von Beilstein, der nun auch zur Tür hereinkam.

Hastig erklärte die Gräfin: »Die Jungs haben sich wohl auf dem Speicher herumgetrieben, und Michi hat mit einer der Armbrüste, die dort herumliegen, auf Ludwig geschossen. Er hat ihn am Kopf verletzt.«

»Was? Das ist ja wohl die Höhe!«, brüllte der Graf und packte Michi am Arm.

»Es tut mir ja leid!«, jammerte der und wand sich im festen Griff des Mannes.

»Verschwinde!«, donnerte Ludwigs Vater, schleifte den Jungen zur Tür und warf ihn hinaus. »Das wird noch ein Nachspiel haben, verlass dich drauf!«, rief er ihm hinterher, bevor er die Tür des Salons zuzog.

Ludwig nahm wahr, wie sein Vater ans Sofa trat und sich über ihn beugte. »Lass mal sehen, mein Sohn«, sagte der Graf besorgt und drehte Ludwigs Kopf sanft zur Seite, um sich den Streifschuss näher anschauen zu können. »Wir brauchen eine Schüssel

Wasser«, sagte er dann über die Schulter zu seiner Frau, »außerdem das Jod aus dem Medizinschrank und saubere Verbände.«

»Soll ich auch den Arzt rufen lassen?«, fragte die Gräfin, in deren Stimme immer noch Bestürzung mitschwang.

»Das ist, glaube ich, nicht nötig. Es ist wirklich nur ein Kratzer. Den kann ich selbst versorgen«, antwortete der Graf beschwichtigend. »Außerdem machen Narben interessant, nicht wahr, mein Sohn?« Er lächelte Ludwig an und strich ihm beruhigend über den Kopf.

Ludwig war froh, dass sein Vater da war. Langsam ließ der Schmerz nach.

Als seine Mutter Wasser, Jod und Tücher gebracht hatte, säuberte sein Vater Ludwigs Kopf und Haare. Er träufelte das Desinfektionsmittel – das noch einmal richtig brannte – auf die Wunde und wickelte anschließend einen Verband um Ludwigs Stirn. Die Gräfin befahl in der Zwischenzeit einem der Dienstboten, für Ludwig eine heiße Schokolade zuzubereiten.

Kurz darauf saß Ludwig frisch verbunden, mit mehreren Kissen im Rücken, auf dem Sofa und nippte an seinem Kakao. Er fühlte sich schon viel besser.

Seine Eltern setzten sich in die Sessel ihm gegenüber und sein Vater sagte: »Nun erzähl doch noch mal in Ruhe, was genau passiert ist.«

Daraufhin berichtete er von dem Ausflug auf den Speicher, der Entdeckung der Jagdwaffen und wie sie beide die Armbrüste ausprobiert hatten. »Es war wirklich nicht Michis Schuld«, schloss er und sah seinen Vater bittend an. »Er wollte mich nicht verletzten. Es war ein Unfall.«

Der Graf senkte den Kopf und runzelte die Stirn. »Das mag schon sein. Trotzdem stimmt es mich nachdenklich, dass dieser Junge so fahrlässig handelt.« Er hielt kurz inne und fuhr dann fort: »Es war ein Fehler, dass wir dir gestattet haben, mit dem Schuster-Jungen Umgang zu pflegen. Bei diesen Leuten kann man nicht vorsichtig genug sein.«

Seine Frau nickte bestätigend. »Du hast recht, Maximilian«, sagte sie. »Es stimmt wohl, was die Leute sagen: dass Juden andere hintergehen, wenn es ihrem Vorteil dient. Das hätten wir uns denken können.«

Ludwig sah seine Eltern erschrocken an. »Was meint ihr damit? Michi ist doch kein Jude, oder? Und warum sollte er mich hintergehen?«

Graf von Beilstein seufzte. »Der Vater von Michael Schuster war Jude. Er hat sich, nachdem Michis Mutter schwanger war, aus dem Staub gemacht.« Er zuckte mit den Achseln. »Einem Juden kann man offenbar nicht trauen, mein Sohn. Es heißt, dieses Volk sei nicht ehrlich, sondern würde versuchen, uns guten Christenmenschen zu schaden, wo es nur kann. Das läge in seinem Blut, behaupten die Leute.«

»Michi ist mein bester Freund!«, protestierte Ludwig.

»Er ist immer ehrlich und kameradschaftlich gewesen. Es kann nicht stimmen, was du da sagst. Außerdem ist sein Vater doch kurz nach seiner Geburt gestorben!«

»Das hat er dir erzählt?«, fragte die Gräfin.

»Ja.«

»Dieser Bankert, typisch.« Maximilian von Beilstein schüttelte den Kopf.

»Bankert?« Ludwig sah seinen Vater fragend an.

»Ja, er ist ein uneheliches Kind, ein Bankert«, fiel jetzt die Gräfin ein. »Mein Sohn, wir haben Almuth, Michaels Mutter, aus reiner Nächstenliebe bei uns aufgenommen und ihr Arbeit gegeben. Sie wäre sonst verloren gewesen. Nachdem dieser Schuft sie im Stich gelassen hatte, wollte niemand sie mehr einstellen. Ihre Eltern haben sie verstoßen, weil sie sich mit einem Juden eingelassen hat. Wenn wir ihr nicht geholfen hätten, wäre sie auf der Straße gelandet.«

Ludwig schwieg entsetzt. *Was kann denn Michis Mutter dafür, dass sie sich in einen Mann verliebt, der sie dann sitzen lässt?*, dachte er. Außerdem wusste er, dass manche seiner Kameraden nicht viel Gutes über ihre eigenen Väter zu berichten hatten: Sie seien tyrannisch, gewalttätig und würden zu viel Alkohol trinken. Trotzdem gingen diese Männer regelmäßig zur Messe und galten als anständige Menschen.

Ob Christ oder Jude, Halunken gibt es überall, dachte er, sah seinen Vater an und sagte: »Michi war immer ein guter Freund; ich könnte mir keinen besseren denken. Seine Mutter ist freundlich und hilfsbereit, seinen Vater kenne ich nicht. Ich werde meine Freundschaft mit Michi nicht aufs Spiel setzen, nur weil sein Vater ein schlechter Mensch ist. Dafür mag ich ihn zu sehr.«

Das schien seinen Eltern überhaupt nicht zu gefallen. Die Gräfin sah nicht glücklich aus, der Graf schnaufte und sagte streng: »Dann verbiete ich dir eben ausdrücklich, weiterhin Umgang mit diesem Bankert zu pflegen! Konzentrier dich lieber auf das, was dich morgen erwartet. Freust du dich schon auf Friederike?«

Jetzt war es Ludwig, der die Stirn runzelte. Friederike von Höwarth, eine entfernte Cousine, war die Braut, die seine Eltern für ihn ausgewählt hatten. Ludwig hatte sie das letzte Mal vor vielen Jahren gesehen, als sie beide noch Kinder gewesen waren. Nun war er 16 und Friederike 15 Jahre alt, und ihre Eltern hatten beschlossen, dass es an der Zeit sei, Verlobung zu feiern.

»Ich kenne sie doch gar nicht richtig«, sagte er verdrossen. »Wie soll ich mich dann auf die Begegnung mit ihr freuen?«

Seine Mutter schmunzelte. »Warte es ab. Ich denke, du wirst schon sehen, dass du allen Grund zur Freude hast.«

Ludwig zögerte, bevor er an die Tür des Verschlags über dem Kutschenschuppen klopfte, wo Michi und seine Mutter wohnten. Es regnete in Strömen und Ludwig zog seinen Mantel enger um sich. Seine Kopfwunde pochte leise.

Schließlich öffnete sich die Tür einen Spalt und Michis Mutter spähte hinaus. Als sie den jungen Grafen erkannte, schob sie die Tür schnell ganz auf und lächelte. »Hallo, Ludwig, wie schön, dass du vorbeischaust.«

Ihr Blick glitt zu seinem Kopfverband, während er in die kleine Stube trat, und ihr Gesicht zeigte Besorgnis. »Tut es noch sehr weh?«, fragte sie.

»Es geht«, spielte Ludwig den Schmerz herunter. »Eigentlich pocht es nur noch.«

Sie nickte. »Das ist gut. Ich möchte mich für meinen Sohn entschuldigen. Was er getan hat, war unverantwortlich, und ich werde dafür sorgen, dass er seine Strafe bekommt.«

»Schon in Ordnung«, beeilte sich Ludwig zu widersprechen. »Er konnte nichts dafür. Dass die Armbrust gespannt und geladen war, haben wir beide nicht bemerkt. Es war ein Unfall.«

»Danke, dass du das sagst. Dein Vater sieht das aber wohl anders, habe ich gehört?«

Ludwig zuckte mit den Achseln. »Ja, das stimmt wohl. Trotzdem hätte er ihn nicht so rauswerfen dürfen.«

Almuth lächelte. »Mach dir nicht zu viele Gedanken«,

sagte sie und griff nach einem Schultertuch, das über einem Stuhl lag. »Das sind Michi und ich leider schon gewohnt. Ich bin mir sicher, dass dein Freund trotzdem keinen Groll gegen dich hegt. Er freut sich bestimmt, dich zu sehen.«

Dann rief sie in Richtung von Michis Schlafkoje, die mit einem Vorhang abgetrennt war: »Michi! Ludwig ist hier!« Zu diesem gewandt fuhr sie fort: »Ich bin nur kurz gekommen, um das Abendessen auf den Herd zu stellen, und muss wieder an die Arbeit. Ihr kommt ja auch alleine klar, oder?«

Ludwig nickte, obwohl er sich etwas unsicher fühlte. Wie sein Freund wohl reagieren würde?

Almuth band sich das Schultertuch um, nickte ihm noch einmal zu und verließ die Wohnung.

Da ging Ludwig näher an Michis Schlafkoje heran und sah sich um. An der Wand hingen Zeichnungen, die sein Freund angefertigt hatte. Um sein Zeichentalent hatte Ludwig ihn schon immer ein wenig beneidet. »Michi?«, fragte er leise.

»Was willst du?«, kam Michis Stimme dumpf durch den Vorhang.

»Dich um Entschuldigung bitten. Mein Vater hat sich unmöglich benommen.«

Mit einem Ruck wurde der Vorhang zur Seite gezogen und Michi schaute Ludwig an. Stirnrunzelnd betrachtete er Ludwigs Kopf. Dann lächelte er traurig und sagte: »Du kannst nichts dafür, wie sich dein

Vater benimmt. Mir tut es wirklich leid, dass ich dich verletzt habe.«

»Mach dir keine Gedanken. Ich weiß, dass das keine Absicht war. Mein Vater war einfach aufgebracht, keine Ahnung, warum.«

»Er hat schon immer etwas gegen mich gehabt«, antwortete Michi. »Mich wundert das nicht.«

»Jetzt hat er mir sogar verboten, mit dir zu sprechen«, berichtete Ludwig niedergeschlagen, »aber das ist mir egal. Du bist mein Freund und du bleibst es.« Er griff in seine Manteltasche. »Und damit du das weißt, möchte ich dir das hier schenken.« Als er die Hand wieder hervorzog, lag sein schönstes Taschenmesser darin. Er streckte es Michi entgegen.

Ludwig hatte lange überlegt, was er seinem Freund als Wiedergutmachung schenken konnte. Ein Kleidungsstück wäre zu auffällig gewesen, das hätte ihm die Gräfin sofort wieder weggenommen. Das Messer war ein Geschenk des Grafen gewesen, der offenbar hoffte, dass Ludwig doch noch einmal Interesse an der Jagd entwickeln würde. Bis jetzt hatte der Junge sich aber nicht dafür begeistern können, Tiere zu töten, und er hatte die Waffe nie benutzt. Es war ein ausgesprochen schönes Stück aus echtem Stahl, mit einem Griff aus geöltem Holz.

Michi nahm das Messer zögernd und betrachtete es. Dann sah er seinen Freund an. »Danke«, sagte er und lächelte.

»Sind wir wieder Freunde?«, fragte Ludwig.

»Das sind wir immer gewesen«, antwortete Michi.

Ludwig atmete erleichtert auf. »Das ist gut. Sollen wir uns morgen miteinander dieses Bild näher anschauen?«

»Morgen reisen doch die von Höwarths an und du feierst Verlobung. Wirst du da überhaupt Zeit haben?«

»Ach, stimmt ja«, seufzte Ludwig. »Das habe ich ganz vergessen. Keine Ahnung. Dann müssen wir wohl abwarten, was sich meine Eltern für mich ausdenken. Sie haben bestimmt jede Menge Aufgaben für mich. Oh Mann, ich wünschte, diese Friederike würde gar nicht existieren!«

Michi lachte. »Na, es gibt Schlimmeres, als die eigene Braut zu begrüßen. Vielleicht ist sie ja ganz nett!«

Ludwig sah seinen Freund zweifelnd an. »Das kann ich mir kaum vorstellen.« Er hatte die Tochter der von Höwarths als langweiliges, ängstliches Mädchen im Gedächtnis, das mit den rauen Spielen, die Michi und er bevorzugten, wenig anfangen konnte.

Kapitel III:

Friederike

Schloss Unterallmannshausen, im Jahr 1894

Allerdings kam alles ganz anders, als Ludwig es sich gedacht hatte. In der jungen Frau, die am nächsten Tag aus der Kutsche stieg, hätte er seine Spielkameradin von einst nie und nimmer wiedererkannt. Er stand neben seinen Eltern, um die Gäste zu begrüßen, und sein Mund öffnete sich vor Erstaunen.

Friederike trat auf den Hof des Schlosses und sah sich interessiert um. Unter ihrem schlichten Reisemantel trug sie ein bodenlanges Kleid mit schmaler Taille und Puffärmeln nach der neuesten Mode. Dazu einen Strohhut mit Blumen, in der Hand hielt sie einen Sonnenschirm. Als sie Ludwigs Blick begegnete, lächelte sie.

Sein Herz schlug schneller und er fühlte sich von ihren strahlenden Augen wie verzaubert. Noch hatte ihm der Anblick eines Mädchens förmlich den Atem geraubt. Wie war es möglich, dass sich seine Cousine so sehr verändert hatte?

Nachdem sich die Erwachsenen herzlich begrüßt

hatten, präsentierte Nikolaus von Höwarth seine Tochter.

Friederike knickste anmutig, Ludwig machte eine korrekte Verbeugung und küsste ihr die Hand. Dabei hielt er sie jedoch ein bisschen länger fest als nötig.

Als Friederike ihre Hand wieder zurückzog, trat ein Funkeln der Belustigung in ihre Augen.

»Hattet ihr eine gute Anreise?«, fragte Ludwig mit belegter Stimme, um diese erste Begegnung etwas in die Länge zu ziehen.

Friederike nickte. »Die Bahnfahrt war recht angenehm. Nur auf der Fahrt von Starnberg hierher ist die Kutsche fast im Morast versunken, als wir auf den Uferweg eingebogen sind.«

»Ach, die Stelle kenne ich«, sagte Ludwig und seufzte. »Wir haben es den Pächtern schon so oft gesagt, dass sie die Straße reparieren müssen, aber sie weigern sich standhaft. Sehr ärgerlich.« Er schüttelte den Kopf. »Es wird wohl an der Zeit, dass wir Strafmaßnahmen ergreifen, wenn schon unsere Gäste nicht mehr angemessen anreisen können.«

»So schlimm war es dann auch wieder nicht«, beeilte sich Friederike zu antworten, sie sah nun etwas erschrocken aus. »Das Hinterrad ist nur kurz hängen geblieben und der Kutscher hat es schnell wieder freibekommen.«

»Trotzdem«, widersprach Ludwig. »Es ist wichtig, die Disziplin zu wahren. Wenn die Pächter erst einmal meinen, sie könnten ihrem Dienstherrn auf der Nase herumtanzen, geht das nicht gut aus. Das wirst du auch noch lernen, wenn du erst einmal Herrin auf Schloss Unterallmannshausen bist.« Es war ihm plötzlich wichtig, einen guten, entschlossenen Eindruck auf sie zu machen.

Friederike sagte nichts mehr, sondern runzelte nur die Stirn.

Dass sie danach sehr still wurde und sich kaum noch am Gespräch beteiligte, fiel Ludwig gar nicht auf. Er konnte immer noch nicht fassen, dass seine Braut noch hübscher war, als er es sich in seinen kühnsten Träumen hätte ausmalen können.

Bald darauf zog Friederike sich mit ihrer Mutter in die Gästezimmer zurück, um sich für das große Fest am Abend umzuziehen.

* *

Von der Ankunft der Gäste hatte Michi nichts mitbekommen, denn er war nach der Strafpredigt des Grafen von seiner Mutter dazu verdonnert worden, neben seinen gewöhnlichen Aufgaben noch einige zusätzliche Arbeiten zu erledigen. Almuths Gesicht hatte traurig ausgesehen, als sie ihm das gesagt hatte. Michi wusste, dass sie es kaum ertragen konnte, ihren Sohn zu bestrafen. Deshalb versuchte er, ihr möglichst wenig Kummer zu machen.

Er hatte seit dem frühen Morgen geschuftet, hatte sämtliche Toiletteneimer des Schlosses geleert, den

Kohlekasten der Küche aufgefüllt und die offenen Kamine in den Zimmern gereinigt und neu mit Holz bestückt. Dann hatte er dem Händler aus Starnberg, der die Lebensmittel für den Ball am Abend anlieferte, geholfen, die Waren in die Speisekammer zu tragen.

Zu dem Zeitpunkt, zu dem die Gäste erwartet wurden, kniete er im großen Saal des Schlosses und wischte das Parkett. Er war gerade in der letzten Ecke angekommen und richtete sich müde auf, als ein Hausmädchen den Kopf zur Tür hereinstreckte.

»Ah, du bist fertig«, sagte sie mit zufriedener Miene. »Wird auch Zeit. Wir müssen dringend mit dem Schmücken des Saales anfangen.« Sie verschwand wieder.

Michi stand auf, nahm seinen Eimer und verließ den Raum. Auf dem Flur kamen ihm mehrere Bedienstete entgegen, die große Vasen mit ausladenden Blumengestecken trugen. Es waren Leute darunter, die Michi hier noch nie gesehen hatte. Ein solches Fest wie dieser offizielle Verlobungsball war nur mit sehr viel Personal zu bewältigen, weshalb die Hauswirtschafterin für diesen einen Tag zusätzliche Leute eingestellt hatte. Das Haus war voller Menschen und summte vor Geschäftigkeit.

Zu diesem feierlichen Anlass hatten die von Beilsteins über zweihundert Gäste aus Adel und reicher Bürgerschaft rund um den Würmsee eingeladen. Sogar ein Mitglied der Wittelsbacher – der Familie der bayerischen Könige – wurde erwartet.

Nachdem Michi seine Gerätschaften in die Putzkammer geräumt hatte, machte er sich seufzend auf den Weg zur Kleiderkammer. Dort wartete die nächste Aufgabe auf ihn: Die Reitstiefel der gräflichen Familie mussten gebürstet und gewienert werden, um sie für die geplante Fuchsjagd am nächsten Tag vorzubereiten.

Unterwegs warf er noch schnell einen Blick in die Küche, wo seine Mutter gerade Konfekt für den Nachtisch dekorierte.

Als Almuth ihn sah, winkte sie ihn lächelnd zu sich und steckte ihm eine der Süßigkeiten zu. »Damit du durchhältst«, flüsterte sie.

Michi freute sich, bedankte sich und steckte die Praline in die Tasche.

Kurz darauf ließ er sich in der Kleiderkammer auf einen Hocker sinken und betrachtete die Reihe der schmutzigen Stiefel mit düsterer Miene. Wenigstens konnte er bei dieser Arbeit sitzen. Sein Magen knurrte, also holte er die Praline, die ihm seine Mutter gegeben hatte, aus der Hosentasche und steckte sie in den Mund. Leider schmolz die Schokolade viel zu schnell dahin – er hätte problemlos noch zehn weitere Pralinen vertilgen können!

Mit einem wohligen Seufzer – diesmal vor Genuss – griff er nach dem ersten Stiefel und der Bürste und machte sich daran, das Leder von Schmutz und Wasserflecken zu befreien. Er war gerade beim vorletzten Stiefel angekommen, als er hörte, wie jemand seinen Namen rief. Rasch trat er in den Flur.

Seine Mutter stand in der Tür zur Küche und rief: »Michi, kannst du bitte die Abfälle rausbringen? Wir haben keinen Platz mehr.«

Michi nickte und folgte ihr in den großen Raum. Die Köchin, eine resolute, kräftige Frau, stand am Herd und rührte in einem Topf, während zwei Küchenmägde Gemüse putzten. Es roch nach gebratenem Fleisch und Suppe, und in Michis leerem Magen rumpelte es.

»Zenzi, bist jetzt bald amoi fertig mit de geuben Ruam?«, rief die Köchin über die Schulter. »Jetzt her amoi auf, de ganze Zeit rumzumtrödeln! Und wo isses Hannerl? De ganze Zeit druckt die sich! Die bringt mi no ins Grab!«

Als sie Michi erblickte, fauchte sie: »Endlich, da bist ja! Es wird schee langsam Zeit! Jetzt aber schnoi!«

Michi nickte nur, nahm die beiden vollen Abfallbehälter und machte sich auf den Weg nach draußen in den Wirtschaftshof. Der Misthaufen befand sich hinter dem Pferdestall am Waldrand.

Er hatte die beiden Eimer schon ausgeleert und wollte sich gerade auf den Rückweg machen, als er ein leises Schluchzen hörte. Überrascht blickte er sich um, doch es war niemand zu sehen.

Wieder schluchzte jemand.

Da stellte Michi die beiden Eimer ab und folgte dem Geräusch. Es kam hinter einem der Büsche hervor, die den Hof zum Garten hin abgrenzten. Michi bückte sich und spähte zwischen den Zweigen hindurch.

Verborgen in einem Winkel, vom Haus her unsichtbar, saß dort ein Mädchen auf dem Boden. Sie war in einen einfachen grauen Mantel mit Kapuze gehüllt, unter dem schwere Lederschuhe hervorguckten. Das Gesicht hatte sie in den Händen vergraben.

Bestimmt gehört sie zum Gefolge der von Höwarths, denn ich wüsste nicht, wer das sein sollte, überlegte Michi.

Sie bemerkte ihn erst, als sie den Kopf hob und sich mit dem Handrücken die Tränen aus dem Gesicht wischte. Vor Schreck stieß sie einen kleinen Schrei aus und blickte ihn mit großen, tränengefüllten Augen an.

»Oh, Entschuldigung. Ich wollte dich nicht erschrecken«, sagte Michi sanft und lächelte sie an. Er ging in die Hocke, holte sein Taschentuch aus der Westentasche und reichte es ihr. »Du musst keine Angst haben.«

Zögernd nahm sie das Tuch und wischte sich erneut die Augen ab. »Wie peinlich!«, flüsterte sie.

»Wieso peinlich?«, fragte Michi. »Jeder von uns braucht von Zeit zu Zeit einen Busch, unter dem er sich verstecken kann.«

Sie sah ihn an und ein kleines Lächeln huschte über ihre Lippen.

»Siehst du, schon sieht nicht mehr alles so düster

aus. Was auch immer geschehen ist – morgen ist es bestimmt nicht mehr so schlimm.«

»Da wäre ich mir nicht so sicher«, antwortete sie, senkte den Kopf und zerknüllte sein Tuch in der Hand.

»Was ist denn los?«

»Ach«, seufzte sie, »es ist dieses Fest heute Abend. Ich wünschte, ich könnte die Vorbereitungen dafür vermeiden. Aber das geht ja leider nicht.«

»Viel Arbeit, wie?«, fragte Michi voller Mitgefühl. »Bei uns auch. Kommandiert dich deine Herrin auch so herum?«

Das Mädchen nickte stumm.

»Unsere Köchin wird zu einem richtigen Drachen, wenn große Feste anstehen«, sagte Michi, um sie zu trösten.

Nun hob sie den Kopf und betrachtete ihn etwas verwundert. Ihr Blick glitt über seine Kleidung und die beiden Eimer, die nicht weit entfernt auf dem Boden standen. Schließlich lächelte sie und nickte. »So kann man es ausdrücken. So einen Drachen kenne ich auch.«

Michi erwiderte ihr Lächeln und setzte sich auf den Boden. »Ich weiß, wie du dich fühlst. Ich weiß, wie es ist, wenn man nicht das tun kann, was man möchte, sondern immer nur schuften muss. So viele Regeln, die man befolgen muss. Immer gibt es jemand, der einem sagt, was richtig ist.«

Das Mädchen sah ihn offen an. »Ja, genau so ist es.«

Fasziniert blickte Michi ihr in die Augen. Obwohl sie vom Weinen noch etwas gerötet waren, lag in ihnen ein Funkeln, das ihn förmlich verzauberte. In seinem Magen, der vor Kurzem noch vor Hunger geknurrt hatte, breitete sich ein warmes, lebendiges Gefühl aus.

Er betrachtete ihre langen Haare, die sich unter der Kapuze des Mantels hervorringelten, ihre schlanken Hände und die glänzenden Wangen. Sie wirkte zerbrechlich, strahlte aber gleichzeitig eine große Stärke aus. Und ihr Lächeln war einfach hinreißend.

Plötzlich bemerkte er, dass auch sie ihn aufmerksam betrachtete, und wurde rot.

Er wandte seinen Blick ab und sagte so unbekümmert, wie es ihm möglich war: »Weißt du was? Ich habe vor einiger Zeit beschlossen, dass es keinen Zweck hat, mich immer zu sträuben. Das bringt nur Ärger. Außerdem macht es meine Mutter traurig. Ich versuche also einfach, aus allem irgendwas zu lernen.«

Sie nickte. »Verstehe«, sagte sie langsam.

Michi sah sie verstohlen an. Er spürte, dass ihm ganz warm wurde, wenn sie ihn anschaute. *Was ist nur los mit mir?*, fragte er sich.

Für einen Moment herrschte Stille, bis das Mädchen schließlich das Schweigen brach. »Und was soll ich jetzt machen?«, fragte sie.

Michi räusperte sich. »Ich meine, du solltest zurückgehen und das tun, was von dir erwartet wird.« Er hielt inne. »Oder tut dir etwa jemand weh?«

Sie schüttelte den Kopf. »Nein, nein. Das ist es nicht. Mir sind nur meine Pflichten so lästig, das ist alles.«

Er atmete auf. »Dann ist ja alles gut.«

»Wahrscheinlich hast du recht«, sagte sie leise. »Was soll ich denn hier draußen auch machen? Außerdem wird mir kalt.« Sie kroch unter dem Busch hervor und stand auf, Michi ebenfalls. Nachdem sie sich noch einmal das Gesicht mit seinem Taschentuch abgewischt hatte, reichte sie es ihm.

Ihre Hände berührten sich, als er danach griff. Michi überlief ein Schauer und er wünschte, die Zeit bliebe stehen. Die Dämmerung hatte eingesetzt, und im Zwielicht schien es ihm, als würde ihr Gesicht von innen her leuchten. Er war noch nie jemandem begegnet, der ihm so einzigartig und vollkommen vorkam.

»Danke, dass du mir zugehört hast«, sagte sie. »Und für dein Verständnis. Ich habe sonst niemanden, der mir zuhört. Alle sagen mir immer nur, was ich ihrer Meinung nach denken und fühlen soll.«

Am liebsten hätte Michi sie in den Arm genommen, aber das traute er sich nicht. Also nickte er nur und steckte sein Taschentuch wieder ein. Seine Kehle war trocken; er wusste nicht, was er sagen sollte.

»Mach's gut«, sagte sie schließlich. »Vielleicht sehen wir uns wieder.«

Michi beobachtete, wie sie zurück zum Schloss ging. Als sie sich noch einmal umdrehte und ihm zuwinkte, machte sein Herz einen kleinen Hüpfer. Er hoffte so sehr, dass ihr Wunsch wahr wurde und sie sich tatsächlich wiedersahen.

Kapitel IV:

Ein Ball im Schloss

Schloss Unterallmannshausen, im Jahr 1894

Schon als Friederike von Höwarth die Treppe hinuntergegangen war, die im breiten Hauptflur des Schlosses endete, war sie außer Atem. *Dieses dumme Korsett*, dachte sie, *ich werde mich nie daran gewöhnen.*

Sie blieb kurz stehen, um Atem zu schöpfen. Für diesen besonderen Anlass hatte ihre Mutter sie so eng geschnürt, wie es nur ging. Dazu kam, dass der schwere Seidenstoff des eisblauen Ballkleids unter den Achseln kniff und die Spitze am Halsausschnitt juckte.

Hinter ihr raschelte es. Friederike nahm wahr, wie sich ihre Mutter, die hinter ihr die Treppe herabgekommen war, bückte. Dann spürte sie, wie an den Falten ihrer Schleppe gezupft wurde.

»So«, hörte sie die zufriedene Stimme der Baronin, »jetzt sieht es gut aus. Geh hinein, mein Kind.«

Als Friederike zögerte, gab ihre Mutter ihr von hinten einen kleinen Stoß. »Geh, worauf wartest du«, raunte sie.

Gehorsam bewegte sich Friederike in die Richtung, aus der Lachen, Musik und Stimmen zu hören waren. Zwei Diener in Livree verbeugten sich vor ihr und öffneten die Flügeltüren zum Saal.

Das warme Licht der Gas-Kristalllüster fiel in die Vorhalle, und eine grandiose Szene breitete sich vor ihr aus: Herren im Frack und Damen in farbenfrohen Ballroben standen in dem riesigen Raum. Ein Orchester spielte leise; das Rascheln von Röcken und das Klackern von Schuhen auf Parkett drang an Friederikes Ohr; der Duft von Parfüm und Zigarren umhüllte sie. Der Schmuck der Damen glitzerte, leuchtend bunte Blumen schmückten den Saal, die hohen, dunklen Fenster ringsum spiegelten die feierliche Gesellschaft wider.

Ganz überwältigt von dieser Pracht trat Friederike in den Saal.

»Da haben sich die von Beilsteins aber selbst übertroffen«, staunte sogar ihr Vater, während er ihr seinen Arm bot.

Sie hakte sich dankbar bei ihm ein.

Ein grauhaariger Herr nickte dem Baron zu, worauf dieser den Gruß erwiderte. »Die halbe Münchner Society scheint sich versammelt zu haben«, kommentierte er. Er führte Friederike durch die Menge, bis sie bei der Familie von Beilstein angekommen waren, die die Gäste willkommen hieß.

Kaum hatte Graf von Beilstein die Familie von Höwarth entdeckte, entschuldigte er sich rasch bei seinen Gesprächspartnern.

»Mein lieber von Höwarth, wie schön, Sie begrüßen zu dürfen.« Er streckte Friederikes Vater seine Rechte hin, küsste dann ihrer Mutter die Hand – »Enchanté, Madame« – und wandte sich schließlich Friederike zu. »Und das hübsche Töchterchen. Meine Liebe, wie sehr freuen wir uns, dass dieser Tag endlich gekommen ist und wir heute deine Verlobung mit unserem Ludwig feiern können.« Er nahm ihre Hand.

Inzwischen war auch der Genannte neben seine Eltern getreten und grinste Friederike an. Er trug einen Frack und sah, wie sie zugeben musste, ziemlich gut aus.

»Ich hoffe, du fühlst dich bei uns wie zu Hause«, fuhr der Graf fort, »und ihr beiden nutzt die Gelegenheit, eure Bekanntschaft zu erneuern.« Während er seinen Sohn bedeutsam anblickte, legte er Friederikes Hand in die seine. »Sobald der Champagner serviert ist, stoßen wir auf euch an. Und dann eröffnet ihr beide den Tanz.«

Ludwig hielt Friederikes Hand ein wenig ungeschickt fest, sie spürte, dass er schwitzte.

Sie sah ihn an und wartete darauf, dass er etwas sagte. Obwohl ihr eigentlich nicht viel an einer Unterhaltung mit ihm lag, nachdem er sich bei der Begrüßung im Schlosshof so abfällig über die Pächter geäußert hatte. Friederike konnte Menschen, die über Abwesende negativ redeten, nicht leiden. Sie bekam dann immer Angst, dass dieselben Menschen auch Böses über sie selbst sagen würden, wenn sie nicht da war. Das weckte Misstrauen in ihr.

Schließlich zog sie ihre Hand zurück, ohne jedoch das Schweigen zu brechen.

»Und, gefällt dir dein Zimmer?«, stammelte Ludwig. Er starrte sie an, als sei er völlig von ihr fasziniert.

Sie neigte den Kopf. »Es ist sehr hübsch«, antwortete sie höflich.

»Es ist das schönste Gästezimmer, das wir haben«, fuhr er – offensichtlich ermutigt – fort, »das einzige mit Blick auf den See.«

»Ja, der Ausblick ist wirklich etwas Besonderes«, bestätigte sie.

Nun trat ein Bediensteter zu ihnen und präsentierte ein Silbertablett, auf dem Gläser mit prickelndem Champagner standen. Ludwig nahm zwei und reichte Friederike eines davon.

»Wenn das Wetter aufklart, kannst du von hier aus sogar die Zugspitze sehen«, trumpfte er auf. »Ich wette, das habt ihr in Germering nicht, oder?«

So ein überheblicher Kerl, dachte sie im Stillen und ärgerte sich. Sie antwortete aber nur: »Da hast du wohl recht.«

Als sie sein zufriedenes Grinsen sah, fügte sie rasch hinzu: »Allerdings herrschen in Germering bessere Manieren, ein unbestreitbarer Vorteil.«

Sein Grinsen erlosch. Doch bevor er etwas erwidern konnte, ertönte neben ihnen ein helles Klingeln. Graf von Beilstein hatte ein Glas in der Hand und klopfte mit einem Messer daran.

Die Gespräche im Saal verstummten, das Orchester hörte auf zu spielen und alle Leute drehten sich zu den beiden Familien um. Friederike merkte, wie sie ein wenig rot wurde.

»Meine Damen und Herren, meine lieben Freunde«, begann der Graf mit wohltönendem Bariton, »ich heiße Sie alle herzlich willkommen hier auf Schloss Unterallmannshausen. Dieses Fest hat einen besonderen Anlass – einen, auf den ich als Vater nur ein Mal in meinem Leben anstoßen kann. Mein Sohn Ludwig verlobt sich heute mit seiner Braut, Friederike von Höwarth!«

Applaus brandete auf.

»Meine Frau und ich und unsere lieben Freunde, Baron und Baronin von Höwarth, freuen uns, dass Sie alle diesen besonderen Tag mit uns feiern.« Graf von Beilstein hob sein Glas. »Lassen Sie uns anstoßen auf die beiden jungen Liebenden. Möge Gottes Segen auf ihrer Verbindung liegen. Friederike von Höwarth und Ludwig von Beilstein, sie leben …«

Und die versammelte Gesellschaft rief: »Hoch! Hoch! Hoch!«

Friederike senkte verlegen den Kopf. Sie war es nicht gewohnt, so im Rampenlicht zu stehen. Wie peinlich, einen ganzen Saal voller Leute vor sich zu haben, die sie alle anstarrten! Fast wäre ihr deshalb entgangen, dass Ludwig sich zu ihr wandte und sein Glas an ihres stieß.

Als sie ihn ansah, beugte er sich vor und küsste sie

auf die Wange. Erneut wurden Applaus und Hochrufe laut.

In diesem Moment nahm Friederike einen livrierten Diener wahr, der mit einem Tablett aus der Menge trat. Ihre Blicke begegneten sich, worauf er – offensichtlich überrascht – stehen blieb.

Es war der Junge, der ihr vor wenigen Stunden im Wirtschaftshof Mut zugesprochen hatte.

Michi konnte es nicht fassen. Das Mädchen, das noch vor Kurzem weinend unter einem Busch auf der Erde gekauert hatte – dieses Mädchen sollte sich in jene elegante, strahlend schöne Adlige verwandelt haben?

Sie ist Ludwigs Braut!, schoss es ihm durch den Kopf. *Was habe ich mir nur gedacht?*

Er starrte sie unverwandt an, während sie ihm von Weitem zulächelte, als freue sie sich, ihn zu sehen. Dann schien Ludwig, der neben ihr stand, etwas zu ihr zu sagen. Sie nickte und beide stellten ihre Gläser auf einen Tisch.

In diesem Moment begann das Orchester wieder zu spielen, ein Walzer erklang. Ludwig nahm Friederikes Hand und führte sie auf die leere Tanzfläche.

Michi konnte an Ludwigs stolzer Miene sehen, dass sein Freund genauso von Friederike bezaubert war wie er selbst. Ein Kloß formte sich in seiner Kehle, doch er konnte seinen Blick nicht von dem jungen Paar abwenden.

Ludwigs Rechte ruhte ganz selbstverständlich unterhalb von Friederikes linkem Schulterblatt, und sie hatte ihren Arm auf den seinen gelegt. Während sie im Walzerschritt an den Gästen vorbeischwebten, schienen sie völlig miteinander zu harmonieren: Sie sahen sich an und unterhielten sich. Friederikes weiter Rock und Ludwigs Frackschöße wehten, die Perlen an ihrem Hals und an ihren Ohren funkelten im Licht der Kronleuchter.

Nicht nur Michi war völlig überwältigt, auch die Gäste, die rings um die Tanzfläche standen und zusahen, schienen von dem jungen Paar entzückt zu sein.

»Bist du hier zum Gucken oder bewegst du dich endlich mal vom Fleck?«, zischte plötzlich jemand hinter Michi.

Er zuckte zusammen und drehte sich um. Es war Alfred, der Butler des Schlosses, wie so oft mit äußerst grimmiger Miene. »Du sollst Champagner servieren und nicht hier rumstehen und glotzen!«, schimpfte er und gab Michi einen kleinen Stoß.

Der stolperte ein wenig vorwärts und musste aufpassen, damit er sein Tablett nicht fallen ließ. Gehorsam schob er sich dann zwischen den Gästen hindurch, bot Champagner an und sammelte leere Gläser ein.

Aus den Augenwinkeln beobachtete er jedoch weiterhin die Tanzfläche. Graf von Beilstein trat mit Baronin von Höwarth, der Baron mit Ludwigs Mutter zu den Tanzenden auf das Parkett. Dies war das Zeichen für die übrigen Gäste, dass der Tanz offiziell eröffnet war.

Viele tranken nun ihre Gläser aus, und Michi hatte alle Hände voll zu tun, sie ihnen schnell abzunehmen. Nachdem er mehrmals hin- und hergegangen war, um die leeren Champagnergläser in die Küche zu bringen, konnte er kurz verschnaufen. Er holte tief Luft und sah durch eines der Küchenfenster in die Nacht hinaus. Ein heller Vollmond schien durch eine dünne Wolkendecke, schwarze Zweige reckten sich davor.

Friederike von Höwarth, dachte er traurig, *hätte ich dich doch nie getroffen.*

Graf von Beilstein stellte sein Glas ab und lehnte sich zufrieden in seinem Stuhl zurück. Für einen Moment betrachtete er die Tanzenden auf dem Parkett.

»Ein gelungener Abend«, sagte eine Stimme neben ihm, der Graf drehte sich um.

Baron von Höwarth zog den leeren Stuhl neben von Beilstein heran und setzte sich.

»Danke«, sagte der Graf. »Ja, ich bin zufrieden.« Er strich über seinen Schnauzbart und fuhr fort: »Es ist gut, ab und zu mit einer solchen Veranstaltung Präsenz zu zeigen und alle Personen mit Einfluss unter dem eigenen Dach zu versammeln. Wobei mir die Vereinigung unserer beider Familien selbstverständlich Grund genug ist, ein rauschendes Fest auszurichten.«

Von Höwarth schmunzelte geschmeichelt. »Schon gut, mein Bester. Ich wäre der Letzte, der etwas dagegen hätte, Geschäft und Vergnügen auf so angenehme Weise zu verbinden.«

In diesem Moment kamen die beiden Frauen von der Tanzfläche herübergeschlendert und gesellten sich zu ihnen.

Die Männer standen auf und rückten Stühle für sie zurecht. Dabei warf Graf von Beilstein einen Blick in die Menge. Er sah, dass sein Sohn und Friederike von Höwarth am Büfett standen und sich angeregt zu unterhalten schienen.

»Na, was plant ihr denn schon wieder, ihr beiden?«, fragte die Gräfin amüsiert, während sie sich Luft in ihr erhitztes Gesicht fächelte.

Die Baronin an ihrer Seite schmunzelte.

»So weit sind wir noch gar nicht gekommen«, entgegnete der Graf. »Aber da du es schon ansprichst: Ich wollte dich fragen, mein lieber Höwarth, ob du morgen mit mir zur Besprechung des Bismarckturm-Vereins gehen würdest.«

»Machst du Witze?«, rief der Baron. »Bist du etwa Mitglied in dieser Versammlung von Verrückten?«

Von Beilstein lachte dröhnend. »Das gefällt mir! Nein, natürlich bin ich kein Mitglied, wo denkst du hin! Abgesehen davon, dass mich dieser Verein gar nicht aufnehmen würde. Ich sage viel zu oft und zu laut, dass mir diese Preußen mit ihrem ganzen Deutschen Reich gestohlen bleiben können!« Er schnaubte entrüstet. »Diese Leute können es nicht oft genug hören, dass sie mit ihrer Hörigkeit Bayerns Untergang heraufbeschwören!«

»Du sprichst mir aus dem Herzen«, erklärte der Baron. »Es ist nun über zwanzig Jahre her, dass wir Teil des Reiches wurden, und was hat es uns gebracht? Schau dich doch um: Überall lungert das Lumpenproletariat herum, und die Juden machen sich in den Städten breit – jetzt, da sie alle Bürgerrechte haben. Und die vielen Preußen, die nach Germering gezogen sind, kann ich schon gar nicht mehr zählen.«

Seine Frau nickte eifrig. »Wobei daran nicht nur die verrückten Hohenzollern schuld sind, mein Lieber. Da hatte unser ach so guter König Ludwig auch seinen Anteil.«

»Das ist wohl leider wahr. Schlösser bauen und Opern hören, das konnte der Geisteskranke. Aber regieren?« Der Graf seufzte. »Darin war er eine Niete. Ich kann immer noch nicht fassen, dass er Bayerns Zutritt zum Deutschen Reich gebilligt hat.«

»Alles richtig, mein lieber Maximilian. Also, warum dann dieser Verein? Was um alles in der Welt willst du bei dieser Versammlung?«

»Diese Irren wollen auf die Rottmannshöhe, gleich hier über Allmannshausen, ihren Turm der Schande bauen! Das ist die schönste Aussichtsstelle am östlichen Seeufer und viele Touristen fahren von Starnberg dort hinauf. Sonntags bei schönem Wetter ist dort Volksfeststimmung! Und genau das wollen sie mit diesem schauderhaften Bauwerk verderben.

Aber nicht mit mir. Ich habe immerhin einigen Einfluss in dieser Gegend. Und deshalb werde ich morgen mit Ludwig zur Stelle sein und diese Versammlung kräftig stören. Gerade jetzt ist das wichtig, wo Bismarck in die Politik zurückdrängt.«

Er sah den Baron fragend an. »Also, mein Guter, schließt du dich uns an? Wir können jede Unterstützung gebrauchen. Du könntest als Nicht-Einheimischer, als Tourist sozusagen, deine Meinung kundtun, dass die Rottmannshöhe ohne Turm viel attraktiver ist.«

»In Ordnung. Wenn du glaubst, dass ich von Nutzen sein kann, gerne«, stimmte der Baron zu. »Und könnten wir bei dieser Gelegenheit nicht auch zusammen ausreiten? Ich möchte unbedingt die wunderschöne Landschaft hier besser kennenlernen.«

»Natürlich, das ist eine wunderbare Idee«, rief der Graf entzückt.

»Und wir, meine liebe Therese, werden uns in der Zwischenzeit auf unsere eigene Weise amüsieren. Wir könnten eine Bootsfahrt über den See unternehmen, was hältst du davon?«, fragte die Gräfin ihre Freundin.

»Sehr gerne«, stimmte Baronin von Höwarth zu. »Vielleicht möchte Friederike uns ja begleiten – wir werden sie fragen.«

Kapitel V:

Nachts im Park

Es war spät geworden. Viele Gäste hatten sich schon verabschiedet und im Saal tanzten nur noch wenige Paare. Die Luft war warm und träge – sogar die Musik schien langsamer zu spielen, als ob auch die Musiker müde geworden waren.

Friederike hatte in den vergangenen Stunden fast ununterbrochen getanzt. Auf ihrer Tanzkarte hatte sie all die Herren notiert, die sie um einen bestimmten Tanz gebeten hatten. Und nach dem Eröffnungswalzer und dem obligatorischen Tanz mit Ludwigs Vater hatte sich diese Karte so schnell gefüllt, dass Friederike kaum eine Pause gehabt hatte.

Nun war sie müde und durstig, ihre Rippen schmerzten von dem eng geschnürten Korsett. Die eleganten Tanzschuhe quälten ihre Füße und ihre Kopfhaut brannte von der fest gesteckten Frisur.

Gerade hatte sie sich mit einem Knicks von ihrem letzten Tanzpartner verabschiedet und war zu ihrem Tisch zurückgekehrt. Dort waren ihre Eltern ins Gespräch vertieft und schienen sie für den Moment nicht zu beachten.

Ludwig stand nicht weit entfernt bei einer Gruppe junger Männer, die vermutlich seine Freunde waren.

Sie wirkten alle recht angetrunken, gerade brachen sie in lautes Gelächter aus.

Friederike ging zum Büfett, wo sie einen Diener um ein großes Glas Wasser bat. Mit dem Glas in der Hand trat sie durch die offen stehende Tür und ein paar Stufen hinunter in den Park. Entlang der Gartenwege waren Fackeln aufgestellt, die den Rasen und die in Form geschnittenen Büsche in flackerndes rotes Licht tauchten.

Ein Stück weiter hinten, wo es dunkel war, konnte sie die Schatten einiger Paare erahnen, die durch den Garten schlenderten. Sie hörte leise Gespräche und Lachen. Eine Brise raschelte in den Blättern der Bäume, es roch nach Gras und dem See.

Rasch folgte Friederike einem Seitenpfad und setzte sich mit einem kleinen, wohligen Seufzer auf eine Steinbank. Es tat so gut, endlich zu sitzen. Die Luft, die ihr erhitztes Gesicht streichelte, war angenehm kühl. Sie trank das Glas Wasser in einem Zug leer und stellte es neben sich auf die Bank. Dann zog sie ihre Schuhe aus, um den kalten Steinboden unter ihren Füßen zu spüren.

Eine Weile saß sie einfach so da und genoss die Ruhe und die Kühle. Die Musik im Saal verklang. Sie konnte hören, wie Kutschen vor dem Schloss vorfuhren und einige Gäste einstiegen.

Auf einmal hörte sie Schritte auf dem Weg, eine Gestalt näherte sich.

Sie blickte auf und erkannte den jungen Diener, der sie am Nachmittag getröstet hatte.

Er blieb in einigem Abstand stehen und sagte ernst: »Ich habe gesehen, dass Sie hier sitzen, und wollte Sie um Entschuldigung bitten, Fräulein von Höwarth.«

»Warum denn das?«, fragte sie überrascht.

»Nun, weil ich Sie für eine Bedienstete gehalten habe«, antwortete er. »Das war unangemessen und tut mir leid.«

Sie lächelte. »Keine Entschuldigung nötig«, meinte sie. »Du warst sehr freundlich zu mir und hast mir geholfen, als ich Hilfe gebraucht habe. Das war nett. Deshalb: Bitte sieze mich nicht und lass den ganzen höflichen Kram. Ich heiße Friederike.«

Sie klopfte mit der Handfläche auf die Bank. »Setz dich doch ein wenig zu mir.«

Zögernd folgte der Junge ihrer Aufforderung.

»Wie heißt du?«, fragte sie.

»Michi. Also, eigentlich Michael, aber alle nennen mich Michi«, antwortete er verlegen.

Eine Weile blickten sie gemeinsam in die Dunkelheit und schwiegen.

Friederike fand es schön, ihn neben sich zu haben. Sie wollte gerne mehr über ihn erfahren, wusste aber nicht, wie sie am besten ein Gespräch beginnen konnte.

»Bist du …«, sagte sie schließlich.

Doch im selben Moment hatte er ebenfalls zu einer Frage angesetzt. »Haben Sie …«

Beide lachten.

»Sie … äh … du zuerst«, bat Michi schüchtern.

»Hast du dich auch davongeschlichen, weil es dir gereicht hat?«

Er nickte. »Ja.«

»So ein Ball ist ganz schön anstrengend!« Sie hob ihre bestrumpften Füße. »Ich wette, dir tun vom vielen Laufen die Füße ebenso weh wie mir meine vom Tanzen.«

»Oh ja«, stimmte Michi zu. »Ich kann gar nicht sagen, wie oft ich zwischen Küche und Saal hin- und hergelaufen bin.«

Sein zurückhaltendes Lächeln wirkte so nett und beruhigend auf sie, dass sie sich schon viel wohler fühlte.

Plötzlich kam ihr eine verrückte Idee. »Weißt du, was wunderbar bei müden Füßen hilft?«

»Was denn?«

Sie erhob sich und hielt ihm ihre Hand hin. »Komm, ich zeig's dir.«

Verblüfft ergriff er ihre Hand und stand auf.

Sie führte ihn bis an den Rand der Rasenfläche. »Du

wirst sehen, du wirst dich erfrischt fühlen«, versprach sie, überrascht von ihrer eigenen Kühnheit.

Sie machte ein paar Schritte auf dem Gras, das vom Abendtau schon ganz feucht war. Die Kühle drang durch ihre dünnen Strümpfe und sie erschauerte wohlig. Es war schon so lange her, dass sie als kleines Mädchen mit bloßen Füßen draußen herumgelaufen war. Für eine Dame schickte sich das leider nicht.

Wenn Mutter wüsste …, dachte sie und unterdrückte ein schelmisches Lächeln.

Michi stand immer noch auf dem Weg und sah ihr staunend zu. Als sie ihn zu sich her winkte, gab er sich jedoch einen Ruck, zog seine Schuhe aus und trat auf den Rasen.

Sie nahm seine Hand, und gemeinsam gingen sie ein paar Schritte, während die Grashalme ihre Sohlen streichelten.

»Herrlich!«, rief sie aus.

Er lachte.

Friederikes Müdigkeit war längst verflogen. Es war eine wunderschöne Nacht. Die Luft war weich. Sie atmete tief ein und hatte das Gefühl, an Michis Hand förmlich über den Rasen zu schweben. Ihr wurde ganz leicht zumute, sogar das lästige Korsett schien sich zu weiten.

Seine Hand hielt sie sanft, und sie war froh über seine Gesellschaft, die so viel unaufdringlicher war als das Geprahle der adligen Schnösel. Die Melodien der verklungenen Walzer klangen ihr noch ihm Ohr. Sie begann, zu summen und sich im Takt zu wiegen.

Aus den Augenwinkeln sah sie, dass er sie betrachtete. »Möchtest du tanzen?«, fragte sie und streckte ihm ihre zweite Hand entgegen.

Er zuckte sichtlich verlegen mit den Schultern. »Ich weiß nicht, wie«, sagte er leise. »Tanzen habe ich nie gelernt.«

»Das macht nichts«, erwiderte sie leichthin. »Ich bringe es dir bei.«

Sie fasste nach seiner rechten Hand. »Die legst du unter mein Schulterblatt«, erklärte sie.

Sofort korrigierte er die Position seiner Hand, die etwas tiefer gerutscht war.

Friederike legte ihren Arm auf den seinen. Sie spürte, wie er sich sträubte, ihr ganz nah zu kommen. »Beim Walzer muss man ganz eng stehen«, erklärte sie lächelnd und trat so dicht an ihn heran, dass sich ihre Oberkörper fast berührten. »Sonst kann man sich nicht richtig drehen. Du musst mich mit deiner rechten Hand nah bei dir halten und dafür sorgen, dass ich nicht davonwirble.«

Der Druck an ihrem Schulterblatt verstärkte sich etwas.

Einen Moment standen sie beide so da, ohne sich zu rühren.

Friederike konnte seinem Atem spüren. Sein Haar kitzelte ihre Wange. Er wagte es offenbar nicht, ihr in die Augen zu schauen, denn er blickte über ihre Schulter.

»Und jetzt wiegen wir uns von Seite zu Seite«, flüsterte sie und begann, leicht von einem Fuß auf den anderen zu treten. Dabei summte sie wieder eine Walzermelodie.

Er folgte ihren Bewegungen und so tanzten sie im Takt eines gedachten Orchesters.

»Das machst du gut«, sagte sie leise.

Da drehte er seinen Kopf und sah sie an. Seine Augen glitzerten im Halbdunkeln, sie erschienen ihr geheimnisvoll und doch auf seltsame Weise vertraut. Er lächelte und sie konnte spüren, dass er sich etwas entspannte.

Wie im Traum tanzten sie weiter.

Plötzlich wurde ihre Zweisamkeit jedoch von einem lauten Ruf unterbrochen: »Was geht denn hier vor sich?«

Erschrocken ließen sie einander los, wobei Michi gleichzeitig einen großen Schritt zurücktrat.

Über den Rasen kam Ludwig auf sie zu und sah sie voller Unmut an.

Friederike senkte den Kopf und spürte, wie sie rot wurde. »Tut mir leid, Ludwig«, sagte sie. »Ich habe Michi nur gezeigt, wie man tanzt.«

»Er hat keine Verwendung fürs Tanzen!«, schnaubte Ludwig. »Was tust du überhaupt hier draußen?«

»Mir war warm und ich wollte mich kurz erfrischen. Deshalb bin ich in den Garten gegangen«, erklärte sie.

Ludwig nickte. »Deine Eltern suchen dich, vielleicht solltest du wieder hineingehen. Und du«, er wandte sich an seinen Freund, »hast du nichts Besseres zu tun, als im Garten herumzuschleichen?«

»Natürlich«, antwortete Michi ruhig, drehte sich um und ging mit großen Schritten davon.

Friederike schämte sich. Schnell kehrte sie zu der Bank zurück, wo sie ihre Schuhe stehen gelassen hatte, und zog sie wieder an. Dann folgte sie Ludwig, der schon Richtung Saal zurückmarschierte.

Was habe ich da nur angerichtet?, fragte sie sich bedrückt. *Hoffentlich erzählt er unseren Eltern nichts davon.*

Aber Ludwig überraschte sie. Er behielt seinen Ärger für sich, behandelte sie den ganzen restlichen Abend ausgesprochen nett und aufmerksam und sagte kein Wort zu ihren Eltern.

Michi hörte, wie seine Mutter im Schlaf seufzte und sich von einer Seite auf die andere wälzte. Er wandte den Kopf und schaute zu ihrem Bett hinüber. Im

Mondschein, der durchs Fenster fiel, sah er, dass sich aus ihrem Zopf ein paar Haarsträhnen gelöst hatten. Ein wenig Grau schimmerte in ihnen.

Nun stieß Michi ebenfalls einen Seufzer aus, wenn auch nicht im Schlaf, sondern aus Kummer. Gleichzeitig drehte er den Kopf zum Fenster. Von seinem Kissen aus konnte er die oberen Stockwerke des Schlosses sehen, die schon längst nicht mehr hell erleuchtet war. Alle Bewohner schienen in tiefem Schlaf zu liegen.

Eines der Fenster zog seinen Blick geradezu magisch an – dahinter, so wusste er, lag der Flur vor dem Gästezimmer, wo Friederike jetzt sicherlich in dem großen Himmelbett schlief.

Er malte sich aus, wie ihr Kopf auf dem großen weißen Kissen lag und sich ihre honigblonden Haare auf dem Stoff verteilten. Er lauschte und meinte beinahe, ihren Atem hören zu können.

Doch es war nur sein eigener, der immer noch viel zu schnell ging, als dass er endlich hätte einschlafen können.

Lieber Gott, begann er lautlos zu beten, *ich liebe sie. Ich habe noch nie ein Mädchen wie sie getroffen. Friederike – dieses strahlende Lächeln – ich kann sie einfach nicht vergessen. Aber Ludwig liebt sie auch! Ich habe es in seinen Augen gesehen, als er uns im Park überrascht hat. Was soll ich nur machen? Ich darf sie nicht lieben! Sie ist seine Braut und er ist mein Freund. Bitte hilf mir, sie zu vergessen.*

Er schloss die Augen. Aber da sah er wieder Friederike vor sich, wie sie in ihrem langen Ballkleid und ohne Schuhe auf dem Rasen tanzte. Er öffnete die Augen und blickte zum Schloss hinüber.

Hinter der Scheibe stand offenbar jemand im dunklen Flur. Michi schien es, als könne er den Umriss eines weißen Nachthemdes erkennen.

Ob das Friederike war, die vielleicht ebenfalls nicht schlafen konnte? Dachte sie womöglich auch an diesen wunderbaren, einzigartigen Tanz?

Ich kann Ludwig nicht heiraten, dachte Friederike, während sie auf das niedrige Nebengebäude hinausblickte, in dem sie Michis Zuhause vermutete. *Er ist ganz nett und mag mich, das spüre ich. Aber ich empfinde für ihn nicht das Gleiche wie für Michi.*

Sie war innerlich so aufgewühlt, dass sie keine Ruhe gefunden hatte. Obwohl sie sich bemüht hatte, endlich einzuschlafen, hatte sie im Geist immer noch die Melodie gehört, zu der sie mit Michi auf dem Rasen getanzt hatte. Die Erinnerung daran ließ sich einfach nicht verdrängen.

So war sie schließlich aufgestanden. Zunächst war sie an das Fenster in ihrem Zimmer getreten und hatte auf den mondbeschienenen See gestarrt, um wenig später jedoch hinaus in den Flur zu wandern. Denn ihr Herz zog es in eine andere Richtung – zu Michi.

Sie suchte alle Fenster der Nebengebäude ab, in der Hoffnung auf … Sie wusste selbst nicht, was.

Lange stand sie so da, mit einem Gefühl, das sie bisher noch nicht gekannt hatte. Und mit der bedrückenden Ahnung, dass sich ihre Sehnsucht nicht erfüllen würde.

Ein Riss, den Ludwig bisher noch nie bemerkt hatte, zog sich über seinem Bett durch die Zimmerdecke. Es war nicht das erste Mal, dass er wach lag und nach oben starrte, aber diese dunkle Zickzacklinie war ihm neu. Er betrachtete sie jetzt schon eine ganze Weile.

Sie sieht genau so aus, wie ich mich fühle, überlegte er. *Ich bin innerlich entzweigerissen.*

Er musste immer wieder an den Moment denken, als Friederike die Kutsche verlassen und ihn lächelnd begrüßt hatte. Oder daran, wie sie in ihrem prächtigen Ballkleid den Saal betreten hatte. Sie hatte so bezaubernd ausgesehen, dass es ihm förmlich den Atem verschlagen hatte. *Meine Braut,* dachte er verliebt und voller Stolz.

Doch dann fiel ihm wieder ein, was er im Park beobachtet hatte: Friederike und Michi, tanzend im Gras, sich innig anschauend. Die Erinnerung daran versetzte ihm auch jetzt noch einen Stich.

Dieser falsche Freund, dachte er, *tut so, als bedeute ihm unsere Freundschaft etwas und hintergeht mich gleichzeitig. Und ich habe ihm sogar noch mein Jagdmesser geschenkt.*

Sein nächster Gedanke war jedoch: *Vielleicht irre ich mich ja auch. Schließlich ist Michi mir immer ein guter Freund gewesen, bis jetzt. Vielleicht sollte ich mit ihm reden.*

Ludwig holte tief Luft und drehte sich auf die Seite. Doch obwohl er sich sagte, dass das Ganze bestimmt ein Missverständnis war, krampfte sich sein Herz immer mehr zusammen. Dieses Bild ließ sich einfach nicht auslöschen: Sein Freund und seine Braut im Schein der Fackeln, sich wiegend in einem Tanz, an dem er keinen Anteil hatte.

Kapitel 4:

Opa Hans hat Geburtstag

Am Starnberger See

Völlig außer Atem kam Antonia vor der Hütte des alten Fischers an, wo sich die Freunde verabredet hatten. Es war Opa Hans' 79. Geburtstag, und er hatte sie alle eingeladen, mit ihm zu feiern.

»Sorry, eigentlich wollte Mama das Geschenk einpacken, aber wegen des Unfalls musste ich das selbst noch schnell machen«, keuchte sie.

»Kein Problem«, lächelte Franky. »Wie geht es Sina?«

»Keine Ahnung. Papa hatte noch nicht angerufen, als ich weggegangen bin.«

»Es wird schon alles in Ordnung sein.«

Antonia nickte. *Das hoffe ich auch*, dachte sie.

»Hier«, sagte Emma und holte einen kleinen Kuchen aus der Box, die sie auf ihrem Rad hatte. Die beiden Freundinnen hatten den Kuchen extra für Opa Hans gebacken.

»Cool, sieht super aus«, meinte Franky.

»Ja, und der schmeckt auch gut«, sagte Emma. »Hier noch die Kerzen.« Sorgfältig steckte sie sie auf den Kuchen.

»Wo bleibt denn Jaron?«, fragte Franky und sah sich suchend um.

»Keine Ahnung. Der kann mir gerade mal gestohlen bleiben«, schnaubte Antonia.

»Mann, Antonia, was soll denn das?« Franky runzelte die Stirn.

»Ist doch wahr. Hätte er nicht so einen Blödsinn gemacht, dann wäre der Unfall gar nicht passiert!«

»Aber das darfst du ihm doch nicht dauernd vorwerfen – das ist ungerecht!«

»Hey Leute, könnt ihr mal aufhören?« Emma sah auf ihr Handy. »Hier, er hat in die Gruppe geschrieben, dass es ihm nicht gut geht und dass er nicht zur Geburtstagsfeier kommt.«

»Zum Glück«, knurrte Antonia.

Franky kniff die Augen zusammen, doch er sagte nichts. Offenbar sah er ein, dass es keinen Zweck hatte, Antonia weiter ins Gewissen zu reden.

»Also, dann lasst uns die Kerzen noch anzünden«, sagte Emma, holte aus ihrer Tasche ein Feuerzeug und zündete eine Kerze nach der anderen an.

Nachdem Antonia an die Tür geklopft hatte, dauerte es einen Moment, dann öffnete Opa Hans.

»Happy birthday to you …«, sangen die drei aus vollem Hals, während der alte Fischer lächelnd im Türrahmen stand.

»Oh, vielen Dank!«, sagte er freundlich. »Das ist aber lieb von euch.«

»Jetzt musst du erst mal die Kerzen ausblasen«, forderte Antonia, und die beiden anderen nickten.

»Na schön«, meinte Opa Hans und blies die Kerzen mit einem Atemzug aus. »Dann kommt doch mal rein.«

Die Freunde betraten die kleine, gemütliche Wohnküche des Fischers und setzten sich auf die Eckbank.

»Ihr hättet doch keinen Kuchen mitbringen müssen, ich habe auch welchen da. Außerdem gibt es heiße Schokolade«, sagte Opa Hans fröhlich. Er verteilte dampfende Tassen und Kuchenstücke.

»Ja, aber dieser Kuchen ist nur für dich«, erklärte Antonia. »Den sollst du ganz allein essen. Emma und ich haben ihn extra für dich gebacken.«

»Ich bin beeindruckt! Danke schön. Aber sagt mal, wo ist denn Jaron?«

»Der kann leider nicht kommen«, antwortete Emma.

»Ach ja? Warum denn nicht?«

»Der schmollt. Er hat Blödsinn mit Sina und Lukas gemacht, und jetzt ist Sina im Krankenhaus«, sagte Antonia in scharfem Ton.

»Was?« Erschrocken blickte der alte Fischer auf. »Wie ist das denn nur passiert?«

Antonia erzählte die ganze Geschichte und Opa Hans hörte aufmerksam zu.

»Jaron ist echt so ein … ach!«, schloss sie ihre Schilderung. »Ich hatte ihn noch gewarnt, aber er muss eben dauernd beweisen, wie cool er ist.« Sie lehnte sich zurück und verschränkte die Arme.

»Das mag ja sein, aber glaubst du wirklich, dass er Sina absichtlich verletzt hat?«, fragte Opa Hans sanft.

»Nein, natürlich nicht – aber trotzdem. Das war einfach total behämmert.«

»Hm«, überlegte der alte Fischer. »Hast du denn versucht, ihn daran zu hindern, beide Zwillinge auf seinem Rad mitzunehmen?«

»Nein, aber das hätte ich mal besser machen sollen.«

»Und ihr anderen? Habt ihr was gesagt?« Opa Hans sah Franky und Emma an, die daraufhin den Kopf schüttelten.

»Heißt das etwa, wir sind auch schuld an dem Unfall?« Antonia runzelte die Stirn.

»Das habe ich nicht gesagt«, meinte Opa Hans. »Aber du verurteilst gerade einen Menschen für etwas, das du hättest verhindern können.«

»Ich bin doch nicht sein Kindermädchen«, verteidigte sich Antonia trotzig. »Es war ganz klar seine Schuld!«

Der alte Fischer sah die drei der Reihe nach an und blickte dann durchs Fenster auf den See. »Ja, mit Schuld zu leben, das ist nicht einfach«, sagte er nachdenklich. Sein Blick glitt zu dem Bild eines etwa zwölfjährigen Mädchens, das im Winkel der Eckbank stand. »Antonia, was Jaron getan hat, war ganz sicher keine Absicht«, fuhr er fort. »Er macht sich vermutlich Vorwürfe und wollte deshalb heute nicht mitkommen.«

Antonia starrte auf die Tischplatte. Sie wusste, dass Opa Hans recht hatte.

»Könnte schon sein«, bestätigte Emma. »Vielleicht ist er deshalb auch weggelaufen.«

»Er ist weggelaufen?« Opa Hans zog die Augenbrauen hoch.

»Ja, nach dem Unfall. Er ist einfach verschwunden. Ich hab ihm noch etwas hinterhergerufen, aber er hat nicht reagiert«, bestätigte Franky.

Der alte Fischer nahm einen Schluck von seinem Kaffee, überlegte und sagte dann: »Manchmal passieren Dinge im Leben, die bringen einen dazu, etwas zu tun, was man gar nicht will.«

»Wie meinst du das?«, wollte Emma wissen.

»Als ich ein kleiner Junge war, haben mich die anderen Kinder oft gehänselt – heute würdet ihr wohl sagen: Ich wurde gemobbt. Sie haben mich ausgelacht, beschimpft und manchmal sogar verprügelt. Für sie waren Menschen wie ich nichts wert.«

»Nichts wert?« Franky sah ihn erstaunt an.

»Zu dieser Zeit regierten die Nazis und, wie ihr sicherlich wisst, wurden Juden damals nicht nur ausgegrenzt, sondern sie wurden sogar grausam verfolgt und ermordet.«

»Bist du denn Jude?«, fragte Antonia verblüfft.

»Einer meiner Vorfahren war Jude, genauer gesagt, mein Ururgroßvater. Damit galt ich zwar selbst nicht mehr offiziell als Jude, aber das war den Kindern egal.« Die Erinnerung an die Erlebnisse in seiner Kindheit schien die Falten im Gesicht des alten Fischers noch zu vertiefen. »Na ja, in so einem kleinen Dorf wie unserem hier kennt man sich, die Leute wussten natürlich von meinen Vorfahren. Es waren nicht nur die Kinder, die mich unfreundlich behandelt haben.«

»Das ist echt total bescheuert«, sagte Franky entsetzt.

»Ja, aber das hielten die Leute damals für richtig«, meinte Opa Hans. »Und später, als der Krieg vorbei war, ist keiner gekommen, um sich bei mir zu entschuldigen. Alle haben geschwiegen. Wisst ihr, es gab ja auch viele, die mir zwar nichts getan, mir aber auch nicht geholfen haben.«

Antonia begriff, was er damit sagen wollte, und wich seinem Blick aus.

»Die Ablehnung und der Hass sind nicht ohne Auswirkung geblieben. Ich konnte diese Erfahrungen nicht einfach abschütteln, sie haben mich im Lauf der Jahre verändert.« Seine Stimme zitterte.

Doch dann lächelte er auf einmal, während er fortfuhr: »Und deshalb bin ich so froh, dass ich Jesus gefunden habe. Er hat mir geholfen und tut es heute noch.«

Antonia holte tief Luft. »Ich glaube, ich sollte mal mit Jaron reden, oder?« Ihr war klar geworden, dass sie auf keinen Fall so hätte ausrasten dürfen. Wahrscheinlich hatte sich Jaron ohnehin schon mies gefühlt, und ihre Vorwürfe hatten die Sache nicht besser gemacht.

»Ja, das wäre sicher nicht schlecht«, bestätigte Opa Hans und lächelte sie an. »So, Themawechsel«, sagte er dann. »Jetzt wird Geburtstag gefeiert. Man wird ja schließlich nur einmal 79!«

Er schenkte den dreien Kakao nach und Emma verteilte noch einmal Kuchen. Während sie aßen und tranken, sprachen sie über andere Dinge. Zwischendurch schrieb Franky eine Nachricht an Jaron. Er forderte ihn auf, doch noch zu kommen, erhielt aber keine Antwort.

Als alle satt waren, sagte Antonia feierlich: »Opa Hans, wir haben auch ein Geschenk für dich.«

»Ein Geschenk? Aber ihr seid doch hier. Das ist mein größtes Geschenk.«

»Das ist lieb von dir, aber wir haben dir trotzdem noch etwas mitgebracht.« Mit diesen Worten griff sie in ihren Rucksack und reichte ihm ein kleines, rechteckiges Paket. »Hier, für dich.«

»Na, da bin ich mal gespannt«, sagte Opa Hans, nahm es entgegen und packte es aus. Er öffnete die Schachtel und holte ein Smartphone heraus. »Was ist denn das?« Verwundert drehte er das Gerät hin und her und betrachtete es von allen Seiten.

»Das ist ein Handy«, erklärte Franky, »und zwar eines für Senioren. Es ist ganz einfach zu bedienen.«

»Ein Handy?«

»Ja, damit können wir ab jetzt immer mit dir telefonieren«, freute sich Antonia.

»Und du kannst uns Nachrichten schicken«, fügte Emma hinzu.

»Und wir können dir Bilder und Filme schicken«, rief Franky begeistert.

»Ach du liebe Güte«, lachte der alte Fischer, »und ich dachte, dieses moderne Zeug geht an mir vorüber.«

»Ach komm, so alt bist du doch noch nicht, und für deine neununddreißig Jahre hast du dich gut gehalten«, scherzte Franky.

»Neununddreißig Jahre, das wäre schön«, schmunzelte Opa Hans. »Das ist wirklich lieb von euch. Aber wie funktioniert das denn?«

Nun redeten erst einmal alle durcheinander, bis sie sich

einig waren, dass Emma die Funktionen des Handys erklären sollte.

Der alte Fischer lauschte aufmerksam.

»Hier, wenn du jetzt in diese Gruppe schreibst, kriegen wir alle eine Nachricht von dir«, sagte Emma.

»Aha, eine Gruppe, ist ja interessant.«

»Siehst du, und wenn du jetzt hier draufdrückst, dann kannst du sogar Fotos machen«, warf Franky ein.

»Was es nicht alles gibt.« Opa Hans schüttelte den Kopf. »Aber vielen Dank. Darüber freue ich mich sehr. Das war doch bestimmt ziemlich teuer.«

»Wir haben alle zusammengelegt«, beruhigte ihn Antonia, »und Mama und Papa haben auch was dazugegeben.«

Gemeinsam machten sie nun einige lustige Fotos und zeigten ihm, wie man diese verschicken konnte.

Als der alte Fischer das Handy schließlich zur Seite legte und sich erhob, um den Tisch abzudecken, gab Antonia sich einen Ruck. »Opa Hans, wir wollten dich noch etwas fragen«, fing sie an.

»Schieß los«, meinte er freundlich, nahm den Stapel Teller und trug ihn zur Anrichte.

Antonia blickte Emma und Franky an, die ihr aufmunternd zunickten.

»Also«, sagte sie zögernd, »wir wollten dich fragen, was du alles über diese Schale und die Brosche weißt.«

Der alte Fischer hielt inne. »Die Schale und die Brosche?«, wiederholte er. Er setzte die Teller ab und drehte sich zum Esstisch um. »Ihr drei, ich möchte, dass ihr mir jetzt ganz genau zuhört«, bat er mit ernstem Blick. »Ihr müsst es endlich aufgeben, nach diesem Schatz zu suchen!«

»Aber warum denn?«, hakte Antonia sofort nach. »Warum sollen wir nicht danach suchen?«

»Weil ich das nicht möchte«, antwortete Opa Hans mit Nachdruck.

»Das musst du uns schon näher erklären«, forderte Antonia. Sie verstand einfach nicht, weshalb der sonst so gütige und freundliche Mann bei diesem Thema so ernst wurde.

Opa Hans wandte sich ab und ließ das Spülwasser einlaufen. »Ich möchte, dass ihr mir in dieser Sache einfach vertraut und tut, was ich euch sage.« Er bemühte sich offenbar, seine Stimme ruhig zu halten, aber sie zitterte vor Anspannung.

»Aber wie können wir dir denn vertrauen, wenn du uns überhaupt nichts erzählst? Es ist doch offensichtlich, dass du irgendetwas weißt. Warum willst du uns das nicht anvertrauen?«, beharrte Antonia weiter, während die anderen beiden zustimmend nickten.

Da drehte sich Opa Hans ruckartig zu ihnen um und sagte in äußerst scharfem Ton: »Ich werde euch nichts erzählen, habt ihr mich verstanden!«

Für einen Moment war es ganz still in der Fischerhütte. Antonia fühlte sich wie vor den Kopf geschlagen, und auch den anderen beiden war anzusehen, dass ihnen sehr unbehaglich zumute war.

»Ähm, ich glaube, ich muss mal langsam nach Hause«, unterbrach Emma schließlich das Schweigen, »sonst macht sich meine Mutter noch Sorgen.«

»Ja, ich auch«, sagte Franky.

Der alte Fischer holte tief Luft, dann sagte er leise: »Es tut mir leid, dass ich gerade so böse geworden bin. Es war wirklich schön, dass ihr hier wart. Ich habe diese Zeit sehr genossen, und vielen Dank für das Geschenk.«

»Bitte schön«, entgegnete Antonia kurz.

Nach einem ziemlich kühlen Abschied verließen sie die Hütte und stiegen auf ihre Fahrräder.

»Und was machen wir jetzt?«, fragte Franky, während sie die Seestraße entlangradelten.

»Langsam nervt mich diese ganze Geheimnistuerei total«, fauchte Antonia und bremste abrupt ab.

»Hey, pass doch auf«, maulte Franky, der ihr beinahe hinten aufs Rad gefahren wäre.

»Kommt, lass uns reden«, schlug Emma vor und hielt am Straßenrand an. Sie stellte ihr Rad bei einer Bank ab, die auf den See hinausblickte, und setzte sich. Die anderen beiden folgten ihrem Beispiel.

Gemeinsam sahen sie aufs Wasser hinaus. Die Sonne stand schon tief. Der Frühlingstag war sonnig und warm gewesen, doch der Abend brachte in Erinnerung, dass der Sommer noch weit war. Es duftete schwach nach Blüten.

»Immer, wenn wir über die Brosche reden, flippt Opa Hans total aus«, fing Franky an und zupfte an einem Zweig, der in Richtung Wasser wuchs.

»Ich verstehe es einfach nicht«, sagte Antonia. »Er ist der liebste Mensch, den ich kenne. Warum vertraut er uns nicht?«

»Na ja, vielleicht hat das ja mit seiner Vergangenheit zu tun« Emma rückte sich die Brille zurecht.

»Das mag sein, aber es bringt uns jedenfalls nicht weiter, wenn wir ihn um Rat bitten«, meinte Franky. »Wir müssen mit Weixlhammer reden. Der sagt wenigstens, was er weiß.«

Antonia stöhnte.

»Du hast recht – ich denke, wir haben keine andere Wahl«, stimmte Emma zu.

Antonia überlegte einen Moment. Sie war verunsichert, weil Opa Hans sich so merkwürdig verhalten hatte. Außerdem belastete es sie, dass sie Jaron unrecht getan hatte.

Deshalb zuckte sie schließlich mit den Schultern und sagte tonlos: »Ja, wir haben wirklich keine andere Wahl.«

»Okay, Leute, dann gehen wir morgen zu Weixlhammer.« Franky sah die beiden Mädchen auffordernd an.

»In Ordnung«, seufzte Antonia.

Er stand auf. »Schön. Aber jetzt muss ich los, sonst kriegen meine Eltern die Krise. Ich muss heute noch in der Pizzeria helfen.«

»Alles klar, dann bis morgen«, meinte Emma.

Franky holte sein Rad und fuhr davon, während die beiden Mädchen noch auf der Bank sitzen blieben.

»Alles klar bei dir?«, fragte Emma leise.

»Ich, ach, ich verstehe einfach nichts mehr.« Antonia war völlig entmutigt.

»Ich bin mir sicher, dass Opa Hans nur so ist, weil er uns beschützen will«, tröstete Emma.

»Aber warum erzählt er uns gar nichts? Hält er uns für Babys?«

»Keine Ahnung.«

Antonia lehnte ihren Kopf an die Schulter ihrer allerbesten Freundin. »Und ich ärgere mich auch über mich selbst«, sagte sie dann.

»Wieso denn das?«

»Na, weil ich immer so schnell ausraste und dann voll zickig werde.«

»Du meinst, wegen der Sache mit Jaron?«

»Ja, aber nicht nur deshalb. Ich wünschte, ich wäre anders.«

»Hey, Antonia, ich könnte mir keine bessere Freundin als dich vorstellen. Und jeder von uns macht doch mal Fehler.«

»Ja, schon«, druckste Antonia herum, »aber …«

»Kein Aber«, unterbrach Emma. »Du kannst dich doch entschuldigen. Geh zu Jaron und rede mit ihm.«

»Ja, das muss ich wohl«, gab Antonia kleinlaut zu. »Das ist mir nur voll peinlich.«

»Peinlich?« Emma sah Antonia verwundert an.

Die senkte den Kopf und konnte selbst nicht sagen, weshalb ihr dieser Gedanke so unangenehm war. Wieso sträubte sie sich so sehr dagegen, ausgerechnet Jaron gegenüber ihre Fehler einzugestehen?

Emma schien das nicht ganz nachvollziehen zu können. »Komm schon, es ist Jaron. Ihr seid doch Freunde. Der wird bestimmt ganz erleichtert sein«, versuchte sie, Antonia zu ermutigen.

»Ja, du hast ja recht.« Antonia richtete sich auf. »Danke«, fügte sie dann leise hinzu.

»Schon gut.« Emma grinste. »Du bist eben meine liebste Zickenfreundin.«

»Hey, das ist gemein«, protestierte Antonia und knuffte sie in die Seite.

»Ich weiß«, lachte Emma.

Während die anderen drei mit Opa Hans feierten, lag Jaron auf seinem Bett und starrte an die Decke. Langsam ließ der Schock nach, den der Unfall ausgelöst hatte, und ein dumpfer Schmerz blieb zurück. Irgendwann bemerkte er, wie durstig er war, und ging in die Küche.

Er hielt gerade sein Glas unter den Wasserhahn, als Angelika und Gitti in die Küche kamen.

»Jaron, da bist du ja!«, rief Angelika und nahm ihren Sohn in die Arme. »Ist alles in Ordnung mit dir? Wo warst du denn?« Sie trat zurück und sah ihn einen kurzen Moment strafend an, meinte dann aber besorgt: »Hast du dich bei dem Unfall verletzt?«

Jaron schüttelte den Kopf. »Alles gut.« Er trank sein Glas in großen Schlucken leer.

Auch Gitti musterte ihn prüfend. »Jaron, du weißt hoffentlich, dass wir dir nicht böse sind wegen dem, was passiert ist«, sagte sie freundlich.

Jaron nickte stumm. *Nein, das weiß ich nicht*, dachte er im Stillen.

»Klar, es war schon ganz schön leichtsinnig, mit beiden Zwillingen so auf dem Rad zu fahren. Aber das hast du bestimmt inzwischen selbst erkannt.«

Er senkte den Kopf.

In sanftem Ton fuhr sie fort: »Ich hoffe, du machst dir nicht zu viele Vorwürfe?«

»Doch schon. Ich mache mir total Sorgen um Sina«, erwiderte er leise.

»Das musst du nicht«, sagte seine Mutter. »Wir sind sicher, dass ihr nichts Schlimmes passiert ist.«

»Aber wissen tut ihr es nicht. Was ist, wenn sie nun doch schwer verletzt ist?« Allein der Gedanke daran bewirkte, dass Panik in ihm aufstieg.

Angelika legte ihm beide Hände auf die Schultern und sah ihn eindringlich an. »Jaron, hör mir zu. Ich weiß, dass du dir große Vorwürfe machst, aber …«

»Ich bin schuld, dass sie verletzt ist«, fiel Jaron ihr ins Wort, während sich seine Augen mit Tränen füllten.

»Ja, vielleicht bist du mit dafür verantwortlich, dass der Unfall passiert ist«, bestätigte seine Mutter liebevoll. »Aber hast du das gewollt?«

»Nein, natürlich nicht«, schluchzte er.

»Das wissen wir doch. Und Schuld kann vergeben werden.« Sie strich ihm behutsam eine Träne von der Wange. »Mein Schatz, ich weiß, dass dir das Ganze leidtut.«

Wieder nickte er stumm.

In diesem Moment klingelte ein Handy in Gittis Hosentasche. Sie holte es hervor und tippte darauf. »Ja, Andreas?«, fragte sie und lauschte. Dann erschien ein Lächeln auf ihrem Gesicht. »Na, das sind doch tolle Neuigkeiten!«, sagte sie. »Dann freuen wir uns, dass ihr bald wieder hier seid.« Sie beendete das Gespräch.

Jaron und seine Mutter sahen sie gespannt an.

»Sina geht es gut«, berichtete Gitti lächelnd. »Sie hat sich den Knöchel verstaucht und sich ein paar heftige Prellungen am Schienbein zugezogen. Aber es ist nichts gebrochen. Sie muss nicht im Krankenhaus bleiben, sondern kann jetzt mit Andreas nach Hause und muss sich nur ein paar Tage schonen.«

Angelika atmete tief durch. »Das ist ja fantastisch! Gott sei Dank.«

»Ja, das stimmt«, bestätigte Gitti. »Siehst du, Jaron, es wird alles gut.«

Er versuchte, sich ebenfalls zu freuen, doch es gelang ihm nicht richtig. Der schwere Klotz von Schuld, der ihn fast erdrückte, schien zwar etwas kleiner zu werden. Aber tief in seinem Innern rumorte es weiter.

»Na, dann gehe ich mal wieder in mein Zimmer«, meinte er mit belegter Stimme.

Angelika und Gitti nickten ihm aufmunternd zu; sie schienen noch etwas miteinander besprechen zu wollen.

In seinem Zimmer setzte Jaron sich an seinen Schreibtisch und betrachte das Bild von sich und seinem Vater. Nur wenige Tage, nachdem es aufgenommen worden war, hatten sie den schrecklichen Unfall gehabt. Sein Vater war schwer verletzt worden, während Jaron hinter ihm im Kindersitz gesessen hatte.

Wieder rief er sich in Erinnerung, was er von diesem furchtbaren Tag noch wusste: Es war dunkel gewesen, denn er hatte sein eigenes Gesicht in der Scheibe sehen können. Er hatte geweint, weil er hungrig und müde gewesen war. Er wollte nicht länger im Kindersitz sitzen. Aber als er sich vorbeugen wollte, hielt ihn der Gurt zurück.

Seine Mutter drehte sich zu ihm um und redete auf ihn ein. Sie versuchte, ihn zu beruhigen.

Doch Jaron schrie und warf sich hin und her. Er wollte raus aus dem Sitz, raus aus dem Auto.

Er hörte die tiefe Stimme seines Vaters. Sie klang verärgert.

Plötzlich wurde Jaron nach links gerissen und sein Kopf stieß an die Seitenlehne des Sitzes. Der Gurt schnitt in seine Schulter. Es krachte und die Scheibe vor ihm zersplitterte.

Mehr wusste er nicht mehr von dem Ereignis, das sein Leben so früh verändert und ihn letztendlich sogar hierher, an den Starnberger See, geführt hatte, wo seine Mutter aufgewachsen war.

Auf dem Bild lachte sein Vater unbekümmert. Nicht ahnend, dass er nur wenige Tage später sterben würde, weil sein Sohn nicht im Kindersitz sitzen wollte. Weil er – Jaron – so lange geweint und geschrien hatte, bis sich der Vater zu ihm umdrehte, anstatt auf die Straße zu sehen.

Er selbst, Jaron, hatte ihn abgelenkt. Er war schuld am Tod seines Vaters. Und Gott hatte nicht aufgepasst. Er hatte zugelassen, dass Jaron seitdem unter diesen schrecklichen Schuldgefühlen leiden musste.

Aber jetzt reichte es ihm. Er wollte sich nicht länger so mies fühlen, wollte keine Albträume mehr haben und nicht mehr bei jeder Kleinigkeit in Panik geraten.

Jaron packte den Bilderrahmen und warf ihn an die Wand. Das Glas zerbarst in tausend Scherben.

Als Antonia an diesem Abend im Bett lag, dachte sie noch einmal über den Tag nach: über den Fahrradunfall und über das, was Opa Hans ihnen über seine Vergangenheit erzählt hatte. Wieder wunderte sie sich, dass er sich zum Schluss so merkwürdig verhalten hatte.

Dann kam ihr Jaron in den Sinn, und ihr schlechtes Gewissen regte sich. Sie setzte sich auf und faltete die Hände. »Lieber Gott«, betete sie, »mir tut das echt leid, dass ich Jaron so schlecht behandelt habe. Ich bitte dich um Verzeihung. Zeig mir doch bitte, was ich machen soll, und bitte hilf mir auch, mit Opa Hans richtig umzugehen. Amen.«

Sie legte sich wieder hin, zog die Bettdecke über sich und schlief sofort ein.

Kapitel 5:

Schuld und Vergebung

Am nächsten Morgen erfuhr Antonia von ihrer Mutter, dass Jaron nicht zur Schule gehen würde. Angelika hatte offenbar in der Schule angerufen und ihn wegen Unwohlsein entschuldigt.

Dann muss ich ihn eben heute Nachmittag zu Hause abpassen, dachte Antonia. Für einen Moment war sie sogar erleichtert, dass sie die fällige Aussprache noch ein wenig vor sich herschieben konnte.

Aber gleich nach dem Unterricht klopfte sie entschlossen an Jarons Tür. Als er »Ja?« rief, öffnete sie. Er saß auf seinem Bett und las.

»Äh, Jaron«, sagte sie zögernd, »sorry, dass ich nach dem Unfall so ausgerastet bin. Tut mir echt leid, dass ich dich angebrüllt habe. Was ich gesagt habe, war nicht richtig und voll blöd von mir.«

Jaron ließ sein Buch sinken. »Ist schon okay«, meinte er etwas verlegen. »Es war total dumm von mir, mit den beiden auf dem Rad zu fahren.«

»Ja, schon, aber Sina und Lukas hat's auch gefallen.«

»Bis es schiefgegangen ist.« Er verzog den Mund zu einem Lächeln, sah aber trotzdem irgendwie traurig aus. »Sorry, dass ich deine Geschwister in Gefahr gebracht habe.«

»Es ist ja, Gott sei Dank, nichts wirklich Schlimmes passiert.«

»Ja, und danke, dass du dich entschuldigt hast«, fügte er hinzu. »Das finde ich echt cool von dir.«

»Schon gut. Kommst du mit zum *alten Heinrich*? Wir haben einiges zu erzählen.«

»Sorry, aber ich glaub, ich brauch noch ein bisschen Zeit für mich. Außerdem habe ich nachher noch was vor«, erklärte er und sah auf seine Armbanduhr.

»Was denn?«, wollte Antonia wissen.

»Ach, ähm«, stotterte Jaron, »ich bin gleich mit Isabelle verabredet.«

Antonia sah ihn verdutzt an. »Mit Isabelle?«

»Ja.«

Sie traute kaum ihren Ohren. »Echt jetzt? Du triffst dich mit Isabelle von Beilstein?«

»Ja, klar, mit welcher Isabelle denn sonst? Was dagegen?« Jetzt klang Jarons Stimme geradezu angriffslustig.

»Nein«, erwiderte sie schnippisch.

»Mann, Antonia, es nervt echt, dass du immer gleich so aggro wirst, wenn es um Isabelle geht.«

»Das werde ich gar nicht!«

»Nein, natürlich nicht.« Jaron runzelte die Stirn.

»Ach, mach doch, was du willst«, schnaubte sie. »Ich geh jetzt jedenfalls zu den andern.«

Und das tat sie. Aber nicht, ohne seine Tür mit Schwung zuzuknallen. »Dieser Idiot!«, fauchte sie, während sie an Angelika vorbeirauschte, die bei ihrem Anblick verdutzt stehen geblieben war.

Nachdem Antonia abgezischt war, machte sich Jaron auf den Weg zum Schlosshotel, das nicht weit von der Seeburg entfernt war. Er hatte keine Lust darauf, Isabelle zu treffen, aber seinen Freunden wollte er im Moment auch nicht so gerne unter die Augen treten. Er wusste genau, dass seine Panik jederzeit wieder aufflackern konnte.

Vielleicht lenkt mich die Schlossführung ab, dachte er, während er die Treppen zum Hotel hinaufjoggte. *Und wenn ich etwas über den silbernen Schlüssel herausfinde, kann ich vielleicht bei Emma, Franky und Antonia wieder ein paar Punkte sammeln.*

Auf dem Weg zum *alten Heinrich* meldete Antonias Handy, dass eine Nachricht eingetroffen war. Sie schaute auf das Display und musste kurz lächeln. Doch dann überwog wieder ihr Zorn. Im Zirkuswagen angekommen, warf sie sich auf das Matratzenlager und rief ihren Freunden zu: »Er kommt nicht. Trifft sich lieber mit Isabelle von Beilstein, dieser Zicke!«

»Weiß ich«, meinte Emma ruhig. »Das war meine Idee.«

»Deine Idee? Das wird ja immer schöner.« Antonia setzte sich auf und starrte ihre Freundin an.

»Ja, meine.«

»Ich fass es nicht!«

»Jetzt komm mal runter«, sagte Emma. »Es ist ja wohl offensichtlich, dass Isabelle auf Jaron steht.«

»Love is in the air!«, sang Franky, der am Tisch saß, und grinste die beiden Mädchen an.

»Du hältst die Klappe!«, befahl Antonia und schleuderte ein Kissen in seine Richtung.

»Hallo? Können wir uns jetzt mal beruhigen?«, fuhr Emma dazwischen. »Also, irgendwo im Schlosshotel Unterallmannshausen steht doch vermutlich dieses Möbelstück herum, zu dem der silberne Schlüssel passt. Ihr wisst doch: der, den wir in der Gruft gefunden haben.«

Jetzt dämmerte es Antonia. »Okay, was ist damit?«, fragte sie trotzdem.

»Unser erster Versuch, diesen Sekretär zu finden, hat ja nicht so gut geklappt, oder?«

»Nein«, gab Antonia zu.

»Ich habe Jaron einfach gefragt, ob er Isabelle nicht dazu bringen kann, ihm das Schloss zu zeigen. Bei dieser Gelegenheit könnte er sich dann mal unauffällig auf dem Speicher umschauen.«

»Emma-Schätzchen, gute Idee!«, lobte Franky und biss von einem Schokoriegel ab.

»Tja, nachdem wir bei Opa Hans nicht weitergekommen sind, ist es doch umso besser, wenn Jaron sich jetzt mit Isabelle trifft.«

Das leuchtete auch Antonia ein, sie nickte widerstrebend. »Ja, das stimmt wohl«, bestätigte sie.

Dann zückte sie ihr Handy. »Ich habe übrigens eine ganz süße Nachricht von Opa Hans bekommen.« Sie las vor: »›Danke für meinen schönen Gebuztag und Danke für das tolle Handi.‹ Er schreibt ›Geburtstag‹ mit z und ›Handy‹ mit i.«

Franky grinste. »Mit der Rechtschreibung hat er's nicht so, oder?«

»Nicht wirklich«, pflichtete Antonia ihm bei. »Aber die Nachricht ist trotzdem nett.«

»Stimmt«, lächelte Emma.

»Versuchen wir es jetzt bei Weixlhammer?«, schlug Franky vor. »Vielleicht haben wir bei ihm mehr Glück als bei Opa Hans.«

»Machen wir«, sagte Emma. »Und hoffentlich ist Jaron inzwischen im Schloss Unterallmannshausen erfolgreich.«

So waren sie nur zu dritt, als sie kurz darauf die Tür zu Weixlhammers Antiquitätenladen öffneten. Der Händler interessierte sich für die lokalen Sagen und Legenden, er kannte die Entstehungsgeschichte der umliegenden

Kirchen, Schlösser und Ortschaften. Dieses Wissen war den Freunden schon sehr nützlich gewesen, als sie ihn am Anfang ihrer Schatzsuche um Rat gebeten hatten. Einige der wichtigsten Hinweise waren von Weixlhammer gekommen.

Emma hatte ihn am Tag vorher angerufen und ihren Besuch angekündigt. Es war kurz vor Geschäftsschluss und es waren keine Kunden mehr im Laden.

Sobald die Glöckchen über der Eingangstür klingelten, steckte Richard Weixlhammer seinen Kopf aus dem Büro hinter der Ladentheke. Seine runden Brillengläser funkelten und sein schütteres weißes Haar leuchtete.

»Ah! Da seid ihr ja!«, begrüßte er sie strahlend und kam ihnen entgegen. Wie immer trug er einen dreiteiligen, altmodischen Anzug. Über dem Bauch baumelte die Kette seiner Taschenuhr. »Schön, dass ihr vorbeikommt. Franky, wie geht es deinem Arm?«,

Weixlhammer war selbst im Krankenhaus behandelt worden, während Franky sich von seiner Operation erholt hatte. Zum großen Erstaunen des Jungen hatte ihn der Antiquitätenhändler sogar auf seinem Zimmer besucht, nachdem die beiden sich zufällig begegnet waren.

»Gut, danke«, antwortete Franky und hob seinen Arm, »alles wieder wie neu.«

»Wunderbar!«, meinte der ältere Mann. »Na, dann kommt mal mit nach hinten. Ich habe mir erlaubt, wieder eine Runde Cola für uns alle zu besorgen.« Er ging ihnen voraus in das Büro, das sie schon kannten, mit dem ihm eigenen, merkwürdig hüpfenden Gang.

In dem Raum standen ein Schreibtisch und ein großer Schrank, die beide mindestens hundert Jahre alt waren. Im Schrank befand sich ein Safe, das wussten die Freunde noch von ihren Recherchen im vergangenen Jahr.

Weixlhammer schenkte schäumende Limonade in einige Gläser und setzte sich dann auf einen antiken Drehstuhl. Das Leder knarrte leise, als er sich zurücklehnte.

Emma, Antonia und Franky ließen sich auf den harten, unbequemen Holzstühlen nieder, die sie noch von ihrem letzten Besuch in Erinnerung hatten.

»Wo ist denn der Vierte im Bunde, wo ist Jaron?«, erkundigte sich der Händler.

»Der hat heute leider keine Zeit«, erklärte Antonia schnell.

Weixlhammer nickte. »Nun, was kann ich für euch tun?«

Emma ergriff das Wort. »Herr Weixlhammer, Sie können sich ja bestimmt denken, dass wir nach der legendären goldenen Schale suchen. Nach der Schale aus dem Tempel in Jerusalem, die hier am Starnberger See versteckt sein soll.«

»Ja, natürlich, das ist mir längst klar. Und ich weiß auch, dass ihr bereits ein oder zwei Einzelteile der antiken Brosche gefunden habt.«

»Also, um ehrlich zu sein, sind wir sogar schon einen Schritt weiter«, sagte Emma und runzelte die Stirn. »Aber zuerst muss ich Sie etwas fragen: Wir haben Ihnen doch im Januar die Gruft unter der Sankt-Valentins-Kapelle gezeigt.«

Der Antiquitätenhändler räusperte sich. »Ja, das habt ihr.«

»Und Sie haben dann diesen komischen Doktor von der Universität in München geholt.«

»Du meinst, Dr. Kemmler von der Ludwig-Maximilian-Universität.«

»Wie auch immer der hieß, er hat uns den Zugang zu unserem eigenen Fund verwehrt! Und Sie haben gewusst, dass der das machen würde. Das war nicht fair!« Ihre Stimme hatte einen scharfen, strengen Ton, der auf Weixlhammer nicht ohne Wirkung blieb: Er setzte sich plötzlich ganz aufrecht hin, als hätte er eine Autoritätsperson vor sich.

Antonia sah ihre Freundin bewundernd an. Nachdem Emma sich so eindeutig für ein Treffen mit Weixlhammer ausgesprochen hatte, hätte sie nicht damit gerechnet, dass sie ihn nun so klar zur Rede stellen würde.

Der Händler erwiderte sichtlich verlegen: »Das ist richtig. Vielleicht bin ich damals etwas übers Ziel hinausgeschossen. Aber ihr müsst verstehen: Mir ging es nur um den Fund. Nur darum, dass dort nichts kaputtgeht oder verändert wird. Denn, seien wir doch ehrlich«, er sah sie der Reihe nach eindringlich an, »sosehr ich eure Ausdauer bei der Suche und eure bisherigen Erfolge bewundere – vom Umgang mit historischen Stätten habt ihr wenig Ahnung, oder?«

»Das ist wohl richtig«, gab Emma zu, und auch Antonia musste sich im Stillen eingestehen, dass er recht hatte. Sie hatten dort unten in der Gruft nicht besonders darauf geachtet, vorsichtig zu sein. Dafür waren sie viel zu aufgeregt gewesen.

»Wertvolle Spuren können sehr leicht vernichtet werden, wenn man nicht genug achtgibt.« Er beugte sich vor und stützte seine Ellbogen auf. »Darf ich euch einen Vorschlag machen? Wie wäre es, wenn wir uns zusammentun? Mithilfe eures Scharfsinns und meiner Erfahrung sollte es uns doch gemeinsam gelingen, den Schatz zu finden. Was haltet ihr davon?«

Die Freunde sahen sich an.

Schließlich äußerte Franky, was auch Antonia durch den Kopf geschossen war: »Meiner Meinung nach sollten Sie uns erst einmal beweisen, dass Sie es ernst meinen, indem Sie uns an Ihrer ›Erfahrung‹ teilhaben lassen. Erzählen Sie uns, was Sie über das Versteck der Schale wissen.«

»Glaubt mir, ich meine es wirklich ernst«, versicherte Weixlhammer.

»Dann verraten Sie uns: Was wissen Sie über das Versteck der Schale?«, beharrte Antonia.

Der Händler schaute sie einen Moment lang stumm an, er schien zu überlegen. Dann nickte er entschlossen und stand auf. Während er zum Schrank ging, erklärte er: »Ich weiß seit meiner Jugend von der goldenen Schale, der Brosche und den Steinen.« Er öffnete die Schranktür und schob die Mäntel, die darin hingen, zur Seite.

Die drei Freunde beobachteten ihn gespannt.

»Es gibt ein Buch über die Legenden, die sich um den Starnberger See ranken …«

»Ja, das kennen wir«, warf Franky ein.

»Ist euch aufgefallen, wie die Autorin heißt?« Der Händler schaute über seine Schulter.

»Martha Weixlhammer«, antwortete Franky.

Der Antiquitätenhändler zog anerkennend eine Augenbraue hoch.

»Ist sie etwa mit Ihnen verwandt?«, fragte Emma.

Weixlhammer nickte und kniete sich vor den Schrank. »Das war meine Großmutter. Sie war genau wie ich fasziniert von der Geschichte des Starnberger Sees. Und es gibt da noch etwas …«

Er hob einen Teil der Rückwand ab, worauf die Tür des Safes zum Vorschein kam. Behutsam drehte er nun mit der linken Hand das Zahlenschloss hin und her.

Als die Tür aufschwang, konnte Antonia im Innern des Safes mehrere Schachteln und Beutel erkennen. Weixlhammer holte jedoch nur einen flachen Umschlag heraus und schloss den Safe wieder.

Dann setzte er sich erneut auf seinen Stuhl und legte den Umschlag auf die Tischplatte. Während er den altmodischen Verschluss öffnete, sagte er: »Das hier hat mir mein Urgroßvater auf dem Sterbebett vermacht. Er war der Erste, der mir von der Schale erzählt hat.« Aus einer Schublade seines Schreibtischs nahm er Baumwollhandschuhe, streifte sie über und zog langsam ein dünnes, gefaltetes Papier aus dem Umschlag.

Die Freunde beugten sich interessiert vor.

»Das Papier ist sehr alt und kann deshalb leicht brechen«, erklärte Weixlhammer und faltete das vergilbte Blatt auseinander. Es war so groß, dass es den Tisch fast zur Hälfte bedeckte, und knisterte ein wenig.

Nun lehnte sich der Händler zurück und ließ die drei Freunde das Papier betrachten.

Im ersten Moment sah Antonia nur einige leicht verwischte schwarze Striche. Aber auf den zweiten Blick erkannte sie ein Bild, das aussah, als sei es in das Papier gedrückt worden: Da kreuzten sich mehrere Äste, an denen tränenförmige Blätter hingen, und auf einem dieser Äste saß ein großer Vogel mit langem Hals. Die gewaltigen Schwingen hatte er ausgebreitet – es schien, als wolle er jeden Moment davonfliegen. In der Mitte der Zeichnung war eine kreisrunde Fläche frei geblieben.

Emma begriff als Erste, was sie da vor sich hatten. »Schaut mal, das sind ja die gleichen Symbole wie auf den Steinen!« Sie zeigte auf die entsprechenden Stellen, während sie weiterredete: »Hier haben wir ein Kreuz aus zwei Ästen, das genauso aussieht wie das auf dem Bernstein. Die Blätter ähneln den Tränen auf dem zweiten Stein, und dieser Vogel hier könnte ein Phönix sein – genau wie der auf der Koralle!«

»Du hat recht«, staunte Antonia.

Auch Franky war offensichtlich beeindruckt. »Was ist das?«, fragte er und sah Weixlhammer an.

Der hatte die Fingerspitzen zusammengelegt und schien die Reaktionen der Freunde genau beobachtet zu haben.

Jetzt lächelte er wissend und meinte: »Ich sehe schon, ihr habt die Brosche inzwischen also komplett zusammengesetzt. Respekt. Was das hier ist? Das ist das Gegenstück zu der Brosche, das euch noch fehlt.«

»Das Gegenstück?«, wiederholte Emma verdutzt. »Wie meinen Sie das?«

»Eure Brosche ist der Schlüssel. Das hier ...«, Weixlhammer beugte sich vor und deutete auf die leere, kreisrunde Stelle, »ist das Schlüsselloch.«

»Sie meinen, man muss die Brosche auf diese Zeichnung legen?«, fragte Antonia ungläubig. »Und dann geht eine Tür auf? Aber welche Tür? Und wo?«

Der Händler schüttelte den Kopf. »Nicht auf die Zeichnung. Die scheint nur abgepaust zu sein. Aber im Original ist an dieser Stelle wohl eine Vertiefung. Wenn man die Brosche dort einsetzt, geht – so denke ich – eine Tür auf, die zur Schale führt.«

»Und wo befindet sich dieses Original?«

Weixlhammer zuckte nur mit den Schultern. »Das, meine Lieben, müssen wir gemeinsam herausfinden.«

»Sie wissen wirklich nicht, wo sich das Bild befindet?«, hakte Emma nach, wobei ihre Stimme wieder sehr streng klang.

»Nein. Aber ich denke, wir wissen ziemlich genau, wonach wir suchen. Diese Zeichnung hat jemand angefertigt, indem er dieses sehr dünne Skizzenpapier auf einen bestimmten Untergrund gedrückt und das Darunterliegende mit einem Grafitstift oder einer Zeichenkohle abgepaust hat. Der Untergrund muss, das sieht man an diesem Muster, sehr rau gewesen sein. Stein, vermute ich. Ein Bild in Stein nennt man Relief. Und dieses hier muss sich irgendwo in dieser Gegend befinden. Es sollte sich entdecken lassen.«

Emma hatte, während er sprach, ihr Handy aus der Tasche gezogen. Sie hatte eines der Bilder, die sie von der

Brosche und den Steinen gemacht hatte, auf den Bildschirm geholt. »Die Brosche hat einen Durchmesser von genau 6,2 Zentimetern. Haben Sie ein Lineal?«, fragte sie den Antiquitätenhändler.

Sofort zog er eine Schreibtischschublade auf und reichte ihr ein altes, schon etwas verschrammtes Holzlineal.

Sie legte es auf die Zeichnung. »Die weiße Stelle hier misst ebenfalls genau 6,2 Zentimeter im Durchmesser.« Sie sah auf. »Das kann kein Zufall sein. Ich glaube, Sie haben recht, Herr Weixlhammer. Wir sollten uns zusammentun.«

Antonia und Franky nickten. Es schien kein Zweifel zu bestehen, dass dies wirklich die beste Lösung war.

»Das freut mich! Darauf trinke ich!« Strahlend griff der ältere Mann nach seinem Glas und nahm einen Schluck.

Emma machte vorsorglich ein paar Fotos von der Zeichnung. Dann steckte sie ihr Handy wieder ein und beugte sich noch einmal tief über das Blatt. Sie studierte es genau, bis sie schließlich die Stirn runzelte und auf den Rand der Zeichnung zeigte. »Hier unten hat mal etwas gestanden, jetzt sind die Buchstaben aber verwischt. Von wem haben Sie die Zeichnung erhalten?«

»Von meinem Urgroßvater, wie ich schon sagte.«

»Und vom wem hatte der sie bekommen?«

»Das weiß ich leider nicht. Er hat mir nur erzählt, dass er sie gefunden hat. Aber wo das war, kann ich nicht sagen.«

»Schade«, meinte Emma und setzte sich wieder. »Das wäre interessant zu wissen. Denn wie sollen wir nun weiter vorgehen? Wie sollen wir herausfinden, wo sich dieses Relief befindet? Es gibt so viele Felsen in der Gegend …«

»Also, wir können ziemlich leicht herauskriegen, wo überall Felswände sind«, sagte Franky. »Entsprechende Karten gibt es im Internet.«

»Das bringt nichts«, wandte Antonia ein. »Dieses Relief

ist ja schon mindestens zweitausend Jahre alt. Das ist bestimmt nicht mehr sichtbar.«

»Na ja, aber vielleicht haben wir Glück. Wer immer das hier abgepaust hat, hat ja sicherlich nicht vor zweitausend Jahren gelebt«, beharrte Franky.

Antonia zuckte mit den Achseln.

Für einen Moment sagte keiner etwas. Weixlhammer saß wieder in seinem Stuhl zurückgelehnt, wippte ein wenig und tippte die Fingerspitzen aneinander. »Darf ich etwas vorschlagen?«, fragte er schließlich.

Die Freunde nickten und sahen ihn gespannt an.

»Wie wäre es, wenn ihr mir die vollständige Brosche eine Weile überlasst? Vielleicht gibt es darauf Hinweise, die ihr übersehen habt.«

Er schien zu merken, dass dieser Vorschlag nicht auf Begeisterung stieß, denn er fügte hastig hinzu: »Ich verspreche euch auch, dass ihr das Schmuckstück so bald wie möglich zurückbekommt. Und denkt an die Gruft und die Spuren, die dort durch eure Unerfahrenheit verloren gegangen sein könnten.«

Antonia musterte ihn. Trotz des spannenden neuen Hinweises, zu dem er ihnen gerade verholfen hatte, traute sie ihm immer noch nicht. Sie hätte selbst nicht sagen können, warum sie so misstrauisch war.

Klar, der alte Antiquitätenhändler war zweifellos etwas sonderbar. Er konnte sehr schroff sein und hatte früher keinen Hehl daraus gemacht, dass ihm junge Leute lästig waren. Doch seit die Freunde angefangen hatten, nach dem Schatz zu suchen, war er eigentlich immer nett zu ihnen gewesen. Und das eine oder andere Mal hatte er sich sogar als Retter in der Not erwiesen ... Antonia lief nachträglich noch ein Schauer über den Rücken, wenn sie sich an gewisse Szenen vergangener Abenteuer erinnerte.

Unschlüssig sah sie ihre Freunde an.

Doch auch Emma und Franky schienen nicht zu wissen, wie sie sich entscheiden sollten.

»Das müssen wir uns noch überlegen«, sagte sie deshalb, wieder an Weixlhammer gewandt. »Außerdem sind wir ja eigentlich zu viert. Jaron sollte in dieser Sache auch ein Mitspracherecht haben.« Nach einer kurzen Pause fuhr sie fort: »Es gibt hier am Starnberger See übrigens noch jemanden, der offensichtlich etwas über den Schatz weiß.«

»Aha.« Der Händler wirkte so, als versuche er, überrascht auszusehen, wisse aber in Wirklichkeit genau, wen sie meinte. »Und wer soll das sein?«

Antonia blickte ihre Freunde an, worauf Emma zustimmend nickte. »Opa Hans – also, Hans Bernwieser«, sagte sie also.

»So, so. Hans Bernwieser«, wiederholte Weixlhammer langsam. »Nun, was er weiß oder nicht weiß, kann ich nicht sagen.« Er betrachtete die Zeichnung auf dem Tisch und runzelte die Brauen.

Für eine Weile herrschte Stille, dann hob Weixlhammer den Kopf und schaute Antonia an. »Antonia, ich weiß, dass Hans dir sehr nahesteht.«

Sie nickte.

»Aber es gibt eine Seite seines Wesens, von der du wahrscheinlich nichts ahnst.«

»Was meinen Sie damit?«, fragte Antonia erstaunt.

»Bevor du ihn ins Vertrauen ziehst, solltest du wissen, was er wirklich für ein Mensch ist.«

»Opa Hans ist der liebste Mensch, den ich kenne! Er ist zu allen freundlich«, erwiderte Antonia entrüstet.

Weixlhammer lächelte. »Deine Loyalität ehrt dich, Antonia, und ich will ganz sicher nicht deine gute Beziehung zu ihm untergraben«, sagte er sanft. »Aber er war nicht immer so nett und freundlich.«

»Hä?«

»Früher war er jedenfalls ganz anders. Wir gingen in die gleiche Klasse und er war der schlimmste Schläger der ganzen Schule. Jeder hatte Angst vor ihm.«

Antonia schüttelte ungläubig den Kopf.

»Du glaubst mir nicht? Warte mal, nur einen Moment …« Weixlhammer drehte sich um und zog ein großes, in Leder gebundenes Album aus einem Regalfach. Er legte es auf den Tisch und schlug es auf. Auf den Seiten klebten alte Schwarz-Weiß-Fotos.

Als er das richtige gefunden hatte, drehte er das Album zu den Freunden und deutete auf ein großes Bild. Es zeigte drei Reihen von Jungen in weißen Hemden und kurzen Hosen, die recht ernst in die Kamera schauten. An der Seite stand ein Mann mit Kneifer, Schnauzbart und altertümlichem schwarzem Anzug. Ganz offensichtlich handelte es sich um ein altes Klassenfoto.

»Das bin ich«, erklärte Weixlhammer, während er mit dem Finger auf einen Jungen in der zweiten Reihe tippte. »Da war ich vierzehn Jahre alt. Und das hier …«, er zeigte auf einen anderen Jungen, der sich hinten an den Rand der Gruppe drückte, »ist dein Opa Hans.«

Antonia betrachtete das Gesicht und stellte fest, dass es tatsächlich große Ähnlichkeit mit dem faltigen, freundlichen Gesicht hatte, das sie so gut kannte. Allerdings wirkte dieser Junge nicht sehr freundlich, ganz im Gegenteil: Hans Bernwieser hatte die Stirn gerunzelt und blickte finster in die Kamera, als wäre es ihm nur lästig, den Anweisungen des Fotografen folgen zu müssen.

»Ja, Bernwieser war ein ziemlich mieser Kerl«, fuhr Weixlhammer fort. »Ich habe oft seine Faust zu spüren bekommen. Er hatte mich auf dem Kieker, weil ich schmächtiger als alle anderen war.«

Die drei Freunde sahen einander an.

»Einmal hielt er mich fest, nahm meine Brille und

schmiss sie auf den Boden. Dann stampfte er darauf rum, bis sie total kaputt war«, erzählte der Händler, seine Stimme klang bitter.

»Das … das kann nicht sein«, stotterte Antonia.

»Oh doch!« Weixlhammers Augen blitzten. »Es ging dann so weit, dass er mich so schlimm verprügelt hat, dass ich einige Zeit im Krankenhaus liegen musste.« Weixlhammers Hand ballte sich zu einer Faust. »Aber dafür hat er Zuchthaus gekriegt.«

»Er war im Gefängnis?«, fragte Franky.

»Ja, in Jugendhaft. Wegen schwerer Körperverletzung«, bestätigte der Antiquitätenhändler. »Das hatte er verdient. Danach hat er mich dann auch in Ruhe gelassen!«

Antonia konnte nicht fassen, was sie da hörte. Konnte das wirklich stimmen? Ihr lieber, freundlicher Opa Hans sollte sich wie ein gemeiner Rowdy verhalten haben?

Sie betrachtete noch einmal die Gesichter der beiden Jungen auf dem alten Foto. Es gab keinen Zweifel, dass es sich um Opa Hans handelte, auch Weixlhammer war auf den ersten Blick zu erkennen. »Das kann ich nicht glauben«, sagte sie trotzdem.

Weixlhammer zuckte mit den Schultern. »Ihr müsst mir nicht glauben, fragt ihn einfach selbst. Und wenn ihr schon dabei seid, dann erkundigt euch auch, was mit seiner Tochter Judith passiert ist.«

Jetzt wurde Antonia hellhörig. Opa Hans hatte ihr schon von dem Mädchen erzählt, dessen Foto in der Nähe des Esstischs stand. Sie wirkte unbekümmert und voller Lebensfreude – ein lachendes Mädchen mit offenen Haaren. »Judith ist bei einem Unfall ums Leben gekommen«, erklärte Antonia.

»Ach ja?«, erwiderte der Antiquitätenhändler skeptisch.

»Ja, sie war allein zu Hause. Wollte etwas von einem Regal herunterholen und ist dabei unglücklicherweise vom

Stuhl gefallen und mit dem Kopf gegen die Herdkante geprallt. Als Opa Hans sie gefunden hat, war es schon zu spät«, fuhr Antonia fort.

»Das ist die offizielle Version«, bestätigte der Händler.

»Was heißt ›offiziell‹? Es ist die Wahrheit!«, brauste Antonia auf.

»Überleg doch mal: Selbst wenn das stimmt, wo war dann der liebe Hans? Warum hat er seine Tochter alleine gelassen? Sie war zwölf Jahre alt! Ich kann euch sagen, wo der alte Säufer gewesen ist: Im Wirtshaus!«

»Hören Sie auf, so etwas zu behaupten!«, schrie Antonia. Sie war so wütend, dass ihr Tränen in die Augen traten.

Emma legte eine Hand auf ihre Schulter. Franky sah betreten zur Seite.

»Antonia, das stimmt!«, versicherte Weixlhammer in beschwörendem Ton. Er wirkte nicht wie jemand, der sie ganz frech belügen wollte.

Für eine Weile sprach niemand ein Wort. Antonia war zutiefst erschüttert. Sollte sie sich in ihrem Ersatz-Opa, den sie liebte, so sehr getäuscht haben?

Schließlich stand Weixlhammer auf und erklärte: »Ich habe leider gleich noch einen Termin und muss mich deshalb von euch verabschieden. Überlegt euch, wie ihr mit der Schatzsuche weitermachen wollt, und lasst es mich wissen. Ich habe euch alles erzählt, was ich weiß. Und ich hoffe, dass ihr beschließt, mir zu vertrauen. Die Schale können wir nur gemeinsam finden, davon bin ich fest überzeugt. Bis dahin rate ich euch, sehr gut auf die Brosche aufzupassen.«

Er verließ das Büro und durchquerte den Laden.

Die Freunde folgten ihm.

An der Ladentür angekommen, gab er ihnen nacheinander die Hand. »Auf Wiedersehen und hoffentlich bis bald«, sagte er. »Bitte glaubt mir, es gibt noch so manches, was

Hans Bernwieser euch nicht erzählt. Er hat viele Geheimnisse.« Mit diesen Worten streckte er Antonia seine Rechte hin.

»Das sagen Sie«, entgegnete Antonia und ignorierte seine Hand.

»Ein letzter Vorschlag: Seht euch mal die Statue, die im Foyer der Seeburg steht, etwas genauer an. Diese Fischerfigur aus weißem Marmor. Studiert mal ihr Gesicht. Vielleicht entdeckt ihr dann etwas, das euch noch nie aufgefallen ist.«

Was für eine merkwürdige Idee, dachte Antonia. *Wie kommt er denn jetzt darauf?*

Als der Händler wieder in seinem Laden verschwunden war, standen die drei Freunde noch eine Weile unschlüssig bei ihren Fahrrädern.

»Der spinnt doch total!«, sagte Antonia. »Das kann alles einfach nicht stimmen.«

Emma nickte stumm.

»Vielleicht sollten wir erst mal ohne Weixlhammer nach diesem Bild im Felsen suchen«, schlug Franky vor.

Die Mädchen waren einverstanden: Gemeinsam würden sie versuchen, das Relief des Phönix zu entdecken. Und wenn sie es gefunden hatten, würde man weitersehen.

Kapitel 6:

Ein Brief, der alles ändert

Zu Jarons Erleichterung fiel am nächsten Tag der Unterricht aus, sodass er sich seinen Freunden noch nicht stellen musste. Er hätte einfach nicht gewusst, wie er ihnen erklären sollte, was in ihm vorging: Dass er verwirrt war, sich schuldig fühlte. Und Angst davor hatte, weitere Fehler zu machen und dadurch noch jemanden zu verletzen.

Aber wahrscheinlich wollten seine Freunde sowieso nichts mehr mit ihm zu tun haben.

Er vergrub sich in seinem Zimmer, las ein wenig und hörte Musik. Dann beschäftigte er sich mit dem Bastelprojekt, das er vor ein paar Tagen begonnen hatte. Er liebte Flugzeug-Bausätze und konnte gewöhnlich Stunden damit verbringen, die winzig kleinen Teile zu ordnen, zu verkleben und anzumalen.

Heute aber hielt er es nicht lange aus. Schon nach einer Weile legte er das Material zur Seite. Und als er meinte, im Flur ein Geräusch zu hören, stand er auf. Es war um die Zeit, zu der seine Mutter gewöhnlich nach Hause kam.

Doch auf dem Flur war niemand, wie Jaron gleich darauf feststellte. Er öffnete die Tür zu Angelikas Schlafzimmer und schaute hinein. Es war leer. Von einem Wäschestapel auf dem Bett waren einige Stücke heruntergefallen und lagen verstreut auf dem Boden. Unwillkürlich hob er die Wäsche auf und legte sie einigermaßen ordentlich wieder zusammen.

Dabei fiel sein Blick in die Ecke hinter der Tür: Dort befand sich ein zusammengeknülltes Stück Papier, auf dem er handschriftliche Buchstaben erkennen konnte. Neugierig hob er es auf und strich es auseinander. Das Papier war ganz feucht und die Schrift verschmiert, als ob Tränen darauf getropft wären.

Jaron ging zum Bett seiner Mutter, setzte sich und las:

Angelika,

hör auf, uns anzurufen. Es hat keinen Sinn – wir werden nicht abheben. Deine Nachrichten auf dem Anrufbeantworter lösche ich, ohne sie anzuhören. Bevor Rosemarie bemerkt, dass Du wieder angerufen hast. Sonst fängt sie wieder an zu weinen.

Dieser Brief wird meine letzte Nachricht an Dich sein, danach möchte ich keinen Kontakt mehr mit Dir. Lass uns einfach in Ruhe.

Rosemarie und ich werden Thomas' Tod nie verwinden. Die Lücke, die unser Sohn hinterlassen hat, kann niemand schließen. Durch Dein unverantwortliches Handeln hast du unser Leben unerträglich gemacht, und das werden wir nie vergessen können.

Gestern habe ich noch einmal mit dem Beamten gesprochen, der den Autounfall untersucht hat. Er sagte, dass der Wagen ohne ersichtlichen Grund von der Straße abgekommen sei, auf einer geraden Strecke. Er vermutet, dass Thomas am Steuer eingeschlafen ist.

Warum nur seid Ihr an jenem Abend, nach der anstrengenden Freizeit, noch nach Hause gefahren? Hast Du ihn gedrängt, so spät noch loszufahren, obwohl Du genau wusstest, dass er erschöpft war?

So muss es gewesen sein, denn Thomas hätte das nie selbst so entschieden. Und wahrscheinlich hast Du neben ihm gesessen und tief geschlafen, während er sich hinterm Steuer gequält hat, weil er alles für seine Familie tun würde.

Es gibt Schuld, die man nicht verzeihen kann, jedenfalls kann ich es nicht. Und ich werde Rosemarie davor beschützen, dass sie ständig mit ihrem Verlust konfrontiert wird, wenn sie Euch sieht. Vielleicht wirst Du woanders Vergebung finden.

Walter

Jaron ließ den Brief sinken. Dann las er ihn ein zweites Mal, wie vor den Kopf geschlagen. Jetzt wusste er, warum er zu Rosemarie und Walter, seinen Großeltern väterlicherseits, keinen Kontakt hatte. Immer wieder hatte er nach ihnen gefragt, aber seine Mutter hatte stets nur ausweichend geantwortet.

Weil sie schuld ist an Papas Tod. Weil sie diejenige war, die unbedingt nach Hause fahren wollte. Und dann ist Papa am Steuer eingeschlafen.

Aber wie kann das sein? Ich erinnere mich doch genau, dass er nach hinten geschaut hat, als ich geweint habe. Dann war er doch wach. Wie passt das zusammen?

In seinem Kopf schwirrten die Gedanken durcheinander, er war völlig verwirrt. Plötzlich hörte er die Wohnungstür knarren, dann schien seine Mutter hereinzukommen und und ihre Tasche an die Garderobe zu hängen.

Wie betäubt stand er auf und trat mit dem Brief in den Flur.

Angelika drehte sich um und lächelte ihm zu.

Als er ihr Lächeln nicht erwiderte, hob sie die Augenbrauen. »Alles okay bei dir, mein Schatz?«

Ohne darauf einzugehen, hielt er das Blatt hoch. »Was ist das?«, fragte er mit erstickter Stimme.

Sie zuckte zusammen, offenbar begriff sie, worum es sich handelte. »Jaron …«, begann sie und trat auf ihn zu, als wolle sie ihn umarmen.

Er wich zurück. »Stimmt es, was mein Großvater hier behauptet? Sag schon!«

Sie blieb stehen und ließ die Hände sinken. »Ich … Lass mich bitte erklären …«

»Nein! Ich will eine Antwort. Stimmt es, dass du Papa gedrängt hast, nach Hause zu fahren?«

Ihr Gesicht verzog sich vor Kummer. »Ja, das habe ich. Ich habe damals nicht gesehen, wie müde er war. Ich wollte nur nach Hause, war selbst so müde und habe nicht nachgedacht.« Sie fing an zu weinen. »Es tut mir so leid!«

Jaron starrte sie stumm an, konnte nicht fassen, was er da hörte. Warum hatte sie ihn all die Jahre in dem Glauben gelassen, dass er schuld sei am Tod seines Vaters, obwohl sie es in Wirklichkeit selbst gewesen war?

Angelika streckte ihre Hand nach ihm aus, ihr Gesicht war tränennass. »Jaron …«, begann sie wieder.

»Fass mich nicht an!«, fauchte er. »Warum hast du mir nie erzählt, was wirklich geschehen ist?«

»Jaron, ich …«

»Du bist echt die Allerletzte!« Noch nie war er so wütend gewesen.

Angelika setzte sich auf den Stuhl, der an der Garderobe stand, und wischte sich die Tränen aus dem Gesicht. »Jaron, hör bitte auf«, flüsterte sie.

»Nein, das tu ich nicht. Jahrelang habe ich geglaubt, dass ich schuld an dem Unfall gewesen sei!«

»Du?« Seine Mutter riss die Augen auf. »Aber warum denn? Du warst doch damals noch ganz klein«

»Ja, aber ich weiß noch, dass ich damals herumgequengelt habe, weil ich nicht länger im Kindersitz sitzen wollte. Ihr habt euch beide zu mir umgedreht, um mich zu beruhigen. In meiner Erinnerung sehe ich immer das gleiche Bild vor mir: Ich weine, Papa dreht sich um und dann …«, seine Stimme brach, »… und dann, dann kracht es.«

Er zerknüllte den Brief seines Großvaters und schrie verzweifelt: »Was bist du nur für eine Mutter? Warum hast du mir nie erzählt, wie es wirklich gewesen ist?«

Sie sank in sich zusammen. »Jaron, der Unfall war nicht deine Schuld«, sagte sie tonlos. »Ich habe das nicht gewusst. Ich habe nicht gewusst, dass du dich schuldig fühlst.«

»Und das soll ich dir glauben? Ich glaube dir gar nichts mehr!« Er hielt es nicht länger aus, deshalb drückte er sich an ihr vorbei und riss seine Jacke von der Garderobe. Dann stürmte er aus der Wohnung und knallte die Tür so heftig hinter sich zu, dass der ganze Rahmen zu wackeln schien.

Erst, als Jaron unten am Seeufer stand, merkte er, dass er gar nicht wusste, wo er hinwollte. Er war einfach aus der Wohnung gerannt.

Unschlüssig schaute er auf die Wasserfläche hinaus. Es war ein milder, sonniger Frühlingstag gewesen, doch an der abendlichen Frische merkte man, dass es noch früh im Jahr war. Jaron war froh, dass er seine Jacke mitgenommen hatte.

Er hatte eine unglaubliche Wut – auf seine Mutter, auf Gott, ja, die ganze Welt. Er nahm einen Stock, der auf dem Boden lag, und schleuderte ihn mit voller Wucht auf den

See. Dann sackte er zusammen, kauerte sich auf den kalten Boden und weinte.

Den Brief seines Großvaters hatte er immer noch in der Hand. Er las ihn noch einmal durch und zerknüllte ihn wieder.

Gerade, als er ihn den See werfen wollte, hörte er eine Stimme von hinten: »Jaron, bist du das?«

Rasch wandte er den Kopf und sah Opa Hans hinter sich stehen.

»Schön, dich zu sehen. Geht es dir wieder besser?«, erkundigte sich der alte Fischer.

»Ja, geht so«, sagte Jaron.

»Das freut mich.«

Während Jaron sich erhob und den Brief in seine Jackentasche steckte, musterte Opa Hans sein tränennasses Gesicht. »Ist wirklich alles in Ordnung?«, fragte er sanft.

»Nein, nicht wirklich.«

»Willst du darüber reden?«

Jaron zuckte mit den Schultern.

»Ich hab einen Vorschlag«, sagte der alte Fischer. »Ich habe gerade etwas Gutes zum Abendessen gekauft.« Er hob die Tasche hoch, die er in der Hand hielt. »Lass uns doch einfach gemeinsam Abend essen, und dabei erzählst du mir, was dir auf dem Herzen liegt.«

Bei dem Stichwort Essen bemerkte Jaron plötzlich, dass er ziemlich Hunger hatte. »Wenn du meinst«, antwortete er.

»Ja, das meine ich.« Opa Hans lächelte ihn an.

Also gingen sie miteinander die wenigen Meter zur Fischerhütte.

»So, dann mal rein in die gute Stube«, lud Opa Hans ihn ein und öffnete die Tür. Er marschierte voraus zu der gemütlichen Eckbank, die an der seeseitigen Wand der Hütte eingebaut war.

Jaron half ihm, den Tisch mit einem kleinen Brotkorb, zwei Vesperbrettern und einem Teller mit etwas Wurst und Käse zu decken. Der Duft des frischen Bauernbrots ließ ihm das Wasser im Mund zusammenlaufen.

»Ich bete noch«, sagte Opa Hans, nachdem sie sich hingesetzt hatten.

Jaron faltete die Hände und schloss die Augen.

»Vater im Himmel, danke für dieses Abendessen. Segne es für uns. Danke auch, dass Jaron heute mit mir isst. Segne ihn bitte ganz besonders. Amen.« Opa Hans hob den Kopf und lächelte. »Guten Appetit. Lass es dir schmecken.«

Während sich Jaron ein Brot mit Butter bestrich und mit Schinken belegte, goss sich Opa Hans ein Glas Wasser ein. Er nahm den ersten Schluck, seufzte zufrieden und lehnte sich zurück. Schmunzelnd sah er zu, wie Jaron hungrig in sein Brot biss. »Wir haben dich neulich vermisst«, meinte er und zwinkerte ihm zu.

Da fiel Jaron ein, dass Opa Hans ja Geburtstag gehabt hatte. Er schluckte einen großen Bissen hinunter und erklärte: »Ja, tut mir leid, dass ich nicht da war. Herzlichen Glückwunsch nachträglich.«

»Danke«, erwiderte Opa Hans. »Und danke für euer tolles Geschenk. Allerdings weiß ich noch gar nicht genau, was ich damit machen soll.«

»Na, Nachrichten schreiben! Du wirst schon sehen, wie praktisch das sein kann.«

Der alte Mann lachte leise. »Wahrscheinlich hast du recht. Na, ich werde mich auf jeden Fall bemühen, das Handy auch zu benutzen. Euch vier erreiche ich vermutlich sowieso leichter per SMS oder wie das heißt, als wenn ich bei der Burg vorbeikomme.« Er nahm noch einen Schluck und beobachtete Jaron, der weiter sein Brot aß.

»Dann erzähl doch mal«, sagte er nach einer Weile. »Ich habe mir Sorgen gemacht, als du einfach abgesagt hast.

Beschäftigt dich immer noch, was mit Sina und Lukas passiert ist?«

»Du weißt davon?« Jaron verlor plötzlich den Appetit, er legte den Rest seines Brots auf das Brettchen zurück.

»Ja, die anderen haben mir davon erzählt, als sie hier waren.«

»Aha.« Betreten senkte Jaron den Blick.

»Andreas und Gitti haben auch darüber gesprochen. Sie sind dir aber nicht böse. Sie wissen, dass du das nicht absichtlich gemacht hast.«

»Ich kann das trotzdem nicht so leicht abschütteln«, sagte Jaron leise. »Ich wünschte, es wäre nicht passiert.«

»Das kann ich gut verstehen«, versicherte Opa Hans. »Leider können wir die Zeit nicht zurückdrehen und müssen die Konsequenzen unseres Handelns tragen. Ich habe mir selbst schon oft gewünscht, es wäre anders.«

Stumm sah Jaron den alten Mann an.

»Aber dich beschäftigt doch noch was anderes, oder?«

Jaron nickte langsam und sagte dann zögernd: »Ich habe mich vorhin mit meiner Mutter gestritten.«

»Gestritten? Warum denn?«

»Vielleicht hast du schon gehört, dass mein Papa an den Folgen eines Autounfalls gestorben ist.«

»Ja, das weiß ich.«

»Ich habe immer geglaubt, dass ich daran schuld sei.« Jaron schluckte heftig. Wieder kamen die Bilder dieses furchtbaren Tages in ihm hoch.

Der alte Fischer sah ihn an, ohne etwas zu sagen.

»Und heute habe ich dann einen Brief von meinem Opa gefunden.« Jaron holte das zusammengeknüllte Papier aus seiner Hosentasche und gab es Opa Hans.

Dieser las den Brief sehr aufmerksam. »Das sind natürlich schwere Vorwürfe, die deine Großeltern deiner Mutter machen«, sagte er nachdenklich, als er fertig war.

»Genau. Vorwürfe, von denen ich erst heute erfahren habe. Warum hat sie mir nie davon erzählt?«, meinte Jaron bitter.

»Sie wollte dich sicherlich nicht belasten.«

»Ich hab immer gedacht, ich wäre an dem Unfall schuld gewesen. Seit Jahren habe ich Albträume davon. Und gestern, als der Unfall mit Sina passiert ist, da hab ich irgendwie durchgedreht. Ich hab es einfach nicht ausgehalten, mich wieder für so etwas verantwortlich zu fühlen. Deshalb bin ich weggerannt.« Obwohl es Jaron sehr peinlich war, stiegen ihm Tränen in die Augen.

»Ich kann dich gut verstehen, mein Junge. Es gibt viele Dinge im Leben, die man gerne ungeschehen machen würde.«

»Warum ist das alles nur passiert?«

Beide schwiegen einen Moment. Von draußen war das Plätschern der Wellen zu hören, die gegen die Außenwand des Bootsschuppens schlugen. In der Küche tickte eine Uhr.

Schließlich sagte Opa Hans: »Jaron, glaubst du, dass deine Mutter das alles ungeschehen machen würde, wenn sie es könnte?«

Jaron zuckte mit den Schultern und schnäuzte sich die Nase. »Ich weiß es nicht. Vermutlich schon. Aber warum hat sie mich angelogen?«

»Angelogen?«

»Ja, sie hat mir nie erzählt, was wirklich passiert ist. Sie hat mich einfach in dem Glauben gelassen, ich wäre schuld.«

»Hast du ihr denn jemals anvertraut, dass du dich schuldig fühlst?«

Jaron überlegte einen Moment. Dann meinte er kleinlaut: »Nein, nicht wirklich.«

»Woher sollte sie es also wissen?«

Darauf wusste Jaron keine Antwort. Ihm war klar, dass seine Mutter lange Zeit furchtbar unter dem Tod seines Vaters gelitten hatte. Wenn er abends im Bett lag, hatte er oft ihr verzweifeltes Weinen gehört. Bestimmt hätte es ihren Kummer aber noch verstärkt, wenn er dieses Thema von sich aus angesprochen hätte, oder nicht?

»Jaron, rede mit deiner Mutter. Ich bin mir sicher, dass sie dir das nicht absichtlich verschwiegen hat«, sagte Opa Hans. »Ich denke, dass sie einfach nichts von deinen Schuldgefühlen wusste.«

»Papa würde noch leben, wenn wir an diesem Abend nicht nach Hause gefahren wären«, murmelte Jaron.

»Ja, vermutlich«, bestätigte der alte Fischer. »Und Sina hätte keinen Unfall gehabt, wenn sie nicht auf deinem Gepäckträger mitgefahren wäre.« Opa Hans sah ihn eindringlich an. »Jaron, ich weiß, dass du an Jesus glaubst.«

Er nickte.

»Das tue ich auch. Ich bin so dankbar, dass Jesus mir geholfen hat, Leuten zu vergeben, die an mir schuldig geworden sind. Manchmal gibt es mir zwar immer noch einen Stich, wenn ich sie sehe, aber dann sage ich es Jesus. Und ich bin auch so dankbar, dass er mir meine eigene Schuld vergeben hat. Ich habe im Laufe der Zeit vielen Menschen wehgetan. Wenn ich daran denke und mir Vorwürfe mache, rede ich mit Jesus. Und dann werde ich wieder daran erinnert, dass er mir vergeben hat.«

Die Worte des alten Fischers trafen Jaron tief. Er schluckte.

»Darf ich für dich beten?«, fragte Opa Hans.

Wieder nickte Jaron.

Der alte Mann legte ihm die Hand auf die Schulter und betete: »Lieber Jesus, ich danke dir, dass du für unsere Schuld am Kreuz gestorben bist. Ich danke dir, dass du uns so sehr liebst und dass wir mit unserem Schmerz und unserer Verzweiflung immer zu dir kommen dürfen. Bitte hilf Jaron, seine Enttäuschung und Wut zu überwinden, und bitte hilf auch Angelika. Sei du bei ihr, und hilf den beiden, ehrlich mit sich selbst und miteinander zu sein. Amen.«

»Amen«, wiederholte Jaron. Dann sah er auf und fügte hinzu: »Danke, Opa Hans, das hat voll gutgetan. Das war echt cool von dir.«

»Ist doch klar«, lächelte Opa Hans. »Lass nicht zu viel Zeit vergehen, bevor du dich mit deiner Mutter und deinen Freunden aussprichst.«

»Ja, ich werde es versuche«, versicherte Jaron.

Sie beendeten ihre Mahlzeit und redeten über andere Dinge, Kung-Fu und Fische, und Jarons Herz wurde im Laufe der Unterhaltung immer leichter. Am Ende konnte er sogar ein wenig über einen Scherz von Opa Hans lachen.

Zuletzt half er ihm, den Tisch abzudecken, und trocknete ab, nachdem Opa Hans das Geschirr gespült hatte.

Als er die beiden sauberen Gläser in dem alten Küchenbüfett verstaute, fiel sein Blick auf Opa Hans' Bibel, die dort neben dem Brotkasten lag. Sie war aufgeschlagen – neugierig beugte Jaron sich darüber. Es handelte sich um eine Stelle aus dem Alten Testament, und zwar um das neunte Kapitel des ersten Chronik-Buches. Der Text war an vielen Stellen unterstrichen, die Verse 22 bis 23 waren sogar in einem leuchtenden Rot markiert. Jaron las:

> *Alle diese waren auserlesen zu Hütern an der Schwelle, zweihundertzwölf; diese waren zwar aufgezeichnet in ihren Gehöften, aber David und Samuel, der Seher, hatten sie wegen ihrer Treue eingesetzt, dass sie und ihre Söhne als Wächter hüten sollten die Tore am Hause des Herrn, nämlich an der Stiftshütte.*

Das Wort *Wächter* war doppelt markiert. *Sehr merkwürdig*, dachte Jaron. *Das ist nicht unbedingt eine Stelle, die ich mir ankreuzen würde.* Rasch zog er sein Handy aus der Hosentasche und fotografierte die Bibelseite. Er wusste selbst nicht, warum. Opa Hans stand mit dem Rücken zu ihm am Spülbecken und bemerkte nichts davon.

Schließlich ließ Opa Hans das Wasser ablaufen, trocknete seine Hände und sah auf die Uhr. »Oh, schon so spät!«, meinte er. »Da sollte ich mich langsam fürs Schlafengehen fertig machen. Und ich glaube, es ist auch Zeit für dich, nach Hause zu gehen.«

»In Ordnung«, stimmte Jaron zu und hängte das Geschirrtuch auf. »Dann sehen wir uns bald wieder?«

»Auf jeden Fall. Und grüß deine Mutter schön von mir«, bat Opa Hans und brachte ihn zur Tür.

Draußen sah Jaron sich um. Die Sonne verschwand gerade am Horizont, die Vögel zwitscherten. *Zu schön, um schon nach Hause zu gehen*, dachte er. *Ich habe außerdem keine Lust, Mama jetzt zu begegnen.*

Nach dem Gespräch mit Opa Hans spürte er zum ersten Mal seit dem Fahrradunfall wieder so etwas wie Frieden in sich. Die innere Unruhe hatte sich gelegt und die quälenden Gedanken waren verschwunden. Dieses Gefühl wollte er noch ein wenig genießen.

Von Opa Hans' Hütte waren es nur ein paar Meter zu einer Bank, die direkt am Ufer stand. Dort setzte er sich hin und zog sein Handy heraus.

Auf einmal sah er aus den Augenwinkeln, wie sich die Tür der Fischerhütte öffnete und Opa Hans in Jacke und Stiefeln heraustrat. *Wollte er nicht ins Bett gehen?*, dachte Jaron verblüfft. *Was hat er denn jetzt vor?*

Opa Hans schloss die Tür hinter sich ab und ging den Weg hinauf zur Straße, ohne Jaron zu bemerken.

Neugierig stand der auf und schlug sich durch das Gebüsch, um dem alten Mann zu folgen. Wie beim Abfotografien der Bibelstelle hätte er nicht sagen können, warum er das tat. Nur eine merkwürdige Ahnung, dass es wichtig sein könnte, trieb ihn dazu.

Ein paar Hundert Meter ging Opa Hans die Uferstraße Richtung Norden, bevor er in einen schmalen, unbefestigten Fußgängerweg einbog, der vom Ufer weg und über eine steile Treppe den Hügel hinaufführte. Jaron hielt sich ein Stück zurück, da er wusste, dass es bis zur Kuppe des Hügels keine Abzweigung gab.

Nötig wäre das nicht gewesen, denn Opa Hans sah sich die ganze Zeit kein einziges Mal um. Jaron wartete hinter einer Kurve, bis er das Ende der Stufen erreicht hatte, und sprintete dann hinterher.

Die Treppe endete auf einem Wanderparkplatz ganz in der Nähe eines großen Turms, den Jaron schon oft vom Auto aus gesehen, aber noch nie besichtigt hatte. Vom Parkplatz führten zwei kleine Alleen zu der Sehenswürdigkeit, zwischen ihnen lag eine Rasenfläche.

Der Turm ragte über einem quadratischen Unterbau auf – einer erhöhten Veranda mit Bogenfenstern. Alles war aus grauem, verwittertem Stein und ähnelte den Bauwerken, die Jaron schon in alten Schwarz-Weiß-Filmen gesehen hatte. Ein bisschen kriegerisch, wie eine Burg.

Opa Hans nahm den rechten der beiden Wege. Beim Turm angekommen, sah er sich nicht lange um, sondern ging rechts daran vorbei und verschwand schließlich aus Jarons Blickfeld.

Jaron zögerte. Hier oben auf dem Hügel gab es nur wenig Deckung, aber er wollte unbedingt herausfinden, was Opa Hans hier noch um diese Uhrzeit vorhatte. Also schlich er links um den Turm herum.

Dabei kam er an einer Schautafel vorbei, auf der Informationen für Besucher standen. Im Vorbeigehen las er die Überschrift *Bismarckturm*, darunter befanden sich Bilder und ein längerer Text, die er sich jetzt natürlich nicht anschaute.

Leise ging er an der Wand entlang, in die zahlreiche Reliefs eingearbeitet waren, und lugte um die Ecke.

Da – direkt vor der südlichen Mauer des Turms stand Opa Hans und starrte auf die Steine.

Was macht er nur?, wunderte sich Jaron.

Er sah, dass sich die Lippen des alten Mannes bewegten, als würde er beten oder ein Selbstgespräch führen. Dann streckte er die Hand aus, legte sie an die Mauer und senkte den Kopf. So blieb er eine ganze Weile stehen, ohne sich zu rühren.

Jaron begann schon zu überlegen, ob alles in Ordnung war, ob er ihn vielleicht ansprechen sollte. Doch in diesem Moment ließ Opa Hans die Hand sinken, wandte sich um und ging auf demselben Weg zurück, auf dem er gekommen war.

Rasch spähte Jaron um die nächste Ecke und schaute ihm nach. Opa Hans ging gebeugt, als drückten ihn Sorgen.

Jaron runzelte die Stirn, dann lief er zu der Stelle, an der Opa Hans so lange gestanden hatte. Im hohen Gras waren die Fußabdrücke des alten Fischers noch deutlich zu erkennen. Da, wo ein ganzer Rasenfleck platt gedrückt war, blickte man auf ein Relief in der Mauer. Es war ungefähr einen Meter breit und einen halben hoch und ganz offensichtlich als schmückendes Element in die Mauer eingefügt worden.

Das Relief zeigte Äste mit Blättern, auf denen ein Vogel mit gespreizten Schwingen saß. In der Mitte befand sich eine kreisrunde Vertiefung.

Das wird immer seltsamer, dachte Jaron. *Was wollte Opa Hans bei diesem Bild?* Er konnte sich keinen Grund denken, der den alten Mann dazu veranlasst haben konnte, ausgerechnet hierherzukommen.

Wieder nahm Jaron sein Smartphone zur Hand und machte ein Foto. Nachdem er das Relief noch einmal genau betrachtet hatte, wandte er sich um und joggte Richtung See. Ihm war klar, dass seine Mutter schon lange auf ihn wartete und er ihr nicht mehr aus dem Weg gehen konnte.

»Schatz, wo warst du? Ich habe mir Sorgen um dich gemacht«, sagte Angelika, als Jaron in die Wohnung trat.

»Bei Opa Hans«

»Warum hast du dich nicht gemeldet?«

»Hab ich vergessen«, erwiderte Jaron kurz angebunden.

Seine Mutter sah ihn nachdenklich an und fragte dann sanft: »Hast du schon zu Abend gegessen?«

»Ja, bei Opa Hans.« Er hängte seine Jacke auf und zog seine Schuhe aus.

»Jaron, können wir bitte über die ganze Sache reden?«, bat seine Mutter.

Er wich ihrem Blick aus. »Mama, ich bin ziemlich fertig. Ich will ins Bett.« Er wusste zwar, dass es sicher besser gewesen wäre, sich gleich mit ihr auszusprechen, brachte es aber nicht über sich. Aus irgendeinem Grund war er völlig erschöpft.

»Okay, dann leg dich mal hin«, sagte seine Mutter. »Vielleicht finden wir ja morgen eine Gelegenheit, uns ein bisschen Zeit füreinander zu nehmen.«

Jaron nickte stumm.

»Gute Nacht, mein Liebling.«

»Gute Nacht.« Jaron ging in sein Zimmer und setzte sich aufs Bett. Als ihm Antonia, Emma und Franky in den Sinn kamen, checkte er sein Handy. Und tatsächlich: Sie hatten ihm mehrere Nachrichten geschickt – mit der Aufforderung, sich zu melden. Es gäbe tolle Neuigkeiten von ihrem Treffen mit Weixlhammer zu berichten.

Jaron zögerte, beschloss dann aber, noch nicht sofort zu reagieren. Er war hundemüde. Er zog sich um, putzte sich die Zähne, und als er endlich in seinem Bett lag und sich die Decke bis unters Kinn zog, schlief er innerhalb von Sekunden ein.

Diese Nacht ließ ihn der Albtraum vom Unfall in Ruhe.

Kapitel 7:

Schloss ohne Schlüssel

Nicht nur Jaron erwartete die Aussprache der vier Freunde mit Spannung, auch Franky konnte es kaum ertragen, dass sich sein bester Freund so lange zurückzog. Zumal ihm dessen Verhalten unerklärlich war. Was hatte Jaron nur so tief getroffen? Warum nahm er sich diesen dummen Unfall, den ihm keiner mehr vorhielt, so zu Herzen?

Als Franky am Samstagvormittag die Tür zum *alten Heinrich* öffnete, wusste er schon, dass er der Letzte sein würde. Sein Vater hatte ihn nicht gehen lassen, bevor er nicht einen Tagesvorrat Pilze für die Pizzeria in Scheiben gehobelt hatte – eine Arbeit, die Franky hasste. Er mochte keine Pilze.

Die Tür schwang auf, und da saß Jaron, als wäre nichts geschehen, wie gewohnt auf seinem Platz am Fenster. Emma und Antonia hatten es sich auf den Matratzen gemütlich gemacht. Es schien jedoch, als seien sie auch eben erst eingetroffen, denn sie zogen gerade ihre Jacken aus.

»Hey, Jaron«, rief Franky. »Gut, dich zu sehen.«

»Ja, ich wollte mit euch reden.«

»Cool«, meinte Emma. »Wir haben uns voll Sorgen gemacht.«

»Ja, du bist nach dem Unfall so schnell weg gewesen und hast nie zurückgeschrieben«, stellte Franky fest. »Was war denn los?«

»Ach, die Sache mit Sina und Lukas hat mich voll geschockt. Irgendwie hab ich Panik gekriegt, ich weiß selbst nicht, warum. Ich musste einen Moment allein sein, deshalb bin ich abgehauen. Tut mir echt leid.«

»Kein Problem«, beruhigte ihn Franky, »wir hatten eigentlich alles ganz gut im Griff. Der Krankenwagen kam dann gleich, und den beiden ist ja auch nichts wirklich Schlimmes passiert.«

»Äh Jaron«, sagte Antonia kleinlaut. »Sorry, dass ich gestern so blöd reagiert hab wegen Isabelle.«

Jarons Gesicht, das gerade noch sehr ernst gewirkt hatte, verzog sich zu dem Grinsen, das Franky so gut kannte. »Kein Problem.«

»Ich weiß auch nicht, wieso, aber diese Zicke bringt mich immer voll auf die Palme«, gab Antonia zu.

»Mich auch«, meinte Jaron trocken.

Alle mussten lachen, Antonia lachte am lautesten. Sie sah sehr erleichtert aus.

»Na, dann erzähl mal vom Speicher des Schlosses«, forderte Emma.

»Also, Isabelle hat die ganze Zeit rumgenervt und sich fast in die Hosen gemacht, als wir auf dem Dachboden waren«, berichtete Jaron. »Aber es hat sich gelohnt: Ich habe dort tatsächlich den Sekretär von Ferdinand von Beilstein entdeckt. Hier ...« Er holte sein Handy aus der Tasche und zeigte die Fotos, die er von dem alten Schreibtisch gemacht hatte.

»Hier ist das Geheimfach«, er wischte über das Display, »aber wie ihr seht, ist es leer. Da ist uns jemand zuvorgekommen. Ich habe den Sekretär, so gut es ging, durchsucht, aber leider nichts gefunden.«

»Schade«, sagte Franky enttäuscht, »noch eine Sackgasse.«

»Wie – noch eine Sackgasse?«, fragte Jaron.

»Ach, gestern waren wir doch bei Weixlhammer«, erklärte Emma.

»Stimmt ja! Und habt ihr was rausgekriegt?«

»Weixlhammer hat eine Zeichnung, von der er glaubt, dass sie uns zum Versteck der Schale führen könnte«, erzählte Franky.

»Was? Echt?« Jaron setzte sich aufrecht hin.

Während Franky beschrieb, was Weixlhammer über das große Blatt Papier zu sagen gehabt hatte, holte Emma ihr Smartphone heraus. Sie zeigte Jaron die Bilder, die sie von der Zeichnung mit dem Phönix gemacht hatte. Auf einem davon deutete Weixlhammer mit einem Lineal auf die runde Aussparung in der Mitte.

Jaron fiel auf, dass der Händler das Lineal in der linken Hand hielt. Die Zeichnung selbst fesselte ihn allerdings viel mehr. Seine Augen wurden, während er die Fotos betrachtete und der Schilderung seiner Freunde lauschte, immer größer. »Das gibt's doch nicht!«, rief er, als Franky gerade an dem Punkt angekommen war, wo Weixlhammer behauptete, den Ort des Originals nicht zu kennen. »Ich weiß, wo dieses Bild ist!«

Das brachte Franky zum Verstummen, die beiden Mädchen rissen die Augen auf.

»Was sagst du da?«, stieß Antonia heraus.

»Ja, ich weiß, von welchem Original dieses Bild abgepaust wurde. Ich habe das Relief nämlich erst gestern fotografiert.« Und nun war er an der Reihe, von seiner Entdeckung zu erzählen und Fotos herumzuzeigen.

Franky, Emma und Antonia rissen sich sein Smartphone fast gegenseitig aus den Händen. Sie schüttelten die Köpfe vor Erstaunen und verglichen den behauenen Stein immer wieder mit der Zeichnung, als ob sie ihren Augen nicht trauen könnten.

Aber es gab keinen Zweifel: Sie hatten das Schlüsselloch gefunden.

Und Opa Hans hatte ihnen nicht die Wahrheit gesagt – er wusste viel mehr, als er zugab.

Franky konnte sehen, wie sich Antonias Gesicht im Laufe von Jarons Schilderung verdüsterte. »Was hat Opa Hans nur damit zu tun?«, fragte sie leise.

Die anderen sahen sich ratlos an.

»Warum will er uns nicht dabei helfen, die Schale zu finden?«

Emma legte einen Arm um ihre Schulter. »Vielleicht wollte er uns nur beschützen. Vielleicht gibt es eine Gefahr, die wir noch nicht kennen.«

»Ja, vielleicht«, stimmte Antonia zu, klang aber nicht überzeugt.

Für einen Moment war es still, jeder schien zu überlegen, was jetzt zu tun war.

»Also, Leute, wir wissen, wo das Schlüsselloch ist, und wir haben den Schlüssel«, sagte Jaron zu guter Letzt. »Dann lasst uns doch einfach mit der Brosche zum Bismarckturm fahren und das Ganze ausprobieren.«

Schlagartig wurde Franky klar, dass sie beim Grübeln über Opa Hans' merkwürdiges Verhalten eines völlig vergessen hatten: dass sie endlich am Ziel ihrer Suche angelangt waren!

»Gute Idee«, meinte er begeistert und drehte sich zu der Ecke des alten Zirkuswagens um, in der eines der Bretter der Wandvertäfelung locker saß. Dahinter verbarg sich ihr Versteck für wertvolle und geheime Dinge. Die Brosche und die Steine hatten dort – mit kurzen Unterbrechungen – seit der Entdeckung der Gruft gelegen.

Er nahm das Brett ab und griff mit einer Hand in den Hohlraum, während seine Freunde schon einmal ihre Jacken anzogen.

»Oh Mann, stellt euch das mal vor«, sagte Jaron aufgeregt. »Vielleicht finden wir die Schale ja heute noch!«

Unterdessen runzelte Franky die Stirn. Sosehr er auch tastete – er konnte nirgends etwas entdecken. Eine dunkle Ahnung befiel ihn. Schließlich zog er die Hand wieder heraus und sagte: »Die Brosche ist nicht da.«

»Was? Wie kann sie nicht da sein?«, rief Antonia. »Lass mich mal schauen.« Sie rempelte ihn zur Seite, worauf er ihr etwas gekränkt Platz machte.

Antonia durchsuchte den Hohlraum sehr gründlich. Doch auch sie zog ihre Hand leer aus dem Versteck heraus. »Die Brosche ist tatsächlich weg«, sagte sie ungläubig.

»Sag ich doch!«, trumpfte Franky auf.

Der Wind pfiff für einen Märztag ungewöhnlich kalt, als sie kurz darauf auf der Anhöhe standen und das Bild mit dem Phönix betrachteten. Jetzt hatten sie endlich das Ziel ihrer Suche erreicht. Sie wussten, wozu die Brosche diente, doch es nützte ihnen nichts. Sie hatten die Tür gefunden, aber den Schlüssel verloren. Der Augenblick, dem sie entgegengefiebert hatten, auf den sie seit Monaten gehofft hatten – er war zu einer riesigen Enttäuschung geworden.

Emma war an die Mauer getreten und legte jetzt ihre Finger in die Vertiefung, in die die Brosche passen sollte. »Das könnte stimmen«, sagte sie traurig. »Und der Phönix sieht genauso aus wie der auf dem dritten Stein. Wie schade.«

»Und du bist wirklich sicher, dass du die Brosche in das Versteck getan hast?«, erkundigte sich Antonia bestimmt schon zum zwanzigsten Mal bei Jaron.

»Aber ja doch«, seufzte er. »Ganz sicher.«

»Dann muss sie jemand gestohlen haben«, folgerte Emma. »Und es gibt nur zwei Verdächtige: Opa Hans und Weixlhammer. Sonst wusste niemand, dass wir die Brosche haben.«

Die anderen nickten stumm. Auch diese Schlussfolgerung hatten sie schon mehrere Male diskutiert, sie brachte sie nur nicht weiter. Einer der beiden Männer belog sie. Aber welcher?

»Und was machen wir jetzt?«, wollte Jaron wissen.

Franky zuckte mit den Schultern. »Ich würde Weixlhammer anrufen«, sagt er. »Er hat zumindest mit uns geredet. Opa Hans nicht.«

Antonia seufzte. »In Ordnung«, stimmte sie zu. »Du hast wohl recht.«

Emma hatte ihr Smartphone schon in der Hand und wählte die Nummer von Weixlhammers Laden. Gründlich, wie sie war, hatte sie diese schon eingespeichert. Sie stellte den Lautsprecher an, sobald es tutete.

»Weixlhammer?«, kam die Stimme des Antiquitätenhändlers aus dem Handy.

»Ja, guten Tag, Herr Weixlhammer. Hier sind Emma, Antonia, Franky und Jaron – die vier vom See.«

»Ja, hallo, meine Freunde. Was kann ich für euch tun?« Weixlhammer klang ehrlich erfreut über den Anruf.

»Herr Weixlhammer …« Emma zögerte und sah die anderen an.

Franky nickte ihr zu.

»Wir haben das Relief gefunden. Das mit dem Phönix«, fuhr sie fort.

»Ist das wahr? Fantastisch!«, rief der Händler. »Wo denn?«

»An diesem Turm oberhalb von Allmannshausen, dem Bismarckturm.«

»Ach was – das ist ja kaum zu glauben. Seid ihr gerade dort?«

»Ja, sind wir.«

»Dann komme ich sofort, und wir schauen, ob wir die

Tür öffnen können. Ihr habt doch die Brosche sicher bei euch?«

»Nun, das ist die Sache …«, begann Emma, verstummte dann aber.

»Wir haben die Brosche nicht mehr, sie wurde uns gestohlen«, fuhr Jaron fort.

»Wie bitte?« Jetzt überschlug sich Weixlhammers Stimme beinahe. »Gestohlen? Wie kann denn das sein?«

»Nun, als wir sie mitnehmen wollten, haben wir festgestellt, dass sie nicht mehr da ist.«

»Das ist doch unerhört! Habt ihr sie etwa einfach irgendwo rumliegen lassen?« Es knarrte leise, als würde Weixlhammer aus seinem Schreibtischstuhl aufstehen.

»Natürlich nicht«, beeilte sich Jaron zu versichern. »Sie war wirklich gut versteckt.«

Weixlhammer schnaufte in den Hörer. »Na, das will ich hoffen. Und ich habe da schon so eine Ahnung, wer sie genommen haben könnte.« Seine Stimme hallte nun anders, als sei er in einen anderen Raum gegangen.

»Wer denn?«, fragte Emma erstaunt.

»Der Wächter.«

»Der *was*?« Die Freunde schauten sich völlig verdutzt an.

»Es gibt da etwas, was ich euch noch nicht erzählt habe. Ihr wisst ja, dass der Schatz – also die Schale – aus dem Tempel in Jerusalem stammt. Als die Römer Jerusalem erobert und den Tempel zerstört haben, konnten die Priester, die Leviten, einige der heiligen Gegenstände retten. Darunter auch die Schale. Einer dieser Leviten reiste später hierher, an den Starnberger See, und versteckte sie. Er war es auch – oder aber sein Sohn –, der die Brosche mit den Hinweisen angefertigt hat.

Aber die Legende geht noch weiter: Seitdem – also fast zwei Jahrtausende lang – wurde das Wissen über das Versteck von Vater zu Sohn weitergegeben. Und es gibt immer einen Nachfahren dieses Leviten, der darüber wacht, dass kein Unwürdiger das Versteck findet. Er nennt sich ›der Wächter‹.

Die Wächter sind sehr mächtig, denn sie haben die Gabe, Menschen zu beeinflussen und zu manipulieren. Diese Eigenschaft wurde von Vater zu Sohn weitervererbt und ermöglichte es den Wächtern, ihre Aufgabe zu erfüllen und ihr Geheimnis über diese lange Zeit zu bewahren.

Doch im Laufe der Jahrtausende haben sich die Wächter der Schale verändert. Irgendwann haben sie begonnen, ihre Gabe für ihre eigenen Zwecke einzusetzen. Haben Reichtümer oder Macht angehäuft, Menschen ins Verderben gezogen.« Weixlhammer klang im Laufe seiner Schilderung immer erregter, voller Zorn über das, was er erzählte.

»Auch heute noch gibt es einen Wächter, auch wenn seine Aufgabe natürlich sehr viel leichter ist als die seiner Vorfahren. Denn die Menschen glauben nicht mehr an Legenden. Keiner sucht mehr nach diesem Schatz.« Eindringlich fuhr er fort: »Ihr müsst euch vor ihm in Acht nehmen. Er wird alles dafür tun, um zu verhindern, dass ihr erfolgreich seid.«

Die Freunde hatten sich die ganze Zeit über angeschaut. Emma konnte sehen, dass Franky, Antonia und Jaron genauso verblüfft waren wie sie selbst.

Als Weixlhammer seinen Bericht beendet hatte, war sie die Erste, die etwas sagte: »Und das erzählen Sie uns erst jetzt? Woher wissen Sie das alles?«

»Mein Vorfahr, von dem ich euch schon erzählt habe, hat es mir gesagt.«

»Und wissen Sie auch, wer der jetzige Wächter ist?«, hakte nun Franky nach.

»Ja, das weiß ich.«

»Wer ist es?«

Für einen Moment war es still. Dann seufzte Weixlhammer und sagte: »Es ist Hans Bernwieser.«

Kapitel VI:

Ein Schlüsselloch wird gefunden

In der Nähe von Schloss Unterallmannshausen, im Jahr 1894

Architekt Theodor Fischer war ein Mann mit einer Mission. Wie Ludwig gehört hatte, stand der 32-Jährige am Anfang seiner Karriere und wollte sich mit seinem Entwurf für den Allmannshausener Bismarckturm beweisen. Nun schritt er über den Bauplatz auf der Rottmannshöhe und zeigte mit weit ausholenden Gesten, wie er sich sein Denkmal für den ehemaligen Reichskanzler vorstellte.

»Hier«, erklärte er, »wird einmal die Treppe hinauf in die Wandelhalle führen.« Er tat einige große Schritte, als ob er eine Treppe hinaufgehen würde, hob die Hände und deutete eine Fläche vor sich an. »Wenn man weiter hinaufsteigt«, er wandte sich nach rechts und ging wieder einige imaginäre Stufen hinauf, »öffnet sich das Panorama der Alpen, von den Bogen der Wandelhalle eingefasst wie von Bilderrahmen.«

Anton Hertrich, einer der Initiatoren des Bauprojekts, hielt eine Bauzeichnung in den Händen und lauschte aufmerksam. Ein paar Männer, die Ludwig nur vom Sehen kannte, standen neben ihm.

»Mein Entwurf fasst die großen geschichtlichen Zusammenhänge auf deutschem Boden in ein einziges Denkmal.« Zufrieden rückte Fischer seinen Kneifer zurecht und sah die Männer erwartungsvoll an.

»So ein Unsinn!«, rief Maximilian von Beilstein, der sich mit seinem Sohn Ludwig und Nikolaus von Höwarth etwas abseits gehalten und die Ausführungen des jungen Architekten genau verfolgt hatte. »Reine Augenwischerei. Sie wollen doch mit Ihrem Gerede von ›geschichtlichen Zusammenhängen‹ nur verschleiern, dass hier auf bayerischem Boden ein Denkmal für diesen elenden Preußen errichtet werden soll. Ein Schandfleck!«

Alle drehten sich zu ihm um, was Ludwig ziemlich peinlich war.

Hertrich verzog das Gesicht und ließ die Bauzeichnung sinken. »Nun mäßigen Sie sich mal, von Beilstein. Bei unseren Zusammenkünften ist zwar jeder willkommen, dem die Gestaltung der Zukunft Bayerns wichtig ist. Aber das erlaubt Ihnen noch lange nicht, solche Unverschämtheiten von sich zu geben!«

»Unverschämtheiten? Ach ja?« Jetzt schien Graf von Beilstein wirklich wütend zu werden. »Wissen Sie, was die einzige Unverschämtheit ist? Dieses Monstrum, das Sie direkt auf unseren beliebtesten Aussichtspunkt setzen wollen! Euch hohen Herren aus München sind unser See und die Berge wohl nicht schön genug, um allein deshalb einen Sonntagsausflug zu unternehmen. Aber wir echten Bayern erheben Tag für den Tag den Blick zu diesem Hügel. Sollten wir wirklich jedes Mal an die Schande erinnert werden, dass Bayern Teil des Deutschen Reichs ist, dass wir uns mit Hessen, Sachsen und – Gott bewahre – Preußen gemein gemacht haben? Nein, das werde ich nicht zulassen!«

Gemurmel erhob sich in der Gruppe der Bauherren, bevor Hertrich wieder das Wort ergriff. »Mein guter Graf, ich fürchte, darin werden Sie scheitern. Unser Verein hat vor Kurzem das Land, auf dem Sie gerade stehen, käuflich erworben. Ob hier ein Denkmal für unseren geschätzten ehemaligen Reichskanzler gebaut wird oder nicht, liegt nicht mehr in Ihrer Entscheidungsbefugnis.«

»Wie bitte?«, bellte von Beilstein und wurde rot vor Ärger. »Der Loibl-Bauer hat Ihnen sein Land verkauft? Dieser Idiot! Na, der wird was zu hören kriegen!«

»Hören Sie«, mischte sich nun der junge Architekt ein, »vielleicht kann ich etwas richtigstellen. Sie scheinen den Turm als ein Wahrzeichen der Unterdrückung zu sehen. Aber ich versichere Ihnen, die Geschichte dieser wunderbaren Gegend vereint sich darin aufs Beste mit der der deutschen Nationalität. Darf ich Ihnen zeigen, was ich meine?«

Er winkte einladend und bedeute von Beilstein, ihm zu folgen. »Kommen Sie.«

Der Graf schnaubte abfällig, ging aber hinter Fischer her.

Baron von Höwarth und Ludwig schlossen sich ihm an, und Ludwig hörte, dass sich hinter ihnen auch die übrigen Männer in Bewegung setzten.

Theodor Fischer führte sie in großen Schritten zu ein paar niedrigen Bäumen, wo zwei Männer mit Schaufeln beschäftigt waren. Sie waren Ludwig schon vorher aufgefallen, und nun sah er beim Näherkommen, dass sie ein großes Loch gegraben hatten. Und zwar direkt vor einem Felsen, der halb verborgen von Zweigen und Blättern aus dem weichen Boden ragte. Der Fels ging Ludwig etwa bis zum Kinn und bestand an seiner dem See zugewandten Seite aus einer glatten Wand.

Genau diese Wand hatten die Arbeiter freigelegt, bis in eine Tiefe von etwa zwei Metern. Nun waren sie dabei, das Loch zu vergrößern und die Erde abzutransportieren.

Warum machen sie das?, dachte Ludwig verwundert, während sich die Bauherren, sein Vater und Baron von Höwarth um die Grube sammelten.

Doch die Erklärung folgte auf dem Fuß, denn Architekt Fischer wandte sich an seine Zuhörer und erläuterte: »Eines der Prinzipien meines Bauens ist die Verbindung von lokalen Symbolen mit nationalen, von historischen mit modernen Elementen. Deshalb habe ich mich mit dem Ostufer des Würmsees – und besonders der Umgebung rund um Leoni – vertraut gemacht, habe die Baustile studiert, die Geschichte und die Topografie.

Eines der prägendsten Merkmale sind die Felsen, die sich hier überall finden. Wie dieser hier.« Er zeigte auf den Stein. »Als ich diese Felswand hier oben sah, wusste ich sofort, dass sie ein Bauelement im Turm werden soll – als Verbindung zwischen dem Bauwerk und der Landschaft. Ich habe Arbeiter angewiesen, den Felsen freizulegen, um seine Größe und Beschaffenheit besser abschätzen zu können. Und dabei haben wir das hier gefunden.«

Er kniete sich an den Rand des Lochs und wies mit seiner Hand hinunter. Der Arbeiter, der in der Grube stand, drückte sich, so gut es ging, an den Rand.

Alle beugten sich vor; diejenigen, die in zweiter Reihe standen, reckten die Köpfe. Auch Ludwig spähte in das Loch.

Dort, freigelegt von Erde und Wurzeln, war ganz schwach ein Relief im Fels zu erkennen. Ludwigs Augen waren nicht gut genug, um ohne zusätzliche Beleuchtung die Details wahrzunehmen.

Doch es ging den anderen wohl ähnlich, denn einer der von ihnen rief dem Arbeiter in der Grube zu: »Guter Mann, was ist da zu sehen?«

»Des schaugt aus wia a Vogl, der auf am Ast hockt«, erwiderte dieser.

Eine schwache Erinnerung wurde in Ludwig wach: Er hatte doch erst vor Kurzem einen Vogel auf einem Ast gesehen. Nur wo?

Gemurmel erhob sich in der Gruppe.

Theodor Fischer schaute sich zufrieden um und erläuterte: »Ich habe einen Historiker befragt, und er meinte, das Relief sei sehr alt, stamme wahrscheinlich aus der Zeit, als die Römer Bayern besiedelten. Dafür spräche auch seine Position so weit unter der Erde – es ist im Laufe der Jahrhunderte durch mehrere Erdrutsche verschüttet worden.« Er reckte sich. »Es sind genau solche Elemente, die ich für meinen Entwurf einplane: Altes und Neues, Bayerisches und Deutsches – mein Turm wird eine Verbindung aus allem.«

»Sehr beeindruckend«, bestätigte Hertrich, »und sehr überzeugend.«

»Ach was«, ereiferte sich Ludwigs Vater von Neuem. »Warum lassen wir unsere bayerischen Schätze nicht für sich allein sprechen? Wo sind die Denkmäler für unsere bayerischen Helden? Warum kein Turm für unseren König Ludwig?«

Gelächter wurde laut. Hertrich erwiderte grinsend: »Das können Sie nicht ernst meinen, Graf von Beilstein. Ludwig war verrückt!«

»Aber er war ein Wittelsbacher und kein gewöhnlicher, dahergelaufener Preuße!«, schrie von Beilstein.

Hertrich und die anderen Mitglieder des Baukomitees sahen ihn betroffen an.

»Jetzt reicht es!«, sagte einer von ihnen schroff. »Herr Graf, Sie sind hier nicht mehr willkommen. Verlassen Sie dieses Grundstück auf der Stelle.«

Da wandte sich Ludwigs Vater um und sagte zu Baron von Höwarth, der die gesamte Auseinandersetzung stumm und sichtlich peinlich berührt verfolgt hatte: »Gehen wir, von Höwarth. Hier richten wir nichts mehr aus.«

Ludwig folgte den beiden Männern schweigend und dachte nach. Und endlich fiel ihm ein, woher er den Vogel auf dem Ast kannte. »Die Kohlezeichnung aus dem Sekretär!«, flüsterte er. Das war es gewesen!

Er beschloss, dass Michi und er unbedingt noch einmal zu der Baustelle zurückkehren mussten, um sich das Relief genauer anzusehen. Vor lauter Aufregung dachte er gar nicht mehr daran, dass er sich über seinen Freund geärgert hatte. Jetzt zählte nur noch das bevorstehende gemeinsame Abenteuer!

Sein Vater und Baron von Höwarth gingen vor ihm her und unterhielten sich über das eben Geschehene. Ludwig hatte den Zorn seines Vaters zwar nicht ganz nachvollziehen können und sein Ausbruch war ihm peinlich gewesen. Aber seine Entschlossenheit und unbedingte Liebe zu Bayern hatten ihn trotzdem beeindruckt. Er war sich nicht sicher, ob er den Bau des Bismarckturms für eine gute Idee halten sollte.

Vielleicht hatte sein Vater recht, und Bayern war schwach geworden, indem es Teil des Deutschen Reichs geworden war. Und Schwäche war etwas, das Ludwig nicht ausstehen konnte.

Es dauerte eine Weile, bis Ludwig eine Gelegenheit fand, mit Michi zu reden. Der Besuch der von Höwarths bedeutete viel Arbeit für die Bediensteten des Schlosses, und so war auch sein Freund verpflichtet, weiterhin mehr als gewöhnlich mit anzupacken. Ludwig selbst hatte am nächsten Vormittag wenig zu tun und versuchte immer wieder, Michi abzupassen, doch es gelang ihm nicht.

Vielleicht meidet er mich auch, überlegte Ludwig. *Vielleicht ist ihm die Szene mit Friederike am Abend des Balls immer noch peinlich.*

Von seinen Eltern sah Ludwig an diesem Tag ebenfalls nicht viel. Die Väter machten einen Ausritt und die Mütter spazierten mit Friederike durch den Garten.

Nach dem Frühstück hatten ihn die Frauen eingeladen, sich ihnen anzuschließen, was ihn zunächst sehr gefreut hatte. Es war schön, neben Friederike durch den Park zu gehen und sich zu unterhalten.

Doch das Mädchen war still und in sich gekehrt, und Ludwig selbst war zu befangen gewesen, um ein richtiges Gespräch in Gang zu bringen. So hatte er sich nach einer Weile entschuldigt, um seinen Freund zu finden, und Friederike in der Gesellschaft der beiden Mütter zurückgelassen.

Endlich gelang es ihm, Michi am Arm zu packen, als dieser mit zwei vollen Eimern Wasser an ihm vorbeieilte. »Bleib doch mal stehen«, rief er. »Ich muss dir was erzählen!«

Michi sah ihn gehetzt an. »Dann komm mit. Wenn das Wasser hier nicht bald bei den Pferden ist, kriege ich Ärger mit dem Stallknecht.«

»Keine Sorge, ich helfe dir«, antwortete Ludwig und nahm ihm einen Eimer ab, den Michi überrascht losließ.

»Danke«, erwiderte er.

Sie gingen nebeneinander auf den Pferdestall zu. »Ich habe etwas gefunden, was uns auf der Suche nach der goldenen Schale weiterbringt«, sagte Ludwig aufgeregt.

»Was denn?«

Ludwig erzählte ihm von dem geplanten Bismarckturm und dem Relief im Felsen. »Ich konnte nicht viel erkennen – du weißt ja, dass meine Augen sehr schlecht sind. Deshalb wollte ich dich fragen, ob du mit mir noch mal zu dem Felsen gehst, um das Bild näher anzuschauen.«

»Bist du mir nicht mehr böse?«, fragte Michi. »Wegen Friederike?«

»Doch, schon. Ein wenig«, antwortete Ludwig. »Darüber wollte ich mit dir auch noch reden. Gehen wir zur Rottmannshöhe?«

»Jetzt kann ich nicht. Aber in einer halben Stunde sollte ich mir Zeit für eine Mittagspause nehmen können. Treffen wir uns dann?«

Die Arbeiter, die den Felsen freilegten, machten ebenfalls gerade Mittagspause, als sich Ludwig und Michi der Rottmannshöhe näherten. Sie hatten sich einfach davongeschlichen, und offenbar hatte niemand bemerkt, dass sie das Schloss verlassen hatten.

Ludwig führte Michi zu der Grube, die seit dem vorigen Tag noch ein ganzes Stück größer geworden war. »Da unten ist es«, sagte er und zeigte auf den Fuß der Felswand.

Michi beugte sich vor. »Du könntest recht haben«, meinte er erstaunt. »Lass uns das mal näher untersuchen.«

Die Arbeiter hatten eine Leiter an die Wand gelehnt, um auf den Boden zu kommen, und waren im Moment außer Sichtweite.

Rasch kletterten Ludwig und Michi hinunter und stellten sich vor die Felswand. Ludwig griff in seine Westentasche und holte die Zeichnung heraus, die er eingesteckt hatte. Er faltete sie auf und gemeinsam verglichen sie Papier und Stein.

Vor ihnen saß ein Vogel auf einem Ast. Er hatte einen langen Hals und breitete seine Flügel aus. Die Zweige trugen tränenförmige Blätter und überkreuzten sich. Das ganze Relief war vielleicht einen Meter breit und einen halben Meter hoch.

»Es stimmt«, sagte Michi, während er zwischen dem Papier und der Felswand hin- und herblickte. »Dieser Ferdinand hat dieses Relief hier abgezeichnet.«

»Was, denkst du, könnte das hier sein?«, fragte Ludwig und deutete auf eine runde Vertiefung, die mitten im Bild eingearbeitet war.

Michi zuckte mit den Achseln. »Keine Ahnung. Es sieht aus, als ob da etwas fehlt. Vielleicht kann man dort etwas einpassen. Einen Schlüssel vielleicht?«

»Könnte sein. Und der öffnet dann die Tür zu einem Versteck. Dem Ort, wo die Schale verborgen ist«, stimmte Ludwig eifrig zu.

In diesem Moment hörten sie Stimmen über sich und blickten nach oben.

Über dem Rand der Grube erschienen die Gesichter der beiden Arbeiter. »Was macht's denn ihr zwoa da unten?«, rief einer von ihnen vorwurfsvoll.

»Wir wollten uns nur mal das Bild hier näher anschauen. Ich war gestern bei der Versammlung des Baukomitees dabei und bin neugierig geworden«, erwiderte Ludwig selbstbewusst.

»Ah, schaug her, der Sohn vom Grafen«, erkannte ihn der andere. »Also guat, aber ihr müssts da jetzad rauskemma! Des is vui z'gfährlich für eich. Außderm müssn mia weiter arbeitn.«

Gehorsam kletterten die Freunde aus dem Loch. Sie hatten gesehen, was sie sehen wollten.

Kapitel VII:

Michi und Friederike

Michi fing sich erst einmal einen kräftigen Rüffel der Köchin ein, als Ludwig und er von ihrem Ausflug zur Rottmannshöhe zurückkamen. Den Rest des Tages verdonnerte sie ihn zum Unkrauthacken auf dem schlosseigenen Acker. Dort waren schon der Stallknecht und die Hausburschen zugange und freuten sich sichtlich, dass sie Hilfe bei dieser ungeliebten Arbeit bekamen. Die Köchin mochte sich auf ihr selbst gezogenes Gemüse viel einbilden, für die anderen Bediensteten bedeutete es vor allem viel Arbeit.

Während Michi seine Hacke in die Erde hieb und ein Unkraut nach dem anderen untergrub, hatte er genug Zeit, über das Erlebte nachzudenken. Wobei ihn, wenn er ehrlich war, nicht so sehr der Fund des Reliefs beschäftigte, sondern vor allem das Mädchen Friederike. Er versuchte, diese Gedanken um Ludwigs willen zu unterdrücken. Aber ihr Bild – wie sie lachte, wie sie tanzte – stand ihm ständig vor Augen.

Er konnte nichts dafür. Er wünschte sich nichts sehnlicher, als sie wiederzusehen.

Als er sich nach einer Weile aufrichtete und sich den Schweiß von der Stirn wischte, war ihm, als träume er: Auf dem Weg, der zum Schloss führte, näherte sich Friederike – in einem weißen Sommerkleid, einem Strohhut und mit einem Sonnenschirm in der Hand. Ungläubig schaute er ihr entgegen.

Gleich darauf blieb sie direkt vor ihm stehen und lächelte. »Hallo«, sagte sie, »ich habe dich gesucht.«

»Mich?«, fragte er erstaunt.

»Ja, natürlich.«

»Wo ist denn Ludwig?«, erkundigte er sich vorsichtig.

Sie zuckte mit den Achseln. »Keine Ahnung. Er wollte vorhin mit mir spazieren gehen, und als er nach einer Weile nicht aufgetaucht ist, habe ich mich auf die Suche nach dir gemacht. Aber, wie ich sehe, hast du auch keine Zeit.« Sie musterte seine Hacke. »Ist die Arbeit sehr schwer?«

Diesmal war er es, der mit den Schultern zuckte. »Geht schon«, meinte er.

»Kannst du vielleicht eine Pause machen und mich auf einer kleinen Runde begleiten?«

Er blickte sich zu den Knechten um. »Eigentlich nicht. Sonst kriege ich Ärger.«

»Ach bitte. Das merkt doch bestimmt keiner«, bat Friederike.

Michi wusste nicht, was er machen sollte. Natürlich wollte er nichts lieber tun, als mit Friederike spazieren zu gehen. Und ihrem Lächeln konnte er nicht widerstehen.

»Lass uns verschwinden«, beschloss er. »Ich kann ja nachher noch ein wenig weiterarbeiten.« Er klopfte sich seine schmutzigen Hände an der Hose ab und trat zu ihr auf den Weg.

Nach einem letzten Blick zurück gingen sie zusammen Richtung Waldrand. Michis Herz klopfte. Er konnte kaum fassen, dass Friederike wirklich nach ihm gesucht hatte und offensichtlich gerne in seiner Nähe war.

»Es war sehr schön, mit dir zu tanzen«, sagte sie nach einer Weile.

»Ja, das war es. Es war das Schönste, was ich je erlebt habe«, stimmte er zu. »Schade, dass wir aufhören mussten.«

Als sie die Bäume erreicht hatten, blieb sie plötzlich stehen und drehte sich zu ihm um. »Ich muss seitdem immerzu an dich denken«, erklärte sie verlegen.

»Du gehst mir auch nicht mehr aus dem Kopf«, gab er zu. »Aber das hat doch keinen Sinn. Du wirst bald Ludwig heiraten.«

»Da habe ich auch noch ein wenig mitzureden«, widersprach sie. »Das ist noch keine beschlossene Sache.«

»Wirklich?«, fragte er glücklich.

Sie nickte. »Ich werde keinen Mann heiraten, den ich nicht liebe. Und Ludwig ist zwar nett, aber auch ziemlich von sich überzeugt. Das finde ich sehr unangenehm.«

Michi konnte nicht anders, als zu grinsen. »Da hast du recht, das ist er. Aber er ist ein prima Kerl und mein bester Freund.«

»Ich weiß«, sagte sie leise.

»Und Ludwig hat dich sehr gern. Er ist in dich verliebt«, fuhr Michi fort.

Sie blickte ihn an.

Er zögerte kurz, bevor er Friederikes Hände in seine nahm. Sie erschienen ihm federleicht, und ganz kurz schämte er sich für seine rauen Arbeiterhände.

Doch dann spürte er den Druck ihrer schmalen Finger, und sie lächelte. »Hast *du* mich denn nicht gern?«, fragte sie spitzbübisch.

Michi war wie verzaubert. Schmetterlinge schienen in seinem Bauch umherzuflattern, und ihm wurde plötzlich ganz heiß.

Langsam beugte er sich vor und küsste sie zart auf den Mund, und sie küsste ihn.

Es war eine flüchtige Berührung, die noch auf seinen Lippen brannte, als sich sein Gesicht wieder von ihrem entfernte. Er roch ihren Duft – nach Seife und Blumen und Honig. Ihm schwindelte ein wenig. Er sah nichts anderes mehr als ihr Gesicht, ihre Augen, ihren Mund.

Ludwig wandte sich ab und lehnte sich gegen einen Baumstamm. Seine Knie zitterten und vor seinen Augen verschwamm alles. Wut, Enttäuschung und Traurigkeit überwältigten ihn.

Er hatte sich auf die Suche nach Friederike gemacht, als er sie am verabredeten Ort nicht angetroffen hatte. Ein Diener hatte ihm erzählt, sie sei Richtung Feld spaziert. Also hatte er denselben Weg eingeschlagen und dann von den Knechten auf dem Acker erfahren, dass sie sich mit Michi unterhalten habe. Und dass die beiden nun miteinander unterwegs seien.

Schon da hatte sich ein bitterer Verdacht in sein Herz geschlichen. Doch er hatte noch die Hoffnung gehegt, dass sich dieser Verdacht nicht bestätigen würde.

Diese Hoffnung hatte er nun verloren. Mit der Faust schlug er gegen den Baum, hinter dem er sich versteckt hatte, um die beiden zu beobachten. Er wünschte, er hätte es nicht getan. Wäre er nur rechtzeitig umgedreht und hätte nicht gesehen, was sich vor seinen Augen abgespielt hatte. Zu spät.

Jetzt blieb ihm nur noch die Wut. Und das furchtbare Gefühl, von seinem besten Freund verraten worden zu sein.

Beim Abendessen war Ludwig ungewöhnlich schweigsam. Seine Mutter konnte ihn noch so streng anschauen – er hatte kein Verlangen danach, sich an der Unterhaltung am Tisch zu beteiligen. Er wollte Friederike, die neben ihm saß, nicht in die Augen schauen, geschweige denn das Wort an sie richten.

Seine Braut schien dies jedoch nicht zu stören. Sie wirkte gut gelaunt, lachte leise, als ihre Mutter irgendein Erlebnis vom Morgenspaziergang erzählte, und aß mit gesundem Appetit.

Wahrscheinlich träumt sie gerade von dem Kuss, dachte er verbittert.

Graf von Beilstein und Baron von Höwarth schien nicht aufzufallen, dass sich ihre Kinder kaum miteinander unterhielten. Sie waren in ein Gespräch über aktuelle Ereignisse der Weltpolitik vertieft und kümmerten sich nicht viel um die anderen Tischgäste.

Ludwig war das nur recht, die Blicke seiner Mutter ignorierte er einfach. Sobald es möglich war, entschuldigte er sich und machte sich auf den Weg zu seinem Zimmer. Er wollte allein sein.

Doch als er sich seiner Zimmertür näherte, sah er Michi dort im Flur stehen. »Da bist du ja endlich«, rief er ihm strahlend entgegen. »Ich warte schon eine Weile auf dich!«

»Ach ja?«, antwortete Ludwig kühl. »Bist du sicher, dass du nicht auf jemand anderes wartest?« In ihm zog sich alles zusammen, und er musste sich sehr beherrschen, um seinem Freund nicht ins Gesicht zu schlagen.

Michi schien seine düstere Miene gar nicht zu bemerken. »Ja, natürlich! Wir hatten noch gar keine Gelegenheit, über das Bild im Felsen zu sprechen. Das ist vielleicht ein Ding, findest du nicht auch?«

»Ja, klar«, bestätigte Ludwig ironisch.

»Wie machen wir weiter? Hast du schon eine Idee, wo wir mit der Suche nach dem Schlüssel beginnen könnten? Morgen müsste ich etwas Zeit haben, da könnten wir uns treffen.«

»Weiß nicht.« Mehr brachte Ludwig nicht heraus.

»Vielleicht sollten wir Sepp noch einmal fragen«, überlegte sein Freund. »Er muss das Zaumzeug einfetten, bevor die Herren wieder ausreiten. Das dauert eine Weile, da hat er bestimmt Zeit zu reden. Ich glaube, das sollten wir ausnutzen und noch einmal zu ihm gehen.«

Jetzt reichte es Ludwig. »Weißt du was?«, fauchte er. »Du wirst gar nichts tun. Wag es ja nicht, Sepp noch einmal auf dieses Thema anzusprechen, sonst kannst du was erleben!« Er trat einen Schritt nach vorne und stieß Michi gegen die Brust, sodass dieser mit einem erstaunten Ausdruck auf seinem Gesicht rückwärts stolperte.

Die Tür zu Ludwigs Zimmer war frei. Er riss sie auf und sagte über seine Schulter hinweg: »Die Zeichnung von dem Relief gehört mir. Und der Schatz gehört mir auch. Ich brauche dich Bastard nicht, um ihn zu finden. Ihr Juden seid doch alle gleich!«

Damit trat er in sein Zimmer und zog die Tür hinter sich ins Schloss.

Michi stützte sich mit den Handflächen an der Wand hinter sich ab, um nicht das Gleichgewicht zu verlieren, und starrte auf die zugefallene Tür. Diesen Ausbruch hatte er nicht kommen sehen. Aber wenn er es sich recht überlegte, war Ludwigs Verhalten eigentlich nicht so unbegreiflich.

Sein Herz sank. Es konnte nur eines geben, was Ludwig so verärgerte. *Hat er Friederike und mich etwa beobachtet? Warum sonst sollte er so heftig reagieren*, dachte Michi bedrückt. Im Glück des Augenblicks war er überzeugt davon gewesen, dass Friederike und er allein gewesen waren.

Dass sein Freund ihn als *Bastard* bezeichnet hatte, traf ihn tief, aber er konnte es irgendwie sogar verstehen. Immerhin hatte er ihn wirklich hintergangen.

Er hörte dieses Schimpfwort leider nicht zum ersten Mal. Sondern er hatte schon öfter mitbekommen, dass die Leute hinter vorgehaltener Hand von ihm als dem »Bankert« oder dem »jüdischen Bastard« redeten.

Wenn er seine Mutter darauf ansprach, sagte sie immer nur, er solle nicht darauf achten. Sein Vater sei ihre große Liebe gewesen, und er sei leider gestorben, als Michi noch ein Baby gewesen war.

Noch nie in seinem Leben hatte Michi sich so ratlos gefühlt. Er war verliebt in Friederike. Und er hatte seinen besten Freund sehr gern.

Solange er sich noch der Vorstellung hingegeben hatte, dass Ludwig nichts von seiner Zuneigung zu Friederike wüsste, hatte er beides noch miteinander vereinbaren können. Aber das war jetzt nicht mehr möglich. Einen von beiden musste er verraten.

Ludwig blieb einen Moment auf der anderen Seite der Tür stehen. Er atmete heftig. Mit geballten Fäusten trat er dann ans Bett und hieb auf sein Kissen ein.

»Dieser Verräter!«, zischte er. »Dieser miese Schuft! Tut so, als wäre er mein Freund. Und ich habe ihn vor meinem Vater auch noch verteidigt. Na warte. Das werde ich ihm heimzahlen!«

Kapitel VIII:

Was der alte Stallbursche erzählt

Es blieb nicht aus, dass Michi dem alten Stallburschen wieder begegnete. Obwohl Ludwig ihn ausdrücklich davor gewarnt hatte, mit Sepp zu reden, konnte Michi es nicht verhindern, dass ihn die Aufträge seiner Mutter auch am Stall vorbeiführten. Wenige Tage nach dem Streit sah Michi den Knecht in der Sattelkammer sitzen. Er summte vor sich hin und verteilte mit schwungvollen Gesten das nach Bienenwachs riechende Lederfett auf ein paar Riemen.

Als Sepp den Jungen bemerkte, rief er ihn beim Namen und blickte ihm mit seinem breiten, zahnlosen Grinsen entgegen. »Na, was habt ihr auf dem Speicher gefunden?«, erkundigte er sich. »Komm, setz dich einen Moment zu mir und erzähl mir von euren Abenteuern!«

Michi stellte seine Eimer ab und rieb sich die schmerzenden Hände. »Wir waren auf dem Dachboden, wie du uns geraten hattest, und haben den Sekretär untersucht. Und wir haben tatsächlich etwas gefunden.«

Sepp ließ seinen Putzlappen sinken. »Oh!«, sagte er erstaunt. »Na, dann erzähl mal. Was denn?«

Daraufhin berichtete Michi von der zerbrochenen Tür

zum Geheimfach und der Zeichnung, die sie darin entdeckt hatten.

»Und das gleiche Bild ist uns dann noch einmal begegnet«, fuhr er fort. »Ludwig war mit seinem Vater auf der Rottmannshöhe – da, wo dieser neue Turm gebaut werden soll. Dort haben sie einen Felsen freigelegt und, so unglaublich es auch klingt, in diesem Felsen befindet sich dasselbe Bild.«

Sepp stand der Mund offen, während Michi den merkwürdigen Vogel, die tränenförmigen Blätter und die gekreuzten Äste beschrieb. Und natürlich auch die kreisrunde Vertiefung mitten im Bild, wo etwas zu fehlen schien.

»Ihr habt tatsächlich jenes legendäre Bild gefunden! Das ist ja kaum zu glauben«, rief der Knecht völlig verblüfft. »Habt ihr ein Glück! Mein Großvater hat jahrelang nach diesem Relief gesucht, ohne es je zu entdecken. Und ihr spaziert nur einmal den Hügel rauf und habt es.«

»Na ja, dein Großvater konnte es unmöglich finden«, erklärte Michi. »Bis zu den Bauarbeiten lag es nämlich mindestens zwei Meter unter der Erde. Aber dieses Bild scheint noch nicht komplett zu sein. Vielleicht kann man in die runde Aussparung ja eine Art Schlüssel einsetzen, der dann eine Geheimtür im Felsen öffnet?«

Sepp rieb sich das Kinn. »Hmmm. Ja, vielleicht. Ich glaube, ich habe da auch schon eine Ahnung, was für ein Schlüssel das sein könnte.«

»Ehrlich?«, staunte Michi. »Sag schon, was meinst du?«

»Nun, ich habe euch ja von der goldenen Schale erzählt, die aus dem Tempel in Jerusalem stammt und hier am Würmsee versteckt sein soll.«

Michi nickte gespannt.

»Mein Großvater hat das alles von seinem Vater gehört und der wiederum von seinem. Er sagte, dass es eine Brosche mit drei Steinen geben soll. Jeder dieser drei Steine befindet sich in einem anderen Versteck. Und die zusammengesetzte Brosche könnte der Schlüssel sein, den ihr sucht.«

Michi sah ihn mit großen Augen an. »Woher wusste dein Großvater das alles?«

»Nun, meine Familie arbeitet schon sehr lange hier auf Schloss Unterallmannshausen und für die von Beilsteins. Als Diener kriegt man so einige Familiengeheimnisse mit. Ich selbst habe zum Beispiel vor ein paar Jahren beim Bau der Seeburg mitgeholfen und dabei etwas erfahren, was nur wenige Menschen wissen. Du kennst doch dieses neue Gebäude ein paar Hundert Meter südlich von hier, oder?«

Wieder nickte Michi.

»Der Bauherr war ein Liebhaber alter Rittersagen und wollte unbedingt einen versteckten Keller haben, der nur über Geheimgänge erreichbar ist. Eine kleine Gruppe von Arbeitern, zu der ich gehörte, musste das alles anlegen, und er hat uns zu absolutem Stillschweigen verpflichtet. Offenbar hat er nicht einmal seiner Frau etwas davon erzählt. Aber er ist letztes Jahr gestorben, und so wird es ihn nicht mehr stören, wenn ich dir das jetzt verrate: Du weißt doch, dass dein Opa einmal einem Bildhauer Modell gestanden hat?«

»Ja, das hat meine Mutter mal erwähnt«, bestätigte Michi.

»Die Statue, die der Künstler angefertigt hat, befindet sich im Foyer der Burg. Und sie lässt sich drehen! Dahinter öffnet sich ein Gang, der zu dem geheimen Keller führt. Eine der Wände dieses unterirdischen Raums besteht aus einer natürlichen, rohen Felswand, in der ein paar Spalten zu sehen sind. Durch einen zweiten Gang gelangt man von diesem Keller dann zur Schlosskapelle.«

Der alte Stallknecht seufzte. »Diese reichen Herrschaften glauben immer, wir Bediensteten seien dumm, und sie könnten uns bedenkenlos alles Mögliche erzählen. Einer meiner Vorfahren zum Beispiel wurde von seinem Herrn, einem Gustav von Beilstein, ins Vertrauen gezogen. Der hat furchtbare Sachen erzählt – von einem Geheimgang hinter einer Statue in der Sankt-Valentins-Kapelle in Allmannshausen und dass dort ein Toter liege.

Vielleicht kannte mein Großvater daher auch die Legende von der Brosche. Es kann aber auch sein, dass es einfach eine der zahlreichen Legenden ist, die hier schon seit vielen Jahrhunderten von Generation zu Generation weitergegeben werden.«

Sepp strich sich über den Bart und lächelte. »Mein Großvater hat jedenfalls behauptet, dass er wüsste, wo einer dieser Steine zu finden sei: unter einem kreuzförmigen Baum, südlich von hier.«

»Ein kreuzförmiger Baum?« Michi überlegte. Er kannte die Gegend gut, aber so ein Baum war ihm noch nie aufgefallen.

»Ja. Offenbar braucht man alle drei Steine, damit die Brosche komplett ist. Und dieses Schmuckstück kann man dann wahrscheinlich in das Bild einsetzen.« Der Stallbursche sah ihn eindringlich an. »Wer die Brosche hat, findet also den Schatz.«

»Das heißt, wir haben erst einen Teil des Rätsels gelöst?«, fragte Michi enttäuscht. »Wir haben das Bild, aber die Brosche fehlt uns?«

Sepp nickte. »So hat es mein Großvater behauptet. Und da die einzelnen Bestandteile der Brosche an unterschiedlichen Orten versteckt sind, ist es wohl noch ein langer Weg bis zu der goldenen Schale.«

»Wo sollen wir denn da nur anfangen zu suchen?«

»Auch dazu habe ich eine Idee.« Der Stallbursche sah ihn verschwörerisch an und flüsterte: »Wenn du am Ufer des Würmsees …«

»Sepp!«, rief plötzlich eine zornige Stimme. »Wo bleibt das Zaumzeug? Bist du immer noch nicht fertig?«

In der Tür, die von der Sattelkammer in den Boxengang führte, erschien die bullige Gestalt des Stallmeisters. Als er Sepp und Michi sah, stemmte er die

Hände in die Seiten und meinte abfällig: »Sepp, erzählst du etwa wieder eines von deinen Märchen? Junge, glaub dem Alten kein Wort. Das ist ein alter Spinner.«

Michi nickte verlegen.

Energisch zeigte der Stallmeister auf den Ausgang. »Und jetzt ist Schluss mit dem Schwätzchen! Die Herrschaften sind mit dem Frühstück fertig und kleiden sich bereits um. Ich brauche das Zaumzeug in zehn Minuten – also bitte Beeilung!« Damit verschwand er wieder.

Sepp sah Michi entschuldigend an. »Dieser Trottel hat keine Ahnung. Tut mir leid, ich erzähle dir ein anderes Mal weiter, in Ordnung?«

Michi hatte seine Eimer schon wieder aufgehoben und nickte ihm zu. »Klar, kein Problem. Wir reden später.« *Schade*, dachte er bei sich, *jetzt wurde es gerade spannend.* Während er zum hinteren Bereich des Schlossgeländes lief, um seine Eimer in der Jauchegrube auszuschütten, überlegte er, was er nun tun sollte.

Ludwig war wegen Friederike zu Recht wütend auf ihn. Aber er wollte doch sicher gerne diesen Schatz finden. Und nun hatte er selbst neue Informationen, die vielleicht bei der Suche helfen würden.

Aber würde Ludwig ihm zuhören?

Er musste es einfach ausprobieren.

Da Ludwig mit seinem Vater und seinem zukünftigen Schwiegervater ausritt, konnte Michi erst am späten Nachmittag versuchen, mit ihm zu reden. Er wartete im Stall und beobachtete, wie die kleine Gruppe zurückkehrte. Der Graf und der Baron stiegen von ihren Pferden und übergaben die Zügel an zwei Stallknechte. Anschließend gingen sie Richtung Schloss, während Ludwig an der Seite seines Pferdes zum Stall kam.

Rasch trat Michi aus dem Schatten und ging auf ihn zu.

Ludwig blieb stehen, sein Gesicht verdüsterte sich. »Was willst du?«, knurrte er ihn an.

»Ich möchte dich um Entschuldigung bitten«, antwortete Michi vorsichtig. »Mir war klar, dass das nicht in Ordnung ist, aber ich habe mich in Friederike verliebt. Ich konnte nichts dagegen tun. Was ich gemacht habe, tut mir leid.«

»Du konntest nichts dagegen tun?«, zischte Ludwig. »Wie wäre es gewesen, einfach gar nichts zu machen, statt sich mit meiner Braut in den Wald zu schleichen?«

»Es tut mir leid«, wiederholte Michi leise.

»Es tut dir leid!«, höhnte sein Freund. »Weißt du, was mir leidtut? Dass ich dir vertraut habe. Dass ich dachte, du wärst mein Freund! Wie konnte ich nur so dumm sein. Mein Vater hat mich ja vor Leuten wie dir gewarnt, aber ich hätte nicht gedacht, dass er recht behalten würde. Dass du genauso bist wie alle anderen Juden!«

Unwillkürlich zuckte Michi zusammen. »Wie kannst du so etwas sagen? Dass andere mich verachten, nur weil mein Vater ein Jude war, bin ich ja gewohnt. Aber von dir hätte ich das nicht erwartet.«

Ludwigs Gesicht verzog sich zu einem hämischen Grinsen. »Dein Vater war nicht nur Jude, er hat sich auch genau wie einer verhalten.«

»Wie meinst du das?« Michi konnte sich nicht erklären, worauf Ludwig anspielte. »Er war ein guter Mensch. Und dass er so früh sterben musste, dafür konnte er ja wohl nichts.«

»Hat dir das deine Mutter erzählt?«

»Was?«

»Dass dein Vater gestorben ist.«

Michi sah Ludwig verwirrt an. »Ja, natürlich. Mein Vater ist gestorben.«

»Nein, ist er nicht«, trumpfte Ludwig auf. »Er hat deine Mutter sitzen lassen, als sie mit dir schwanger war.«

»Das ist nicht wahr!«

»Doch. Er war ein Feigling und ein Gauner.«

»Hör sofort auf!« Michis Hände ballten sich zu Fäusten. »Wie kannst du so etwas behaupten?«, rief er zornig.

»Meine Eltern haben deine Mutter aus lauter Barmherzigkeit aufgenommen. Sonst wäre sie nämlich im Armenhaus gelandet.«

»Das stimmt nicht, du lügst!«, brüllte Michi, voller Entsetzen, dass sich sein Freund so etwas ausdenken konnte.

»Nein, ich lüge nicht«, erwiderte Ludwig, während er den Zügel seines Pferdes um einen steinernen Pfosten schlang. »Frag doch mal deine Mutter. Sie hat sich von einem dahergelaufenen Juden ein Kind machen lassen. Dich, einen elenden Bastard!«

»Nimm das sofort zurück!« Michis Herz klopfte heftig, und er hatte plötzlich das Gefühl, er bekäme keine Luft mehr.

»Was soll ich zurücknehmen? Dass deine Mutter eine Dirne ist?« Ludwig sah ihn mit eiskalten Augen an.

Bevor Michi wusste, was er tat, schlug er ihn mit voller Kraft ins Gesicht.

Völlig überrumpelt, stolperte Ludwig nach hinten. Aus seiner Nase schoss Blut. Er fing sich jedoch schnell, machte einen Satz und schlug seinerseits zu. Michi konnte nicht mehr ausweichen, ihn aber gleich darauf packen. Ineinander verkeilt stürzten sie zu Boden.

Michi nahm gar nicht richtig wahr, was er tat. Als Ludwig von einem Schlag kurz benommen war, riss Michi sich los und stand auf. Er schwankte einen

Moment, bevor er seinen Freund hochzog und ihm einen heftigen Stoß versetzte.

Ludwig fiel nach hinten und prallte mit dem Kopf gegen den Steinpfosten, an dem er sein Pferd angebunden hatte. Dann sackte er zusammen.

Schwer atmend stand Michi da und starrte seinen Freund an, der sich nun nicht mehr rührte. Mit seinem rechten Auge, das Ludwig mit der Faust erwischt hatte, konnte er kaum noch etwas sehen, und sein Kopf begann zu dröhnen.

Statt heftigem Zorn spürte er jedoch auf einmal Sorge um seinen Freund. Er kniete sich neben ihn und rüttelte ihn sanft an der Schulter. »Ludwig?«, fragte er leise.

In diesem Moment kam der Stallmeister herein. »Um Gottes willen, was hast du mit dem jungen Herrn angestellt?«, rief er entsetzt.

Und Michi ahnte plötzlich, dass sich seine Situation von einem Augenblick auf den nächsten dramatisch verändert hatte.

Als Ludwig erwachte, sah er zunächst alles nur verschwommen. Vage erkannte er sein eigenes Bett und seine Mutter, die neben ihm stand. Er wandte den Kopf, doch diese Bewegung schmerzte fürchterlich.

Liebevoll lächelte seine Mutter ihn an und griff nach seiner Hand. »Ludwig«, flüsterte sie.

Dann drehte sie sich um und sagte über ihre Schulter: »Er ist wach.«

Graf von Beilstein erschien im Blickfeld seines Sohnes. Während die Mutter lediglich besorgt wirkte, spiegelte das Gesicht des Grafen Verärgerung wider. »Was hat dieser Bastard angestellt?«, fing er an zu poltern.

Sofort bat ihn die Gräfin, leise zu sprechen, indem sie einen Finger auf ihren Mund legte.

Ludwig war ihr dankbar, denn die Stimme seines Vaters verstärkte sein Kopfweh. Er schloss die Augen und überlegte, was er den Eltern erzählen sollte. Sollte er die Wahrheit sagen? Dann würde sein Vater sicherlich kein Erbarmen kennen.

Er zögerte, während er sich in Erinnerung rief, was Michi und er schon alles gemeinsam erlebt hatten, wie sie miteinander gelacht und gespielt hatten. *Michi ist mein bester Freund,* dachte er, *er war immer für mich da, wenn ich ihn gebraucht habe.*

Doch dann fiel ihm wieder ein, was er im Wald beobachtet hatte: Michi und Friederike, die einander zärtlich küssten. Die Wut gewann die Oberhand, und er wusste, was er tun würde.

Rasch öffnete er die Augen. »Michi hat mich verprügelt«, krächzte er, »als ich entdeckt habe, dass er mich beklaut hat.«

»Er hat dich bestohlen?« In der Stimme seines Vaters schwang unterdrückter Zorn. »Das gibt es doch nicht. Was hat er denn genommen?«

»Mein Jagdmesser – das, das du mir zu meiner ersten Jagd geschenkt hast. Das mit dem wunderschönen geölten Griff.«

»Das ist ja wohl die Höhe!«, schnaubte sein Vater.

»Er hat sofort zugehauen, als ich ihn damit konfrontiert habe«, behauptete Ludwig.

Der Graf sah seinen Sohn entsetzt an.

»Und er hat gesagt, dass er mich wieder verprügelt, wenn ich ihn verrate.«

Sein Vater atmete tief ein und sah seine Mutter an. »Ich habe es immer gewusst, stimmt's? Ich habe immer gewusst, dass uns dieser Bastard eines Tages hintergehen würde. Schlechtes Blut lässt sich nicht verleugnen.«

Die Mutter nickte. »Ja, deine Ahnung hat dich wohl nicht getrogen«, seufzte sie. »Was machen wir jetzt?«

»Ich werde unverzüglich den Schutzmann holen lassen. Dieser Schuster-Junge braucht eine Lektion, die er sein Lebtag nicht mehr vergisst. Wie gut, dass wir ihn vorhin gleich eingesperrt haben.«

»Und seine Mutter will ich auch nicht mehr hier haben«, ergänzte die Gräfin. »Wer unsere Großzügigkeit mit solchem Undank vergilt, der hat bei uns keinen Platz mehr.«

Für einen Moment spürte Ludwig Gewissensbisse. Doch dann machte sich ein Gefühl der Befriedigung in ihm breit und er begann zu lächeln.

❧ ❧

Ludwig sah seinen ehemaligen Freund nicht so bald wieder. Der Dorfpolizist hatte Michi sofort mitgenommen, wie er später erfuhr. Eine Woche darauf sprach ein Richter das Urteil: Neun Monate Jugendhaft wegen Körperverletzung und Diebstahl.

Scheinbar reuig und mit gesenktem Kopf habe der Angeklagte, Michi Schuster, dem Verfahren gelauscht, so erzählten es die Leute. Er habe nichts zu seiner Verteidigung vorgebracht, sondern sich in vollem Umfang schuldig bekannt. Daraufhin sei er unverzüglich in das Lager nördlich von München abtransportiert worden.

Dass seine Mutter ebenfalls das Schloss verlassen musste, hatte Michi wohl nicht mehr mitbekommen. Ihr Flehen um Gnade verhallte ungehört; die Herrschaften empfingen sie nicht einmal. Die Kündigung war von der Köchin überbracht worden, wie Ludwig von einem redseligen Diener hörte.

Almuth Schuster sei widerwillig von ihren Eltern aufgenommen worden, die in einer baufälligen Fischerhütte direkt am Seeufer hausten, unweit vom Schloss entfernt. Und sie würde gewiss keine neue Anstellung mehr finden – weder in Allmannshausen noch in einem anderen Ort.

Dafür würde sie selbst höchstpersönlich sorgen, versprach Gräfin Cäcilie von Beilstein ihrem Sohn mit sichtlicher Genugtuung. Sie müsse in ihrem Bekanntenkreis nur von diesem ungeheuerlichen Vorfall berichten, und alle wohlhabenden Familien würden Almuths Bitte um eine Anstellung ablehnen. Schließlich wollte sich niemand eine Frau mit einem kriminellen Sohn ins Haus holen.

Also blieb Michis Mutter nichts anderes übrig, als sich mit Näh- und Bügelarbeiten ein wenig Geld zu verdienen. Und sie ging offenbar ihrem Vater bei seiner Arbeit als Fischer zur Hand – ein Beruf, der keine großen Sprünge ermöglichte.

Kapitel 8:

Der Wächter

Am Starnberger See

Die Seeburg kam in Sicht. Jetzt, im Frühjahr, waren ihre grauen Mauern von der Straße aus, die hinunter zum Ufer führte, gerade noch zu erkennen. Sobald die Bäume jedoch Blätter bekamen, würde das Gebäude im Wald verschwinden.

Es hatte eine Weile gedauert, bis sich die vier Freunde nach dem Telefonat mit Weixlhammer wieder beruhigt hatten. Besonders Antonia hatte sich – verständlicherweise – furchtbar über dessen Behauptungen aufgeregt. Nachdem der Antiquitätenhändler noch mehrmals versichert hatte, dass er die Wahrheit sage, hatten sie das Gespräch relativ schnell beendet.

»Bisher hat er immer recht gehabt und uns noch nie in die Irre geführt. Vielleicht stimmt das mit Opa Hans ja auch?«, hatte Antonia schließlich eingeräumt. Franky musste immer noch an ihr Gesicht denken. Es hatte so verzweifelt und verloren ausgesehen, als sie das gesagt hatte.

Er fuhr seinen Freunden hinterher, die vor ihm um die Kurve hinunter zum See sausten. Nach der Entdeckung des Reliefs und dem verstörenden Gespräch über den angeblichen Wächter wollten sie erst einmal zurück zum *alten Heinrich*. Sie mussten in Ruhe nachdenken und entscheiden, was sie nun tun wollten.

Und Franky brauchte nach der ganzen Aufregung dringend etwas Schokolade.

Wie immer stellten sie ihre Räder hinter der Seeburg ab.

Nachdem Emma ihren Helm abgenommen hatte, sagte sie zu den anderen: »Wisst ihr was? Ich muss die ganze Zeit an etwas denken, was Weixlhammer uns vor Kurzem empfohlen hat.«

»Wann soll denn das gewesen sein?«, wollte Franky wissen.

»Na, als wir aus seinem Laden rausgegangen sind.«

Franky zuckte ratlos mit den Schultern.

Antonia aber meinte: »Stimmt, er sagte, wir sollten uns die Statue im Eingangsbereich der Seeburg anschauen. Diesen Fischer aus weißem Marmor.«

»Genau«, bestätigte Emma. »Sollen wir das jetzt mal machen?«

»Was genau hat Weixlhammer denn gesagt?«, fragte Jaron.

»Er riet uns, das Gesicht der Statue genau zu betrachten«, erklärte Antonia.

»Ja, und dann hat er noch behauptet, dass Opa Hans viele Geheimnisse habe«, fiel es Franky wieder ein

»Na, worauf warten wir noch?«, sagte Jaron auffordernd.

Die Statue, von der Weixlhammer geredet hatte, war nicht zu übersehen, wenn man die Seeburg betrat.

Natürlich war sie Jaron und vor allem Antonia wohlvertraut, da sie jeden Tag mehrmals an ihr vorbeigingen. Als kleines Kind war Antonia auch gerne auf der Statue herumgeklettert, bis ihre Eltern es ihr untersagt hatten.

Die Figur stellte einen Mann dar, der auf dem Bug eines Ruderbootes saß. Er war schlank, fast hager, mit kräftigen Muskeln und Venen, die sich durch die Haut drückten. Auf der nackten Brust war eine Kette zu sehen, an der zwei Münzen hingen. Er trug eine kurze Hose und eine Weste, die Füße waren barfuß.

Der durchtrainierte Körper stand in krassem Gegensatz zum Gesicht. Tiefe Falten, eine Knollennase und fehlende Zähne in einem schief grinsenden Mund ließen keinen Zweifel: Dies war kein junger Mensch. Um das Kinn strubbelte sich ein Bart, die kurzen Haare verschwanden fast ganz unter einer hohen Wollmütze, deren Spitze nach vorne in die Stirn fiel.

Mit seinen Armen umschlang der Mann ein Kind, das auf seinem Schoß saß. Leider fehlte der Kopf dieser zweiten Figur.

All das befand sich auf einem eckigen Sockel in einem Becken, in dem früher vielleicht einmal Wasser gestanden hatte.

Nachdenklich stellten sich die vier Freunde vor die Statue und betrachteten sie.

»Und wie soll uns das jetzt weiterbringen?«, fragte Jaron.

»Ich weiß nicht … An irgendwas erinnert mich das Gesicht. Ich komm nicht drauf.« Antonia kniff die Augen zusammen. »Diese Augenbrauen, die Stirn.« Sie holte tief Luft. »Wisst ihr was? Ich glaube tatsächlich, dass die Statue Opa Hans ähnlich sieht.«

»Meinst du wirklich?« Emma reckte sich, um das Gesicht noch eingehender mustern zu können.

»Ja. Natürlich ist es nur eine ganz entfernte Ähnlichkeit. Erinnert ihr euch an das Klassenfoto, das uns Weixlhammer gezeigt hat? Das hat mich drauf gebracht.«

Emma griff nach ihrem Handy und holte das abfotografierte Klassenfoto aufs Display. Sie zoomte das Gesicht des jungen Hans Bernwieser ganz nah heran und meinte: »Du hast recht. Jetzt sehe ich es auch. Die Augen verraten es.«

Jaron beugte sich neugierig über das Foto – da er als Einziger nicht mit zu Weixlhammer gegangen war, kannte er es noch nicht. »Das stimmt! Ist ja krass!«

»Mich wundert im Moment vor allem, dass mir das bisher noch nie aufgefallen ist«, murmelte Antonia. »Ich bin doch bestimmt schon tausendmal hier vorbeimarschiert.«

»Na ja, Opa Hans sieht ja auch ganz anders aus«, meinte Franky. »Aber was hat das jetzt zu bedeuten? Das bringt uns doch nicht wirklich weiter.«

»Jedenfalls bestätigt es, dass Opa Hans tatsächlich Geheimnisse hat. Und das heißt, wir können ihm wohl wirklich nicht trauen«, antwortete Antonia.

Jaron zog nun ebenfalls sein Handy aus der Tasche. »Da fällt mir noch etwas ein, was ich euch noch gar nicht erzählt habe«, sagte er, während er offensichtlich auch nach einem Foto suchte.

Gleich darauf hielt er seinen Freunden das Display hin. »Das war die Seite, auf der Opa Hans' Bibel aufgeschlagen war, als ich bei ihm zu Abend gegessen habe«, erklärte er. »Es erschien mir seltsam, dass er ausgerechnet diesen Vers so stark markiert hatte.«

Emma las vor:

> *Alle diese waren auserlesen zu Hütern an der Schwelle, zweihundertzwölf; diese waren zwar aufgezeichnet in ihren Gehöften, aber David und Samuel, der Seher, hatten sie wegen ihrer Treue eingesetzt, dass sie und ihre Söhne als Wächter hüten sollten die Tore am Hause des Herrn, nämlich an der Stiftshütte.*

Franky pfiff durch die Zähne. »Okay, also jetzt glaube ich langsam wirklich, dass Weixlhammer wieder mal die Wahrheit gesagt hat.«

Antonia nickte. »Ja, ich auch.«

Emma sah sie an. »Ich denke, wir sollten zu Opa Hans gehen und mit ihm reden.«

»Ich glaube nicht, dass er uns was verraten wird.« Antonia zuckte resigniert mit den Schultern.

»Aber er hat uns doch schon ein paarmal gesagt, dass wir uns immer zur Wahrheit stellen sollen.«

»Vielleicht braucht er jemanden, der ihm das vorhält«, überlegte Franky. »Und er muss uns die Brosche wiedergeben. Die gehört uns.«

»Falls er sie tatsächlich geklaut hat«, fügte Jaron hinzu.

Die anderen nickten.

»Gehen wir«, sagte Jaron.

Doch bevor sie die Burg verlassen konnten, öffnete sich die Tür zur Wohnung der Familie Reihmann, und Gitti streckte den Kopf heraus: »Essen! Jaron, deine Mutter hat noch was zu tun, sie weiß, dass du bei uns isst. Emma und Franky: Ihr seid natürlich auch eingeladen.«

So würde der Besuch bei Opa Hans also noch etwas warten müssen.

»Dann lasst uns gleich nach dem Mittagessen zur Fischerhütte gehen, okay?«, schlug Antonia vor.

Franky und die anderen waren sofort einverstanden, worauf Antonia verkündete, dass sie Opa Hans eine Nachricht schreiben würde, um ihn auf ihren Besuch vorzubereiten.

Anscheinend bekam sie jedoch keine Antwort.

Wahrscheinlich hat Opa Hans das Handy irgendwo hingelegt, dachte Franky, *weil er meint, er brauche es nicht, solange er zu Hause ist.*

✤ ✤

Die Tür der Fischerhütte öffnete sich sofort, als Antonia klopfte. Opa Hans lächelte, trocknete seine Hände an einem Geschirrtuch ab und sagte: »Hallo zusammen! Kommt doch rein.«

Die vier setzten sich auf die Eckbank, während Opa Hans sein Geschirr vom Mittagessen fertig spülte.

Antonia bemerkte, dass er zwar nur *einen* Teller und *einen* Löffel wieder in die Schublade räumte, aber zwei Gläser. *Merkwürdig*, dachte sie, *hatte Opa Hans Besuch?*

Als sich der alte Mann schließlich zu ihnen setzte, fragte er: »Nun, was gibt es? Ihr habt doch bestimmt was auf dem Herzen.«

»Wir haben mit Richard Weixlhammer gesprochen, und er hat uns Sachen über dich erzählt, die wir eigentlich nicht glauben können«, begann Antonia zögernd. »Deshalb sind wir hier. Du hast uns doch vor einiger Zeit gesagt, dass die Wahrheit frei macht. Wir glauben, dass es eine Wahrheit gibt, die du uns bis jetzt verschwiegen hast.«

Opa Hans faltete die Hände auf der Tischplatte und sah die Freunde der Reihe nach an. In seinem Gesicht spiegelte sich eine große Traurigkeit. »Und was hat euch Richard erzählt?«, erkundigte er sich.

Antonia brachte es nicht über sich, das Unsagbare auszusprechen. Deshalb schaute sie Emma fragend an. »Kannst du es bitte erzählen?«

Und so fasste Emma kurz zusammen, was der Antiquitätenhändler über die Zeit in der Volksschule erzählt hatte. Dass Opa Hans ein Schläger gewesen sei, der auch Weixlhammer schlimm verprügelt habe. »Außerdem glauben wir inzwischen, dass du uns nicht alles verraten hast, was du über die Brosche und die Schale weißt«, schloss sie. Die Legende des Wächters erwähnte sie nicht.

Opa Hans hatte die ganze Zeit mit gesenktem Kopf gelauscht.

Nachdem Emma geendet hatte, seufzte er tief und sagte leise: »Es fällt mir schwer, das zuzugeben, denn ich hatte immer gehofft, dass ihr mich nur so kennen würdet, wie ich jetzt bin. Aber es hat sich leider alles so zugetragen, wie Richard es euch erzählt hat. Er sagt die Wahrheit: Als ich so alt war wie ihr – oder ein wenig älter –, habe ich versucht, meine Probleme mit der Faust zu lösen. Ich habe jedem, der mir widersprochen hat, eine verpasst. Und wenn jemand anders war als ich – schlauer, erfolgreicher, reicher –, habe ich das nicht ertragen. Also habe ich ebenfalls zugeschlagen.«

Antonias Herz wurde schwer. *Opa Hans? Mein Opa Hans? Der liebste, netteste Mann, den ich kenne?* Sie verstand die Welt nicht mehr.

Der alte Fischer sah sie an und flüsterte: »Es tut mir leid, dass ihr das auf diese Weise erfahren musstet.«

Antonia nahm ihren ganzen Mut zusammen, obwohl sich die Gedanken in ihrem Kopf förmlich überschlugen. »Wenn das alles wahr ist, stimmt es dann auch, dass du etwas über die Schale weißt, das du uns noch nicht erzählt hast? Hast du uns vielleicht sogar die Brosche weggenommen?«

Opa Hans' Gesicht verdüsterte sich. »Ihr habt keine Ahnung, welche Gefahr die Brosche und die Schale bedeuten! Ich kann euch nur noch einmal warnen: Lasst die Finger davon!«

»Hast du uns die Brosche geklaut?«, beharrte Antonia. So schnell gab sie sich nicht zufrieden.

»Bitte nehmt meine Warnung erst: Ihr wisst nicht, worauf ihr euch einlasst. Hört auf, nach diesem Schatz zu suchen!«

Jetzt reichte es Antonia. Sie konnte nicht fassen, dass Opa Hans ihnen immer noch auswich. »Warum sagst du es uns nicht?«, rief sie empört. »Warum verhältst du dich so? Ich weiß, dass du die Brosche hast!«

»Antonia, bitte. Du hast mir immer vertraut, bitte tu das auch weiterhin«, sagte Opa Hans geradezu flehend.

»Dir vertrauen? Wie kann ich das denn?«, schrie Antonia, während Tränen über ihre Wangen liefen. »Ich weiß überhaupt nicht mehr, was ich dir glauben kann. Ich erfahre von Weixlhammer, dass du ein brutaler Schläger warst und im Gefängnis gesessen hast. Warum hast du mir davon nie erzählt?«

Opa Hans sah sie traurig an, ohne darauf zu antworten.

»Wahrscheinlich stimmt es auch, dass du deine eigene Tochter im Suff umgebracht hast.«

Schlagartig wurde es sehr still im Raum.

Der alte Mann wirkte für einen Moment wie erstarrt. Dann begannen seine Augen zu funkeln, seine Augenbrauen zogen sich zusammen und er holte tief Luft. »Raus mit euch! Ihr verlasst jetzt sofort meine Hütte«, rief er zornig. Dabei schlug er mit der Faust so heftig auf den Tisch, dass alles wackelte.

Die Freunde zuckten zusammen. Mit einer solchen Reaktion hatten sie nicht gerechnet. Antonia hatte das Gefühl, ihren Opa Hans gar nicht mehr zu kennen. Angst stieg in ihr hoch.

Hastig standen sie alle auf und verließen stumm die Hütte. Als Antonia noch einmal über ihre Schulter zurückblickte, sah sie, dass Opa Hans auf der Bank sitzen blieb und sein Gesicht in den Händen vergrub.

Sie machten sich auf den Weg zurück zur Seeburg, sprachen wenig, bis sie vor dem *alten Heinrich* standen.

»Und was machen wir jetzt?«, fragte Franky schließlich.

»Keine Ahnung«, seufzte Emma und drückte damit aus, was sie wohl alle empfanden. Dann legte sie liebevoll einen Arm um Antonias Schulter. »Hey, soll ich heute vielleicht bei dir übernachten?«, fragte sie sanft. »Vielleicht tut es dir gut, wenn du heute Abend nicht alleine bist.«

Antonia sah sie dankbar an. Emma wusste immer so gut, was in ihr vorging, manchmal sogar, bevor sie es selbst hätte ausdrücken können. Sie nickte. »Das wäre toll. Danke.«

»Und wie wär's, wenn ich mit einer Luma bei dir aufkreuze, Jaron?«, meinte Franky. »Ich hab nach diesen krassen Ereignissen keinen Bock, alleine abzuhängen.«

»Ja, klar, das wäre voll cool«, stimmte Jaron zu.

»Hey, wir könnten doch wie in den guten alten Zeiten eine Übernachtungsparty im Gruppenraum machen«, schlug Emma vor.

»Oh ja, das war immer super!« Franky klang begeistert.

»Übernachtungsparty?«, fragte Jaron.

»Ja, als wir noch kleiner waren, haben wir das öfter mal gemacht. Wenn keine Gruppe im Haus war, sind wir alle in den Gruppenraum gezogen und haben dort Höhlen aus Matratzen und Decken gebaut«, erzählte Franky grinsend.

»Na ja, ich will zwar keine Höhle mehr bauen«, lächelte Emma, »aber ich fände es trotzdem schön.«

Antonia nickte zustimmend. Sie war froh, ihre besten Freunde in ihrer Nähe zu haben.

Die Frage, ob sie alle miteinander in der Seeburg übernachten konnten, war schnell geklärt. Die Jugendherberge hatte im Moment nur wenige Gäste, und Antonias Eltern erlaubten ihnen sofort, den Gruppenraum zu benutzen.

Emma übernachtete am Wochenende so oft bei Antonia, dass sie sogar schon eine eigene Zahnbürste im Bad der Reihmanns liegen hatte. Auch diesmal war es kein Problem; sie musste zu Hause nur kurz Bescheid sagen.

Frankys Eltern waren etwas schwerer zu überzeugen, gaben aber schließlich nach. Und Jaron musste nur sein Bettzeug und seine Matratze in einen anderen Teil der Seeburg schleppen. Für Franky brachte er gleich Schlafzeug mit.

Den restlichen Nachmittag verbrachten sie mit ein paar Spielen im Freien, bei denen auch Sina und Lukas mitmachen durften. Dann aßen sie alle gemeinsam in der Seeburg zu Abend und sahen sich noch einen Film an.

Als sie schließlich auf ihren Matratzen im Gruppenraum lagen, redeten sie leise miteinander. Nicht über das, was sie heute erlebt hatten, sondern über andere, belanglose Dinge. Es tat gut, den einen oder anderen Witz zu erzählen und sich gegenseitig aufzuziehen. Nebenher knabberten sie Süßigkeiten und Chips, die Antonia von ihren Eltern bekommen hatte.

Bis Antonias Handy auf einmal den Empfang einer Nachricht anzeigte. »Von Opa Hans«, sagte sie erstaunt, als sie auf das Display schaute, und las vor:

Bitte kommt morgen um 13 Uhr zu mir an die Hütte.
Ich möchte mit euch reden. Euer Opa Hans.

Da hat er sich aber Mühe gegeben, dachte sie. *Da ist kein einziger Schreibfehler drin.*

»Boah, zum Glück hat er sich gemeldet. Finde ich cool«, meinte Emma

»Ich hoffe, dass wir dann alles klären können«, fügte Jaron hinzu, dem offensichtlich schon die Augen zufielen.

Antonia hoffte das ebenfalls. Sie freute sich nicht auf die nächste Begegnung mit Opa Hans, aber sie wollte unbedingt wieder mit ihm ins Reine kommen. Es wäre einfach unerträglich, wenn sie für immer zerstritten wären.

»Opa Hans war vorhin da und lässt euch einen Gruß ausrichten«, erzählte Antonias Vater. Es war halb ein Uhr am Sonntagmittag und sie saßen alle zusammen nach dem

Gottesdienst am Mittagstisch: Andreas, Gitti und Angelika, Antonia und die Zwillinge, Emma, Franky und Jaron.

Die Freunde horchten auf. »Opa Hans?«, fragte Jaron.

Andreas nickte.

»Warum war er denn hier?«, wollte Franky wissen.

»Er hat sich unser Auto ausgeliehen. Das macht er öfters, wenn er eine Lieferung weiter weg bringen muss.«

Komisch, wunderte sich Jaron, *ob er dann um eins schon wieder zurück sein wird?*

Die anderen drei schienen das Gleiche zu denken. Franky schaute ihn an, zuckte aber mit den Schultern, als wolle er sagen: *Wird schon klappen.*

Und so gingen sie eine halbe Stunde später zur Fischerhütte. Jaron klopfte, aber niemand kam. Daraufhin drückte er die Klinke hinunter und die Tür öffnete sich. »Ist ja gar nicht abgeschlossen«, staunte er.

Zögernd betraten sie die kleine Wohnküche und sahen sich um. Opa Hans war nicht da.

Antonia ging zu der Tür, hinter der eine Treppe hinunter in den Bootsschuppen führte, und rief nach ihm.

Doch niemand antwortete. Man hörte nur, wie unten das Wasser des Sees an das kleine Motorboot gluckste.

»Komisch«, meinte Antonia. »Ich kann mir nicht vorstellen, dass er vergisst, dass er uns herbestellt hat.« Sie sah sich noch einmal um. »Hoffentlich ist ihm nichts passiert.«

»Das glaube ich nicht«, beschwichtigte Emma. »Bestimmt dauert seine Lieferfahrt nur ein bisschen länger als gedacht. Er kommt sicher bald.«

Jaron, Emma und Franky setzten sich auf die Eckbank, um auf Opa Hans zu warten.

Antonia aber marschierte auf das Fenster zu, das hinaus auf den See blickte. »Wenn wir schon hier abhängen, will ich etwas nachschauen«, sagte sie und kniete sich vor dem Fenster auf den Boden.

Neugierig beobachteten die anderen, was sie machte.

»Als ich ganz klein war, hat Opa Hans mir mal was gezeigt«, erklärte sie. »Hier gibt es nämlich eine Stelle, wo die Fußleiste lose ist.«

Sie fuhr mit der Hand an der Leiste entlang und drückte an einem bestimmten Punkt, worauf das Holz nachgab. Jetzt konnte sie ein Stück der Leiste abnehmen. »Hier kann man super Sachen verstecken. Er hat mir hier öfters mal eine Süßigkeit reingelegt.« Sie griff mit der Hand in das Loch, das jetzt über dem Fußboden klaffte.

Plötzlich schien sie zu stutzen, sie holte tief Luft. Dann zog sie ihre Hand wieder hervor: Darin lag die Brosche, alle drei Steine waren eingesetzt.

Stumm stand sie auf und legte die Brosche auf den Tisch.

»Also doch«, sagte Jaron leise.

Bis jetzt hatte immer noch Hoffnung bestanden, dass Opa Hans doch derjenige war, für den sie ihn die ganze Zeit gehalten hatten. Aber diese Hoffnung war jetzt dahin. Weixlhammer hatte recht gehabt.

Wie betäubt starrten die Freunde das antike Schmuckstück an, das im Sonnenlicht glitzerte. Dieser Anblick war bisher immer ein Grund gewesen, sich zu freuen und stolz zu sein. Doch jetzt beschlich Jaron eine Ahnung, dass ihre erfolgreiche Suche auch noch andere Konsequenzen haben könnte. *Zum Beispiel, dass Antonia das Vertrauen in ihren geliebten Opa verliert*, dachte er bedrückt.

Auf einmal wurde die Eingangstür aufgerissen und alle vier blickten erschrocken auf.

Vor ihnen stand eine merkwürdige Gestalt. Sie war in eine schwarze Kutte gehüllt, die Kapuze hatte sie so tief heruntergezogen, dass ihr Gesicht nicht zu sehen war. In der linken Hand hielt sie eine Pistole, die auf die vier Freunde gerichtet war.

Emma stieß vor Schreck einen Schrei aus.

»WIE KÖNNT IHR ES WAGEN, DIE RUHE DES WÄCHTERS ZU STÖREN!«, dröhnte eine tiefe Stimme. Sie knarrte und kratzte äußerst sonderbar, wie in einem Horrorfilm.

»IHR AHNUNGSLOSEN! IHR SEID ES NICHT WERT, NACH DER SCHALE ZU SUCHEN! IHR WERDET SIE NIE FINDEN!«

Die Gestalt trat zum Tisch und griff nach dem Schmuckstück. »HER MIT DER BROSCHE!«, donnerte sie.

Gleich darauf öffnete sie die Tür, die in Opa Hans' Schlafzimmer führte, und zeigte mit der Pistole darauf. »DA HINEIN!«

Völlig eingeschüchtert standen die vier Freunde auf und folgten der Aufforderung.

Die Schlafzimmertür krachte ins Schloss, der Schlüssel drehte sich.

Dann war Ruhe.

Irgendwann griff Jaron nach seinem Handy und versuchte, Opa Hans anzurufen. Aber er hatte keinen Erfolg. »Opa Hans geht nicht ran«, sagte er zu den anderen.

»Warum sollte er auch?«, schnaubte Antonia. »Er hat ja jetzt, was er wollte.«

»Das hatte er vorher auch schon«, korrigierte Emma. »Er hatte uns die Brosche ja bereits geklaut.«

»Ja, aber jetzt hofft er, dass wir so viel Angst haben, dass wir aufgeben. Aber da hat er sich geschnitten.« Antonia wirkte nicht länger eingeschüchtert, sondern so trotzig und entschlossen, wie Jaron sie schon in anderen schwierigen Situationen erlebt hatte. Mit schnellen Schritten ging sie zum Fenster und sah hinaus.

Jaron folgte ihr und blickte ihr über die Schulter. Die Fischerhütte war direkt am Ufer gebaut worden; unter dem Fenster war Wasser.

»Da können wir leicht runterspringen«, verkündete Antonia.

Jaron sah sie von der Seite an. »Meinst du das ernst?«, fragte er erstaunt.

»Ja klar«, bestätigte sie. »Oder willst du hier warten, bis wir jemanden per Handy erreichen oder jemand zufällig bemerkt, dass wir eingesperrt sind?«

Sie zog ihr Handy aus der Tasche, reichte es Emma und kletterte aufs Fensterbrett. »Sobald Jaron und ich draußen sind, lassen wir euch raus, okay?«, erklärte sie.

Emma und Franky nickten, ihnen war offenbar etwas unbehaglich zumute.

Nachdem Antonia noch rasch ihre Schuhe ausgezogen hatte, sprang sie; es platschte laut. Jaron stieg ebenfalls aufs Fensterbrett und sah hinunter. Sie war schon dabei, mit starken Schlägen zum Ufer zu schwimmen.

Wortlos gab er Franky sein Smartphone, streifte seine Schuhe ab und sprang ebenfalls.

Das Wasser schlug über ihm zusammen, und für einen Moment blieb ihm die Luft weg, so kalt war es. Seine Kleidung begann, ihn nach unten zu ziehen, und ihm dämmerte, dass es vielleicht schlauer gewesen wäre, zumindest Jacke und Hose in der Hütte zurückzulassen. Doch dafür war es schon zu spät.

Zum Glück hatte er sehr schnell Boden unter den Füßen und erreichte wenig später das Ufer, wo Antonia stand und die Arme um sich schlang. Sobald Jaron aus dem Wasser gestiegen war, fing er ebenfalls an, fürchterlich zu zittern.

Sie befreiten Emma und Franky aus der Hütte, und dann konnte Jaron nur noch daran denken, aus den nassen Sachen herauszukommen.

So schnell sie konnten, liefen sie alle zurück zur Burg. Antonia verzog sich in ihr Zimmer, während Jaron in seine Wohnung eilte. Es war eine Wohltat, die kalten Stoffe von der Haut zu schälen und heiß zu duschen. Jaron wusste nicht mehr, wann er zuletzt so sehr gefroren hatte, aber nun seufzte er erleichtert auf.

Kurz darauf saßen sie alle zusammen in der gemütlichen Küche der Familie Reihmann und tranken heißen Tee, den Emma aufgebrüht hatte.

»Das war übrigens eine Schnapsidee, Antonia«, erklärte sie. »Es hätte vollkommen ausgereicht, wenn einer von euch beiden ins Wasser gesprungen wäre. Der andere ist ganz umsonst nass geworden.«

Franky grinste, als er daran dachte, wie Jaron vorhin mit den Zähnen geklappert hatte. Spielerisch boxte er ihn in die Seite, was sein Kumpel mit einem Achselzucken quittierte.

»Stimmt«, meinte Antonia. »Aber das ist dir auch erst jetzt eingefallen. Was soll's – wir sind ja nicht untergegangen.« Sie nahm einen Schluck aus ihrer Tasse. »Viel wichtiger ist, was wir als Nächstes machen. Wir müssen Opa Hans zuvorkommen, damit er den Schatz nicht vernichtet oder an einen Ort bringt, wo wir ihn nie finden können.«

»Richtig«, stimmte Franky zu. »Wir müssen so schnell wie möglich zum Bismarckturm.«

»Aber was bringt uns das? Uns fehlt doch die Brosche. Wir können die Tür zu dem Versteck nicht öffnen«, erinnerte ihn Emma.

»Zeig doch bitte noch mal die Fotos, die du von der Brosche gemacht hast«, forderte er sie auf.

Stumm zog sie ihr Smartphone aus der Tasche und reichte es ihm.

Als Franky sich die Bilder genau angesehen hatte, begann er zu lächeln. »Ich glaube, wir brauchen die Brosche gar nicht.«

»Was? Wie meinst du das?«, fragte Jaron erstaunt.

»Na, wir haben doch diese tollen Fotos, die unser Emma-Schätzchen hier so gekonnt angefertigt hat.«

»Häh?«

Franky schüttelte den Kopf, er ärgerte sich über sich selbst. »Da hätte ich auch schon früher drauf kommen können«, meinte er.

Die anderen drei sahen ihn verständnislos an.

»Ich habe doch zum Geburtstag einen 3-D-Drucker bekommen. Mithilfe dieser Fotos kann ich eine 3-D-Kopie von der Brosche machen! Die Bilder sind gut ausgeleuchtet, sie zeigen die Brosche von allen Seiten – sogar mit Maßstab! Sie sollten genug Daten liefern, um ein verblüffend ähnliches Plastikexemplar herzustellen.«

»Echt wahr? So was kannst du?«, staunte Jaron.

»Klar, das ist doch kein Problem! Man braucht nur die richtige Software und genug Daten. Lasst mich mal machen«, erwiderte Franky stolz. »Emma, kannst du mir die Fotos bitte weiterleiten? Ich fahre gleich zu mir nach Hause und werfe den Drucker an. Bei einer Kopie in dieser Größe kann das Ganze aber eine Weile dauern.«

»Okay, wir warten hier so lange. Aber beeil dich! Wir dürfen nicht zu spät kommen. Opa Hans darf den Schatz nicht finden, sonst haben wir keine Chance mehr«, ermahnte ihn Antonia.

»Das weiß ich doch. Ich mach, so schnell ich kann«, versprach Franky, während er seine Jacke anzog.

»Na, dann hoffen wir mal, dass das klappt«, seufzte Emma.

Tatsächlich dauerte es nur knapp zwei Stunden, bis Franky wieder in die Küche platzte. »Ich habe den Prozess etwas beschleunigt«, keuchte er und legte ein Objekt aus weißem Plastik auf die Tischplatte – mitten auf das Spielbrett, das die anderen aufgebaut hatten. »Ich musste ja gar nicht die drei Steine einzeln drucken, sondern nur eine Kopie der zusammengesetzten Brosche!«

Emma griff als Erste nach dem Plastikteil und drehte es hin und her. »Mega!«, bemerkte sie anerkennend. »Sogar die Kratzer sind erkennbar.«

Sie gab es Jaron weiter, der es nun ebenfalls staunend betrachtete. Natürlich war die Plastikkopie viel leichter als das Original aus Metall und Edelsteinen, aber die Größe stimmte, soweit er sehen konnte. Die Rückseite trug den eingravierten Spruch, und auf der Vorderseite zeigten Rillen, wo die Steine aneinandergrenzten.

»Super gemacht!«, kommentierte er.

Auch Antonia war begeistert von dieser Leistung, und Franky nahm die Anerkennung seiner Freunde mit strahlendem Gesicht entgegen.

»Na, dann aber nichts wie auf zum Bismarckturm!«, rief Jaron, den es vor Aufregung nicht mehr auf seinem Stuhl hielt. *Endlich ist es so weit!*, dachte er. *Der letzte Abschnitt der Suche hat begonnen. Vielleicht halten wir in wenigen Stunden die Schale aus dem Tempel in den Händen!*

Kapitel 9:

Das Geheimnis lüftet sich

So schnell waren die vier Freunde noch nie von der Seeburg bis auf die Rottmannshöhe gefahren. Selbst Franky, der prinzipiell nicht gerne bergauf fuhr, strampelte so stark er konnte und fiel nicht zurück. Sie nahmen sich auch keine Zeit, ihre Fahrräder abzustellen, sondern ließen sie einfach auf den Boden fallen. Dann eilten sie zu der Stelle, wo in der Mauer das Relief mit dem Phönix zu sehen war.

Franky zog die Plastikkopie der Brosche aus seiner Hosentasche und steckte sie in die Vertiefung, die mitten in das Bild eingearbeitet war. Sie passte genau hinein – sowohl vom Umfang als auch von der Tiefe her. Es schien geradezu, als gehöre dieser Gegenstand dorthin, so mühelos ließ er sich einsetzen.

Doch es passierte nichts.

Franky drückte zuerst vorsichtig und dann etwas stärker darauf – ohne Ergebnis. Stirnrunzelnd trat er einen Schritt zurück und ließ seinen Blick über die Mauer schweifen.

Auch die anderen suchten die Wand ab.

Franky hatte eigentlich mit einem Geräusch gerechnet – einem tiefen *Klonk* und diesem typischen Scharren, mit dem sich in Filmen Geheimtüren öffneten. Vielleicht auch mit Staub, wie er in der Sankt-Valentins-Kapelle aufgewirbelt worden war, als sich die Marienstatue von der Wand gelöst hatte.

Aber hier war nichts. Keine Tür, kein Staub, kein Spalt in der Mauer.

»Das ist wohl wieder eine Sackgasse«, sagte er tief enttäuscht.

»Nein, das kann nicht sein!«, widersprach Emma. »Wir haben keine anderen Hinweise, es muss hier einfach weitergehen!«

Ratlos sahen sie sich an.

Schließlich trat Antonia noch etwas näher an das Relief heran und fuhr mit den Fingern über die Erhebungen und Rillen. »Wartet mal …«, sagte sie zögernd. »Das erinnert mich an irgendetwas. Dieses Muster! Jetzt, wo die Brosche eingesetzt ist, sieht es völlig anders aus. Das ist doch …«

Die anderen schauten ihr neugierig über die Schulter. Franky hatte allerdings keine Ahnung, was Antonia entdeckt haben mochte. Für ihn war es nach wie vor nur ein schönes Bild, das da in den Stein eingearbeitet war.

»Ich hab's«, rief Antonia plötzlich. »Das ist ja nicht zu glauben! Seht ihr es auch?«

»Was denn?«, fragte Jaron skeptisch.

»Na, die Karte! Dieses Bild ist keine Tür zu einem geheimen Versteck, sondern eine Schatzkarte!«

»Hä?«, stieß Franky hervor. »Wie kommst du denn darauf?«

»Na, schaut doch mal genau hin«, forderte sie. »Dieses Kreuz hier«, sie deutete auf eine Stelle, wo sich zwei Äste überschnitten, »ist die Straßenkreuzung am Waldrand. Und hier«, sie fuhr mit dem Finger eine Linie entlang, die sie gerade schon untersucht hatte, »ist die Straße, die zur Seeburg führt. Mir ist das aufgefallen, weil die Kurve hier so eine ganz typische Form hat. Beim Fahrradfahren spürt man, dass sie anders ist als die meisten Kurven. Begreift ihr, was ich meine?« Sie sah ihre Freunde fragend an.

Franky versuchte nachzuvollziehen, was Antonia gerade erläutert hatte. »Na ja, jetzt, wo du es sagst …«, gab er zu. »Sieht schon ähnlich aus.«

»Nicht nur ähnlich! Identisch!«, behauptete Antonia.

»Und es ist ja auch logisch, dass dieses Bild hier keine Tür öffnen kann.«

»Warum denn nicht?« Franky runzelte enttäuscht die Stirn. Er hatte sich das Ganze so schön vorgestellt.

»Na, überleg mal. Dieser Turm hier ist vielleicht hundert Jahre alt, aber die Brosche ist ja schon viel älter.«

»Ja, du hast recht«, stellte Emma fest, während sie auf ihrem Handy herumtippte. »Hier steht, dass der Bismarckturm für Otto von Bismarck gebaut wurde, und zwar im Jahre 1899. Der wurde wohl damals wie ein Filmstar verehrt.«

»Dann kann das ja logischerweise nicht das Versteck sein, das jemand vor zweitausend Jahren ausgewählt hat«, folgerte Jaron

»Wäre schwierig«, gab Emma zu. »Aber was ist mit den Straßen? Die sind doch neu, wie können die auf einem zweitausend Jahre alten Relief auftauchen?«

Antonia nickte. »Sollte man meinen. Allerdings sind die Straßen hier in Allmannshausen schon sehr, sehr alt. Manche davon gehen bis auf die Römerzeit zurück.«

»Krass«, freute sich Franky. Diese Tatsache gab immerhin Grund zur Hoffnung.

»Aber wie kommt dann das Relief in diesen Turm, wenn der erst hundertzwanzig Jahre alt ist?«, wandte Jaron ein.

Emma scrollte auf ihrem Handy weiter. »Hier steht, dass der Architekt beim Bau des Turms ganz bewusst Steine aus der Umgebung verwendet hat. Er wollte die Geschichte des Ortes in sein Denkmal integrieren.«

»Wahrscheinlich war diese Felsplatte hier irgendwo in der Nähe und sie haben sie einfach mit eingebaut«, überlegte Franky.

Die anderen nickten zustimmend.

»In Ordnung«, sagte Antonia, »gehen wir also davon aus, dass wir uns hier befinden.« Sie zeigte mit dem Finger auf einen bestimmten Punkt. »Hier geht es hinunter zum See …

die Straße entlang … und dann hier nach links. Also führt uns diese Karte«, sie richtete sich auf und schüttelte ungläubig den Kopf, »zur Seeburg!«

»Ist ja der Hammer!«, kommentierte Jaron.

Voller Staunen trat Emma dichter heran und studierte die Karte ganz genau. »Kann es sein, dass der Stein an dem Punkt, wo der Weg endet, etwas tiefer ausgehöhlt wurde?«

»Ja, stimmt«, stellte Franky fest, der ebenfalls genau hinschaute. »Vielleicht bedeutet das, dass das Versteck tiefer liegt … womöglich in einer Höhle.«

Alle vier starrten wie gebannt auf das Relief.

»Aber es gibt keine Höhle in der Nähe der Seeburg oder in der Seeburg selbst«, meinte Antonia.

»Bist du dir da ganz sicher?«, hakte Jaron nach. »Burgen werden doch öfter auf Felsen gebaut. Und in denen kann es auch eine Höhle geben.«

Antonia runzelte die Stirn. »Stimmt«, sagte sie dann. »Unter der Burg gibt es wahrscheinlich noch einige Geheimisse – so wie der Keller, von dem wir lange nichts wussten.«

»Oh ja«, nickte Franky, während ihm im Nachhinein noch ein Schauer über den Rücken lief. Erst vor wenigen Wochen hatten ihn seine Freunde aus einem unterirdischen Raum retten müssen. Dabei hatte sich gezeigt, dass die Seeburg Gänge und Keller besaß, von denen bisher nicht einmal Antonia etwas geahnt hatte.

»Na dann, worauf warten wir?«, fragte Jaron. »Zurück zur Seeburg!«

»Wo sollen wir hier nur suchen?«, fragte Antonia mutlos, als sie kurz darauf im Hof der Seeburg standen. »Hier ist doch nichts!«

Ich kenne dieses Gemäuer, seit ich denken kann, sagte sie sich im Stillen. *Und hier soll es eine verborgene Höhle geben?* Das erschien ihr völlig undenkbar.

»Wir fangen einfach an und arbeiten uns systematisch vorwärts«, forderte Emma, wieder einmal ganz die Wissenschaftlerin.

Also verteilten sie sich im Hof. Franky und Jaron gingen zum Torbogen zurück und tasteten dort die Wände ab, Emma tat das Gleiche mit den Mauern im Hof.

Antonia sah sich immer noch unschlüssig um. *Egal, suche ich halt*, dachte sie dann und marschierte zum Haupteingang der Burg. Sie drückte die Klinke hinunter und schob die schwere Holztür auf.

Im selben Moment erkannte sie, dass die Seeburg tatsächlich mehr Geheimnisse barg, als sie es sich je hätte denken können.

Sie drehte sich um und rief ihren Freunden zu: »Ihr müsst nicht weitersuchen, ich habe etwas entdeckt!«

Die drei eilten zu ihr, und Antonia schob die Tür ganz auf.

»Das gibt's doch nicht!«, rief Franky.

Vor ihnen befand sich die Statue, die sie erst kürzlich genau untersucht hatten. Aber die Marmorfigur stand nicht mehr so auf ihrem Sockel, wie sie sie kannten: Sie war nach vorne gedreht und zur Seite geschoben worden.

Dahinter war die Rückwand des Brunnens – ein bogenförmiger Rahmen aus rötlichem Marmor – verschwunden. An ihrer Stelle klaffte eine Öffnung in der Wand.

»Da habt ihr eure Geheimtür«, verkündete Antonia.

Fassungslos starrten die Freunde auf die verschobene Statue. Wie oft waren sie an dieser Skulptur vorbeigegangen, ohne zu ahnen, dass sich dahinter ein Geheimgang und womöglich sogar eine Höhle mit einem Schatz verbarg!

»Jetzt ergibt es Sinn, dass Opa Hans der Wächter der Schale ist«, sagte Franky plötzlich.

Die anderen sahen ihn verblüfft an.

»Na, der Fischer?« Er deutete auf die Statue. »Das ist Opa Hans oder einer seiner Vorfahren. Der bewacht den Eingang zum Versteck.«

Antonia schluckte. »Ja, das könnte wirklich sein.«

»Okay, dann lasst uns da mal reingehen«, sagte Jaron.

Jetzt wurde es ernst. Was würde sie in der dunklen Öffnung erwarten?

Kapitel IX:

Ludwig und Friederike

Schloss Unterallmannshausen, im Jahr 1894

Auch für Friederike änderte die Prügelei zwischen Ludwig und Michi alles. Als ihre Mutter ihr von Ludwigs Verletzungen erzählte, wollte sie es zuerst nicht glauben. Doch sobald sie wenig später mit ihrer Mutter in den Hof trat, musste sie einsehen, dass sie sich wohl in Michi getäuscht hatte.

Direkt vor dem Schloss stand eine Kutsche der Gendarmerie. Während Friederike sich noch fragte, was gerade geschah, trat Michi aus der Tür. Seine Hände waren hinter seinem Rücken gefesselt, und rechts und links von ihm gingen zwei Schutzmänner in dunkler Uniform. Einer der beiden öffnete die Tür des Wagens und wollte Michi hineinschieben.

Der sträubte sich jedoch und drehte sich zu Friederike um.

Für einen kurzen Moment sahen sie sich an.

Michis Augen hatten sich nicht geändert: Sie waren immer noch so offen und freundlich wie bei ihrer ersten Begegnung, als Friederike sich in ihn verliebt hatte.

Nur die Angst und die flehende Bitte, die sie in seinem Blick zu erkennen meinte, war neu.

Der Gendarm packte Michis Arm noch fester und dieser wehrte sich nicht länger. Der Blickkontakt brach ab, als er sich umdrehte und einstieg.

»Friederike?« Die Stimme ihrer Mutter klang ungeduldig.

Friederike wandte sich ab, ihr Herz voll Enttäuschung und Trauer. Während sie ihrer Mutter in Richtung Park folgte, hörte sie, wie die Türen der Polizeikutsche zufielen.

Es war einige Stunden später, als ihr Gräfin von Beilstein endlich erlaubte, Ludwig zu besuchen. Friederike betrat das abgedunkelte Schlafzimmer etwas zögerlich, nicht sicher, was sie erwartete.

Ludwig lag in seinem Bett, die Augen geschlossen, mit einem feuchten Tuch auf der Stirn.

Als sie ans Bett trat, öffnete er die Augen und lächelte. »Friederike«, sagte er leise, »schön, dass du gekommen bist.« Seine Stimme klang heiser und er war sehr blass. Es war deutlich, dass er Schmerzen hatte.

»Was ist passiert?«, flüsterte sie erschrocken und setzte sich auf die Bettkante.

Er holte tief Luft. »Michi hat mich verprügelt und fast getötet.«

Friederike schlug die Hand vor den Mund. Sie konnte nicht fassen, dass sie sich so in Michi getäuscht hatte. »Aber warum denn?«

»Er hat mich bestohlen. Und als ich es ihm auf den Kopf zugesagt habe, wurde er wütend.«

Friederike wollte es immer noch nicht glauben. »Das klingt so gar nicht nach Michi.«

Ludwig sah sie an. »Friederike, du kennst ihn doch nicht wirklich.«

Für einen Moment überlegte sie, ob er wusste, dass sie sich in seinen Freund verliebt hatte, und ihr wurde heiß. Dann schob sie diesen Gedanken weit von sich. *Das kann er nicht wissen*, beruhigte sie sich.

»Weißt du, Michi hatte schon immer eine Seite, die du nicht kennengelernt hast«, fuhr er fort.

»Was meinst du damit?«

»Sein Vater hat seine Mutter einfach im Stich gelassen, als sie schwanger war, und er war auch noch ein Jude«, meinte Ludwig abfällig.

Friederike runzelte die Stirn. Sie wurde nicht zum ersten Mal mit judenfeindlichen Einstellungen konfrontiert, es gab sie auch in ihrem Bekanntenkreis. Doch ihre Eltern hatten sie immer ermahnt, nichts auf solche Vorurteile zu geben, sondern jeweils den einzelnen Menschen zu sehen. Die von Höwarths hatten viele jüdische Freunde und nahmen an deren Alltag und Festen genauso Anteil wie an denen ihrer christlichen Bekannten.

Deshalb wies Friederike Ludwigs antisemitische Äußerung scharf zurück: »Das mag sein, wie es will. Aber das Verhalten eines Menschen hat nichts damit zu tun, ob er nun Jude ist oder Christ. Und Michi kann schon gar nichts dafür, was sein Vater getan oder nicht getan hat!«

Ludwig sah sie an und schwieg. Nach einer Weile sagte er leise: »Verteidigst du ihn wirklich immer noch? Hat er dir so sehr den Kopf verdreht?«

Jetzt wurde Friederike rot. *Er weiß es also doch!*, dachte sie. *Wie peinlich – was mache ich jetzt?* Ihr schlechtes Gewissen drückte sie immer mehr. Schließlich flüsterte sie: »Es tut mir leid, Ludwig. Wirklich. Mir tut auch leid, was er dir angetan hat. Ich habe mich sicher in ihm getäuscht.«

Statt zu antworten, griff Ludwig sich an die Stirn und drehte das Tuch um, das seine Wunde kühlen sollte. Aber es schien getrocknet zu sein, denn er schob es irritiert hin und her.

»Komm, ich helfe dir«, sagte Friederike, froh, etwas für ihn tun zu können. Sie nahm das Tuch, ging zu der Waschschüssel, die auf einer Kommode am Fenster stand, und tauchte es ein. Dann wrang sie es ein bisschen aus und legte es ihm behutsam wieder auf die Stirn.

Er zog es zurecht, ihre Finger berührten sich. Seufzend schloss er die Augen. »Danke«, flüsterte er.

⁂

Von diesem Tag an saß die junge Baroness jeden Tag an der Seite ihres Verlobten. Sie brachte ihm sein Essen und las ihm vor, während er sich langsam erholte. Als es ihm besser ging, unternahmen sie lange Spaziergänge durch den Park und am See entlang.

Schließlich musste Friederike mit ihren Eltern wieder nach Hause zurückkehren. Doch das junge Paar schrieb sich Briefe, und Friederike vergaß nach und nach die Liebe, die sie zu Michi empfunden hatte.

So schlimm ist Ludwig gar nicht, dachte sie, als das Jahr voranschritt. *Im Gegenteil, er ist ein guter Mann.*

Die Hochzeitsvorbereitungen begannen und hielten sie ganz in Beschlag: Die Schneiderin kam, um für ein Hochzeitskleid aus atemberaubend schönem Seidensatin Maß zu nehmen. Friederike und ihre Mutter wählten Spitze und Bänder, Schuhe und ein neues Korsett aus. Eine Gästeliste wurde erstellt, zahlreiche Einladungen wurden geschrieben und verschickt. So viele Details forderten ihre Aufmerksamkeit – Geschenke, Blumen, Zeremonien.

An Michi dachte sie irgendwann gar nicht mehr, und die kleine Romanze im Wald war in ihrer Erinnerung bereits verblasst. Sie hatte Größeres vor: Sie würde eine Gräfin von Beilstein werden, Herrin auf Schloss

Unterallmannshausen, eine geachtete Dame der feinen Gesellschaft am Würmsee.

❖ ❖

Neun Monate später

Erschöpft legte Michi sein Bündel an der Hauswand ab und schaute zu den Fenstern hinauf, hinter denen er seine Mutter vermutete. Der Weg vom Arbeitslager für Jugendliche nach Starnberg war mühsam gewesen, sein Geld hatte gerade noch für ein Zugticket bis München gereicht. Den Rest der Strecke war er zu Fuß gegangen.

Jetzt war es Abend und er war hungrig und durstig. Er freute sich auf ein Wiedersehen mit seiner Mutter. Und vielleicht sogar auf eine Begegnung mit Ludwig.

Im Lager hatte er viel gebetet, denn ihm war klar geworden, dass es nicht in Ordnung gewesen war, wie er sich Friederike gegenüber verhalten hatte. Von dem Moment an, in dem er begriffen hatte, dass sie mit Ludwig verlobt war, hätte er ihr aus dem Weg gehen müssen. Er hätte sie in keiner Weise ermutigen und schon gar nicht küssen dürfen. Das wusste er jetzt.

Zum Glück hatte es in dem Lager jemanden gegeben, mit dem er über diese Sache hatte reden können: einen freundlichen Pfarrer, der für die geistliche Betreuung der straffällig gewordenen Jugendlichen zuständig war. Es hatte Michi gutgetan, diesem Mann sein Herz auszuschütten. Der Pfarrer hatte mit ihm gebetet, und seitdem wusste Michi, dass Gott ihm vergeben hatte. Er hoffte nun, dass sein Freund es auch tun würde.

Er stieg die Treppe hinauf und klopfte. Als niemand reagierte, klopfte er erneut.

Schritte wurden hörbar, die Tür öffnete sich einen Spalt und das Gesicht einer fremden Frau erschien. »Was willst du?«, fragte sie mürrisch.

Michi stutzte. Dann sagte er: »Ich suche Almuth Schuster, ist sie hier?«

»Die Schuster? Die wohnt schon eine Weile nicht mehr hier. Ist rausgeflogen, hat mir die Köchin erzählt, als ihr Bengel ins Zuchthaus gewandert ist. Soll mir recht sein, diese Arbeit hab jetzt ich. Was willst du denn von ihr?«

»Ist schon gut, nicht so wichtig«, erwiderte Michi hastig, bevor die Küchenmagd zu neugierig wurde. »Entschuldigen Sie die Störung.« Schnell ging er die Treppe wieder hinunter und schnappte sich sein Gepäck.

Oben schloss sich die Tür wieder.

Für einen Moment lehnte er sich an die Wand und atmete tief durch. Dass seine Mutter nicht mehr hier arbeitete, hatte er nicht gewusst. Das war eine Katastrophe, denn sie hatte wahrscheinlich keine andere Stelle finden können. Es war ihr wohl nichts anderes übrig geblieben, als in die Hütte seiner Großeltern zurückzukehren. Seufzend löste er sich von der Schuppenwand und ging über den Wirtschaftshof.

Als er am Pferdestall vorbeikam, sah er, dass die Tür einen Spalt offen stand. Licht brannte im Inneren und eine ihm wohlvertraute Stimme rief gerade herrisch: »Und wenn du mir meinen Hengst wieder so schlampig striegelst, ziehe ich dir meine Gerte über den Rücken! Pass bloß auf: Morgen ist meine Hochzeit, da werde ich keine Nachlässigkeiten dulden.«

Gleich darauf wurde die Stalltür ganz aufgerissen und Ludwig trat auf den Hof. Als er Michi sah, blieb er überrascht stehen. Dann zupfte er scheinbar gelassen ein paar Strohhalme von seiner Jacke. »So, bist du wieder draußen?«, fragte er schließlich gedehnt und verschränkte die Arme.

Michi nickte. »Wo ist meine Mutter?«

»Woher soll ich das wissen?« Ludwig zuckte mit den Achseln. »Hier ist sie auf jeden Fall nicht mehr willkommen. Und du auch nicht, bevor du fragst.«

Michi senkte den Kopf. »Es tut mir leid, Luggi«, sagte er leise. »Es tut mir wirklich leid, was aus unserer Freundschaft geworden ist. Ich wollte das alles nicht.«

Der junge Graf schnaubte. »Du wolltest das alles nicht? Und hast dich trotzdem an Friederike rangemacht? Du kannst mir wohl kaum erzählen, dass du nicht wusstest, was du tust. Ich hoffe, sie haben dir in den Monaten im Lager beigebracht, dass man seine Freunde nicht verrät.«

Auf diese Bemerkung ging Michi gar nicht ein. »Geht es Friederike gut?«, fragte er stattdessen.

»Das hat dich gar nicht zu interessieren«, erwiderte Ludwig kühl. »Morgen ist ihre Hochzeit, und an dich verschwendet sie nicht mehr den leisesten Gedanken.«

»Also gut. Dann gehe ich jetzt. Vielleicht kannst du mir eines Tages verzeihen, was ich dir angetan habe.«

»Das glaube ich kaum. Aber ja, mach, dass du wegkommst.«

Michi drehte sich um und ging in Richtung Seeufer.

Nach ein paar Schritten drehte er sich noch einmal um. »Eines wollte ich dich noch fragen: Hast du eigentlich noch mal mit Sepp gesprochen? Bist du auf der Suche nach der goldenen Schale weitergekommen?«

»Ja, der Alte hat nicht lockergelassen und mir alles Mögliche erzählt«, antwortete Ludwig ein wenig verächtlich. »Aber das hat mich nicht groß interessiert. Geheimnisvollen Schätzen nachjagen, das machen doch nur Idioten.«

Damit wandte er sich ab und ging in Richtung Schloss davon, während Michi ihm traurig nachblickte.

In der Nähe von Schloss Unterallmannshausen,
im Jahr 1917, 22 Jahre später

Geschickt steuerte Gräfin Friederike von Beilstein den Mercedes und genoss dabei den warmen Wind, der sich in ihrem Kopftuch fing. Das Verdeck des Wagens war geöffnet, da die Frühsommersonne warm und golden herabschien.

Ludwig saß neben ihr, wie immer mit einer Hand krampfhaft an der Seitentür. Seit er so schlecht sah, dass er nicht mehr selbst fahren konnte, fuhr nur noch sie. Ungewöhnlich für eine Frau und für ihn kein Grund zur Entspannung. Ihre sportliche Fahrweise behagte ihm nicht.

Friederike warf ihm einen Blick zu und lächelte. Sie liebte es, das Steuer in der Hand zu halten.

»Und du bist sicher, dass wir nicht neben dieser grässlichen Weixlhammer-Verwandtschaft sitzen werden?«, fragte er, während sie schwungvoll in die Straße einbog, die am See entlangführte.

»Ganz sicher«, beruhigte sie ihn. »Du wirst dich bei Marthas Hochzeit nicht mehr mit diesen Bürgerlichen abgeben müssen als nötig. Wir werden mit meinen Schwestern an einem Tisch sitzen.«

»Gut. Schlimm genug, dass unsere liebe Martha unter ihrem Stand heiratet.«

Friederike lächelte. »Nun, deine Tochter ist erwachsen

und hatte schon immer ihren eigenen Kopf. Von wem sie das wohl geerbt hat?«

»Tja, sie weiß, was sie will.« Ludwig zog die Augenbrauen hoch. »Und immerhin ist Gustav Weixlhammer ein hochdekorierter Kriegsveteran, das muss man ihm zugutehalten.«

»Ja, er wird sie zweifellos ernähren und ihr sogar einen gewissen Luxus bieten können.«

Ludwig seufzte. »Wenn nur dieser Krieg endlich aus wäre. Aber ich fürchte, das wird kein gutes Ende nehmen. Ich glaube ja immer mehr, dass hinter den letzten Niederlagen unserer kaiserlichen Armee eine Verschwörung steckt. Sind wahrscheinlich wieder diese Juden, wer sonst.«

»Wir können nur beten, mein Lieber. Beten, dass Gott unsere tapferen Soldaten an der Front beschützt, unseren Kaiser segnet und seinen Generälen Erfolg schenkt.«

»Du hast recht, meine Liebe. Wie immer.« Mit seiner linken Hand griff er nach ihrer rechten, die auf dem Schalthebel lag, und drückte sie. »Hat Martha eigentlich ihre neue Brille schon bekommen?«, fragte er dann.

»Ja, sie ist wohl gestern geliefert worden.«

»Es ist ein großes Glück, dass man ihr heute so viel besser helfen kann als mir damals. Schlimm genug, dass sie dieses Augenleiden von mir erben musste.«

»Stimmt. Das Augenleiden, die Starrköpfigkeit – und dieses sonderbare Interesse an den Sagen und Legenden rund um den See.«

Er schmunzelte.

In diesem Moment kamen sie an der Fischerhütte vorbei, die sich auf den schmalen Uferstreifen zwischen Straße und Wasser duckte. Friederike warf einen Blick nach rechts und bemerkte, dass Michi am Ufer sein Boot festband. Ein kleines Mädchen stand neben ihm.

Als das Motorengeräusch anschwoll, blickte er zur Straße herüber und hob grüßend die Hand.

Friederike ignorierte ihn und fuhr weiter. »Wir sind gerade bei Michi vorbeigefahren. Er hat gegrüßt«, sagte sie beiläufig zu ihrem Mann.

Der zuckte nur mit den Schultern. »Was kümmert's dich? Lass dich nicht ablenken, wir sind ohnehin schon spät dran.«

Michi stand am Seeufer und sah dem Auto nach, das schnell zwischen den Bäumen verschwand. Trauer stieg in ihm auf. *So viele Jahre*, dachte er, *voller Ablehnung und Hass. Und keine Aussicht auf Versöhnung.*

Immer wieder hatte er in den vergangenen Jahren am Schlosstor angeklopft, doch Ludwig hatte ihn nie empfangen. Die alten Freunde hatten seit der Nacht, in der Michi als junger Bursche aus dem Arbeitslager zurückgekehrt war, kein Wort mehr gewechselt.

Seine jüngste Tochter zupfte ihm am Arm. »Papa, gehen wir jetzt rein und malen weiter?«

Er sah zu der Vierjährigen hinunter und lächelte. »Ja, mein Schatz, das machen wir. Du malst das Bild für Mama fertig, und ich arbeite an meiner Zeichnung von der Kreuz-Eiche. Und wir schauen mal, ob Mama nicht einen warmen Kakao für uns hat. Den könnten wir nach der Fahrt über den See gut gebauchen, denkst du nicht auch?«

»Au fein!«, jubelte das Kind und lief ihm voraus zur Hütte.

Michi blickte ihr wehmütig hinterher. Er liebte es, Zeit mit seiner Jüngsten zu verbringen – dem einzigen seiner Kinder, das noch zu Hause wohnte. Außerdem wäre es sicher gut, die Zeichnung endlich fertigzustellen und mit dieser Angelegenheit abzuschließen.

Es hätte keinen Sinn, nach dem Schatz zu suchen, dachte er, während er zur Hütte ging. *Selbst wenn ich wüsste, wo sich alle übrigen Hinweise befinden – unsere Freundschaft könnte auch die Schale nicht retten.*

Kapitel X:

Der Erbe

Schloss Unterallmannshausen, im Jahr 1960

Als Richard Weixlhammer das Schlafzimmer betrat, dachte er zuerst, sein Urgroßvater sei schon gestorben. Ludwig von Beilstein lag regungslos auf dem Rücken, mit offenem Mund und geschlossenen Augen. Sein fahles Gesicht war eingefallen. Im Raum war es stickig und die Vorhänge waren zugezogen, sodass sich das Bett im Halbdunkeln befand.

Vorsichtig trat Richard näher und rückte seine Brille zurecht. »Uropa?«, flüsterte er fragend.

Da schlug der alte Mann die Augen auf, die, wie Richard wusste, schon lange blind waren. »Richard«, krächzte er, »du bist gekommen.«

Der Zwanzigjährige setzte sich auf den Stuhl, der neben dem Bett stand, und beugte sich vor. Der Gestank nach Alter und Krankheit verschlug ihm fast den Atem, und er nahm sich vor, den Besuch so kurz wie möglich zu halten. »Natürlich. Du wolltest mich sprechen?«

Sein Urgroßvater drehte sich mühsam zum Nachttisch und streckte den Arm aus, konnte aber nicht ertasten, was er fassen wollte.

»Soll ich dir helfen?«, fragte Richard.

Schwer atmend zog der alte Mann seinen Arm zurück. »In der Schublade«, keuchte er. »Danke.«

Richard öffnete die Schublade und griff hinein. Nur ein einziger Gegenstand lag darin – ein großer brauner Briefumschlag.

Er wollte ihn dem Alten in die Hand drücken, doch der schüttelte den Kopf und erklärte flüsternd: »Das gehört jetzt dir.«

Verblüfft zog Richard ein vergilbtes Dokument aus dem Umschlag. »Was ist das?«

»Schau es dir an.«

Als er das dünne Papier auseinanderfaltete, knisterte es leise. Das Dokument war so groß, dass er es mit ausgestreckten Armen halten musste, um es richtig betrachten zu können. Aber auch so konnte er nicht viel erkennen. Offenbar war hier mit schwarzer Kohle irgendetwas abgepaust worden, die Umrisse waren leicht verwischt.

»Also, was ist das?«, fragte Richard noch einmal. Dabei überlegte er im Stillen, ob der Alte den Verstand verloren hatte. Es konnte doch nicht sein, dass er ihn extra wegen dieser Zeichnung hatte rufen lassen?

»Das, mein lieber Urenkel, ist ein Bild, das dich zu einem der wertvollsten Schätze führen kann, die nördlich der Alpen versteckt sind.«

»Ein Schatz?« Ungläubig musterte Richard das Blatt. Er interessierte sich für Kunst und alte Möbel und war gerade dabei, seinen eigenen Antiquitätenhandel aufzubauen.

»Ja. Eine goldene Schale aus dem Tempel in Jerusalem.« Ludwig von Beilstein brach ab, ein Hustenanfall schüttelte ihn.

Richard ließ das Papier sinken und griff nach dem Glas Wasser, das auf dem Nachttisch stand. Er half seinem Urgroßvater, einen Schluck zu trinken, woraufhin dieser seufzend in sein Kissen zurücksank.

»Mir fehlt die Kraft, dir alles zu erzählen«, flüsterte er. »Frag deine Oma Martha nach den Einzelheiten. Sie weiß von der Legende und dem Schatz, hat es in ihrem Buch über den Würmsee aufgeschrieben.«

»In dem Märchenbuch?«, fragte Richard verdutzt. Er kannte das kleine Büchlein, das seine Großmutter herausgegeben hatte. Darin waren Sagen aus der ganzen Gegend versammelt, es wimmelte darin von Seeungeheuern, verwunschenen Jungfrauen und Naturgeistern. Nichts, was er je ernst genommen hätte.

»Nicht alles sind Märchen«, beharrte sein Urgroßvater. »Manche Geschichten haben einen wahren Kern. Und die goldene Schale gibt es wirklich –

das Bild hier beweist es. Such nach dieser Schale, Richard. Sie hat magische Kräfte – bestimmt kann sie dir Heilung für deine Augen bringen.«

»In Ordnung, Uropa. Ich werde mir diese Zeichnung genau ansehen.«

»Aber pass auf. Es gibt wahrscheinlich noch andere Leute, die von diesem Schatz wissen, und ihnen kannst du nicht trauen. Ich hatte früher einen guten Freund, er hieß Michi Schuster. Sophia Bernwieser ist seine Enkelin, die Familie wohnt immer noch in der Fischerhütte unten am See.«

»Bernwieser? Ja klar, einen Hans Bernwieser kenne ich, der ging mit mir in die Volksschule, ein mieser Kerl. Ist dann aber abgegangen und bei seinem Vater in die Fischerei eingestiegen.«

»Ja, das ist die Familie. Ich weiß nicht, was Michi seinen Kindern erzählt hat. Du bist auf jeden Fall der Erste, dem ich dieses Bild zeige.«

Richard runzelte die Stirn. »Warum hast du nicht selbst nach dem Schatz gesucht, wenn du glaubst, dass es ihn wirklich gibt?«

»Oh, es gibt ihn, das kann ich dir versichern. Aber mich hat diese Sache immer an den Verrat erinnert, den Michi an mir begangen hat, als wir jung waren. Zu viel Schmerz, verstehst du? Erst als mir klar geworden ist, dass ich bald sterben muss, habe ich beschlossen, das Geheimnis nicht mit ins Grab zu nehmen.« Er hustete wieder und verstummte.

Eine Weile war es still, während Richard abwartete, ob sein Urgroßvater noch etwas erzählen würde. Doch der alte Mann atmete nur rasselnd, und Richard begriff schließlich, dass er eingeschlafen war.

Er betrachtete die Zeichnung noch einmal kurz und faltete sie dann zusammen. *Eine goldene Schale aus dem Tempel in Jerusalem,* dachte er aufgeregt. *Das lohnt sich, danach zu suchen. Mal sehen, was ich herausfinde.*

Kapitel 10:

Die Schale

Am Starnberger See

Jaron war der Erste, der es wagte, in den geheimen Eingang zu treten. Er drehte sich noch einmal um und flüsterte: »Ganz leise. Wer weiß, ob Opa Hans noch da unten ist.«

Die anderen folgten ihm. Obwohl Emma ziemlich nervös wirkte, bestand sie diesmal nicht darauf, oben zu bleiben. Auch sie hatte wohl das Jagdfieber gepackt.

Hinter der Statue führte eine enge Wendeltreppe in die Tiefe. Die Freunde schlichen die Stufen hinunter, so leise sie konnten. Es wurde immer dunkler, doch sie trauten sich nicht, mit den Handys zu leuchten, sondern tasteten sich lieber vorwärts. Schließlich drang ein schwacher Lichtschein vom Fuß der Treppe herauf – gelb und flackernd, als brenne da unten eine Flamme. Dann waren es nur noch wenige Stufen.

Jaron blieb stehen und spähte um die letzte Windung.

Die anderen beugten sich ebenfalls nach vorne, aber selbst Antonia, die direkt hinter Jaron stand, konnte nichts erkennen.

Auf einmal zog Jaron seinen Kopf ruckartig zurück und wäre fast mit ihr zusammengeprallt. Im selben Moment rief von unten eine Stimme: »Hilfe! Hilfe!«

Und eine zweite Stimme, die Antonia unter Tausenden erkannt hätte, fügte hinzu: »Na, kommt schon runter. Jetzt ist es auch egal.«

Die vier eilten die letzten Stufen hinunter, bis sie alle in einem Kellerraum standen.

Was sie dort sah, konnte Antonia trotz allem, was in den letzten Tagen passiert war, kaum fassen: Vor ihnen erstreckte sich ein kleiner, niedriger Raum mit einem Boden aus Steinfliesen. Er hatte keine Türen und war völlig leer – bis auf eine altmodische Lampe mit einer Kerze darin, deren flackerndes Licht eine unwirkliche Szene beleuchtete.

Auf dem Boden lag Richard Weixlhammer, seine Stirn blutete.

Über ihm stand Opa Hans mit einem furchteinflößenden Gesichtsausdruck. Die Pistole in seiner rechten Hand schwenkte langsam von Weixlhammer weg zu den vier Freunden.

Automatisch hoben sie die Hände.

Weixlhammer bewegte sich.

Sofort richtete Opa Hans die Pistole wieder auf ihn und fauchte: »Du rührst dich nicht!«

Der Antiquitätenhändler warf den vier Freunden einen flehenden Blick zu. »Bitte macht irgendwas, helft mir! Er dreht durch!«

Jaron war der Erste, der sich aus seiner Starre löste. In seinem Kopf ging er blitzschnell alle möglichen Angriffsmöglichkeiten durch, die er im Training gelernt hatte. Manchmal brauchte man allerdings keine komplizierten Tricks, sondern nur gesunden Menschenverstand: Er drückte Opa Hans' rechten Arm zur Seite, damit die Pistole nicht länger auf Weixlhammer gerichtet war. Dann packte er sein Handgelenk, um ihn mit einer kraftvollen Bewegung zu entwaffnen.

Doch zu seiner Überraschung musste er sich überhaupt nicht anstrengen. Opa Hans leistete keinerlei Widerstand, sondern ließ die Pistole einfach fallen und stolperte rückwärts, als auch noch Franky und Emma an ihm zogen.

Jaron ließ ihn los und hob die Waffe auf.

Antonia war wie angewurzelt stehen geblieben und hatte das Ganze mit weit aufgerissenen Augen verfolgt. Sie schien nicht glauben zu können, was hier geschah: Von einem Moment auf den anderen war Opa Hans besiegt, regungslos und stumm.

Weixlhammer aber seufzte erleichtert, setzte sich auf und sagte strahlend: »Was für ein Glück, dass ihr noch rechtzeitig gekommen seid. Danke euch, meine Freunde. Vielen Dank.« Er erhob sich mühsam, Emma stützte ihn.

Sorgfältig klopfte er sich den Staub von der Anzugjacke und strich seine Haare glatt.

Dann blickte er Opa Hans an, der immer noch schweigend dastand, und lächelte. »So, mein alter Freund. Es ist wohl an der Zeit, einige Dinge zurechtzurücken.«

Er wandte sich an Jaron. »Gib mir die Waffe, Jaron. Wir wollen doch nicht, dass du dich oder andere verletzt.«

»Nein, Jaron, nicht!«, flehte Opa Hans.

Verwirrt sah Jaron ihn an, richtete dann aber seinen Blick wieder auf Weixlhammer. Der Händler nickte ihm lächelnd zu.

Jaron reichte ihm zögerlich die Pistole. Weixlhammer streckte die linke Hand aus, um sie ihm abzunehmen.

Und in diesem Moment, der Sekunde, als sich die Finger des Händlers um den Griff der Waffe schlossen, wurde Jaron etwas klar. Er sah mit einem Mal überdeutlich, dass sie sich fürchterlich geirrt hatten.

»*Sie* haben uns heute Mittag bedroht und die Brosche abgenommen, nicht Opa Hans!«, rief Jaron und schaute Weixlhammer an. Schlagartig ergab vieles einen Sinn, er zeigte auf die Pistole. »Sie halten die Waffe in der linken Hand, wie der Mann mit der Kutte! Opa Hans ist Rechtshänder, er würde eine Pistole immer in die rechte Hand nehmen.«

Emma und Franky starrten abwechselnd Jaron und Weixlhammer an. Antonia schüttelte ungläubig den Kopf. »Was sagst du da?«, fragte sie mit heiserer Stimme.

»Schaut doch hin! Weixlhammer ist Linkshänder! Auf den Fotos, die du mir gezeigt hast, Emma, hatte er ein Lineal in der linken Hand, das ist mir noch aufgefallen.«

Alle blickten den Händler an, nur Opa Hans nicht. Der wirkte immer noch völlig teilnahmslos.

Auf Weixlhammers Gesicht erschien ein Lächeln der Genugtuung. »Na, sieh mal einer an«, säuselte er. »Was bist du doch für ein schlaues Kerlchen. Aber der Schnellste bist du nicht – das kommt jetzt ein wenig spät für euch, nicht wahr?«

Er straffte sich und nahm eine Haltung ein, die er wohl für ehrfurchterregend hielt, die jedoch bei seiner kleinen, hageren Gestalt merkwürdig fehl am Platz wirkte. »Zeit für die Wahrheit. Jetzt, da ihr mich endlich, endlich zum Versteck der Schale geführt habt, sollt ihr die Wahrheit erfahren.

Es stimmt: Ich habe euch heute Mittag die Brosche abgenommen. Kutte und Stimmverzerrer sollten eigentlich nur bewirken, dass ihr nicht gleich zur Polizei rennt. Wobei …«, er lachte in sich hinein, »es hat schon Spaß gemacht, euch Angst einzujagen.«

Dann runzelte er die Stirn und rief empört: »Ihr hattet es verdient, nachdem ihr mir so lange auf der Nase herumgetanzt seid! Warum habt ihr mich nicht einfach von Anfang an eingeweiht? Das hätte vieles erleichtert!«

Die Freunde zuckten zusammen und wichen einen Schritt zurück.

Weixlhammer machte sich so groß wie möglich und legte sich mit einer theatralischen Geste die freie Hand auf die Brust: »*Ich* bin der eigentliche, der wahre Wächter! Ich allein bin würdig, diesen Titel zu tragen! Mein Vorfahr Ludwig von Beilstein war es, der das Phönix-Bild gefunden hat. Die Schale steht also meiner Familie zu, niemandem sonst!«

»Es gibt keinen Wächter«, flüsterte Opa Hans.

Erstaunt wandten sich die Freunde zu ihm um.

Der alte Fischer schaute Weixlhammer an – ruhig, entschlossen, aber auch traurig. »Das hast du dir nur ausgedacht, um dich wichtig zu machen. Hör auf damit und erzähl den Kindern nicht diesen Unfug.«

»Natürlich gibt es die Wächter!«, donnerte Weixlhammer. »Deine Vorfahren haben seit Jahrhunderten nach der Schale gesucht und alle, die es wagten, sich ihr zu nähern, unschädlich gemacht. Dafür habt ihr sogar eure besten Freunde verraten!«

Opa Hans blickte die Freunde an. »Bitte glaubt ihm kein Wort«, bat er. »Es gibt keinen Wächter.«

Antonia trat einen Schritt vor. »Warum sollten wir dir das glauben, Opa Hans? Du hast uns doch die Brosche aus dem *alten Heinrich* geklaut.«

Opa Hans sah auf einmal noch älter aus als sonst, jede Falte in seinem Gesicht schien im schwachen Licht der Lampe noch tiefer zu werden. Er war blass und schwankte, als könne er sich nur noch mühsam auf den Beinen halten. »Ja, das habe ich«, gab er zu. »Ich wollte euch nur beschützen und es tut mir leid.«

»Es tut ihm leid, haha!«, höhnte Weixlhammer und fuchtelte mit der Pistole herum. »Hört ihn euch an, den alten Mann. Lügt euch die ganze Zeit skrupellos an – warum sollte er euch gerade jetzt die Wahrheit sagen? Er wollte euch nicht beschützen, sondern euch fernhalten von der wunderbaren, der einzigartigen goldenen Schale. Von ihrer heilenden, magischen Wirkung. Er gönnt sie keinem! Hat auch mich immer in die Irre geführt, der Verräter!«

Opa Hans seufzte nur, als sei er unendlich müde.

»Ich habe dich vor Kurzem am Bismarckturm gesehen«, sagte Jaron ihm nun auf den Kopf zu. »Du hast dir dort das Relief mit dem Phönix angeschaut. Woher weißt du davon?«

»Das ist eine lange Geschichte.« Opa Hans schien immer noch zu zögern, den vier Freunden alles zu verraten.

»Erzähl es ihnen ruhig, alter Mann«, spottete Weixlhammer. »Damit sie erfahren, wer du wirklich bist: ein Versager!«

Opa Hans ignorierte ihn und richtete seinen Blick stattdessen auf Antonia. »Was ich euch jetzt erzähle, weiß ich schon sehr lange. Vielleicht hätte ich euch wirklich früher einweihen sollen. Bitte glaubt mir: Es tut mir unendlich leid, dass ich es nicht getan habe. Aber ich wollte euch nur beschützen vor dem, was jetzt gerade passiert.«

»Du wusstest also von diesem Versteck hier?«, flüsterte Antonia.

Opa Hans schüttelte den Kopf. »Das nicht, aber ich kenne die Legende von der goldenen Schale. Und ich habe die Gruft unter der Sankt-Valentins-Kapelle und die Kreuz-Eiche schon vor langer Zeit entdeckt. Mein Urgroßvater, Michael Schuster, hat mir davon erzählt. So wie Richard jene Zeichnung wohl von *seinem* Urgroßvater erhalten hat. Die beiden waren Freunde, müsst ihr wissen. Die besten Freunde.«

»Ja, bis Michi Schuster den jungen Grafen verraten hat«, warf Weixlhammer wütend ein. »Danach war das Band zerschnitten!«

»Das stimmt leider. Sosehr mein Urgroßvater es auch bereut, um Verzeihung gebeten und getrauert hat: Die Freundschaft zwischen ihm und Ludwig war gestorben. Sein ganzes Leben lang hat er darunter gelitten.«

»Geschah ihm recht«, fauchte der Händler.

»Michael Schuster und Ludwig von Beilstein wussten von dem Relief, das sich heute am Bismarckturm befindet. Sie waren dabei, als Arbeiter es ganz in der Nähe an einem Felsen entdeckt haben. Daraufhin wurde diese Felsplatte herausgemeißelt und als Verzierung in die südliche Turmwand eingemauert.

›Dieses Bild ist ein wichtiger Hinweis‹, hat mir mein Urgroßvater gesagt. ›Es führt zum Versteck der Schale.‹

Aber er hat mich auch gewarnt: Ich solle nicht nach dem Schatz suchen, sondern diese Angelegenheit ruhen lassen. Die Legende besagt, dass schon mancher, der sich auf die Suche nach der Schale gemacht hat, auf tragische Weise ums Leben gekommen ist. Ihr wart in der Gruft, wie ich weiß, und habt dort die Skelette von zwei jungen Menschen gesehen.«

Die Freunde nickten.

»Es ist anzunehmen, dass sie beide im Zusammenhang mit dieser Schatzsuche verunglückt sind.« Opa Hans seufzte und hielt einen Moment inne, bevor er fortfuhr. »Natürlich habe ich nicht auf meinen Urgroßvater gehört. Ich war erst dreißig Jahre alt und hatte vor nichts Angst. Gelacht habe ich, als er mir das erzählt hat.«

Er schüttelte den Kopf. »Damals ging in meinem Leben alles schief. Ich war total überschuldet und habe getrunken, um meine Probleme zu vergessen. Ich habe öfter im Wirtshaus gesessen als zu Hause bei meiner Familie und habe meine Angehörigen schrecklich vernachlässigt. Mein Sohn ist mir irgenwann nur noch ausgewichen, er wollte nichts mehr mit mir zu tun haben. Meine Frau hat sich immer mehr zurückgezogen. Und meine Tochter Judith hat am meisten unter mir gelitten.

Als mein Urgroßvater mir dann erzählt hat, dass es hier am Starnberger See einen Schatz gibt, da hat mich eine Hoffnung erfasst, die ich vorher nicht gekannt hatte. Michael Schuster hat zwar selbst nach der goldenen Schale gesucht, aber er ist nicht weit gekommen.

Weil ihm jemand von einer Kreuz-Eiche erzählt hatte und er leidenschaftlich gerne malte, hat er einen solchen Baum am Seeufer gezeichnet. Die Worte *omnem lacrimam* hatte er im Zusammenhang mit dieser Legende ebenfalls gehört, deshalb hat er sie daraufgeschrieben.«

»Ist das das Bild, das in der Pizzeria von Frankys Eltern hängt?«, fragte Emma.

Opa Hans nickte. »Wie es dahin gekommen ist, weiß ich nicht. Ich war auf jeden Fall völlig fasziniert. Eine große Sehnsucht hat mich von da an vorwärtsgetrieben: Ich würde die Schale finden, und durch ihre magischen Kräfte würde sich alles in meinem Leben zum Guten wenden. Ich war von dieser Vorstellung so besessen, dass ich einen riesigen Fehler gemacht habe.«

»Was ist passiert?«, flüsterte Antonia.

»Eines Tages hat mich meine Frau gebeten, zu Hause bei Judith zu bleiben. Sie selbst wollte auf dem Markt Gemüse verkaufen. Damit verdiente sie ein wenig Geld hinzu, weil ich zu wenig Fische fing, um uns zu ernähren.

Ich wollte allerdings nicht in der Hütte bleiben, denn ich hatte endlich die Kreuz-Eiche entdeckt und wollte den dort versteckten Hinweis finden. Also habe ich Judith alleingelassen. Ich hatte es furchtbar eilig, und als ich bei dem Baum angekommen war, habe ich festgestellt, dass ich kein Werkzeug dabeihatte. Deshalb bin ich zurück nach Hause gelaufen.

Dort hat mich dann die Polizei erwartet. Judith war tot.

Sie war auf einem Stuhl geklettert, um an ein Regal heranzukommen, und war gestürzt. Sie hat sich den Kopf an der Herdkante angeschlagen, und weil niemand da war, um ihr zu helfen, ist sie gestorben.« Opa Hans holte tief Luft. Es schien, als müsse er sich sehr beherrschen, um nicht in Tränen auszubrechen.

»Dann hast du sie also nicht getötet«, vergewisserte sich Antonia.

Der alte Fischer schüttelte den Kopf. »Ich habe sie sehr geliebt und hätte ihr nie etwas Böses antun können.«

»Das sagst du ja nur, um dich zu rechtfertigen«, protestierte Weixlhammer, der Opa Hans' Erzählung bis hierhin mit Genugtuung verfolgt hatte. »Du alter Säufer hast sie umgebracht!«

»In gewisser Hinsicht hast du recht«, gab Opa Hans zu. »Meine arme Judith ist gestorben, weil ich sie im Stich gelassen habe. Aber dass ich sie im Suff erschlagen hätte, das haben sich die Schwätzer ausgedacht. Solche wie du.« Er sah den Händler ernst an.

»Ach was – wenn hier jemand ein Schwätzer ist, dann bist du das. Du hast Schuld am Tod deiner Tochter, weil du ein Säufer bist!«, keifte der Antiquitätenhändler.

»Es war schlimm genug, wie es war. Ich konnte mir selbst einfach nicht verzeihen. Weil ich so davon besessen gewesen war, die Schale zu finden, hat Judith sterben müssen. Deshalb habe ich seitdem nicht länger nach dem Schatz gesucht. Ich habe es zwar nicht über mich gebracht, die einzelnen Hinweise zu vernichten, dafür waren sie zu kostbar. Aber ich habe die Suche aufgegeben und mir geschworen, dass niemand sonst die Schale finden sollte.«

»Also bist *du* der Wächter der Schale, nicht Weixlhammer!«, entfuhr es Franky.

»Es gibt keinen Wächter«, widersprach Opa Hans heftig. »Das ist ein dummes Märchen.«

»Selbstverständlich gibt es einen Wächter!«, schrie Weixlhammer. »*Ich* bin der Wächter!«

»Unfug! Weder du noch ich haben die Gabe, Menschen zu manipulieren. Meinst du, ich hätte die Kinder sonst nicht schon vor langer Zeit gestoppt, anstatt sie nur ein ums andere Mal zu warnen?«

Die vier Freunde sahen sich betroffen an.

»Vielleicht hätten wir auf dich hören sollen«, sagte Jaron nachdenklich. »Aber es war so spannend, die verschiedenen Hinweise zu finden. Und der Gedanke, am Ende womöglich diese legendäre Schale zu entdecken, hat uns natürlich fasziniert.«

Opa Hans nickte. »Das kann ich gut verstehen. Wir sind ja nicht die Einzigen, die von diesem Schatz geradezu geblendet waren. Aber obwohl die Schale ein unbezahlbares Artefakt ist – heilen kann sie sicher nicht.«

Weilhammer geriet nun völlig außer sich. »Du alter Narr! Du Ignorant! Du dummer alter Mann«, kreischte er und wedelte mit der Waffe so unkontrolliert durch die Luft, dass Jaron Angst bekam. »Natürlich kann die Schale heilen! Meine Familie weiß das seit Jahrhunderten! Die Schale wird mir gehören und dann werden meine Augen endlich gesund werden!«

Der Antiquitätenhändler schnaufte so heftig, als wäre er gerannt, forderte aber: »Erzähl weiter. Wenigstens hat es jetzt mit den Lügen ein Ende.«

Der alte Fischer nickte. »Eigentlich ist schon alles gesagt. Mir bleibt nur noch, euch zu versichern, wie leid es mir tut. Ich wollte euch wirklich nur beschützen, weil ich Angst um euch hatte. Als ihr angefangen habt, nach der Schale zu suchen, hat mich das zutiefst beunruhigt. Ich bin euch gefolgt, habe beobachtet, wie ihr einen Hinweis nach dem anderen gefunden habt, und wusste nicht, was ich tun sollte. Am Schluss wusste ich mir nicht mehr anders zu helfen, als euch die Brosche wegzunehmen.«

Für einen Moment war es still.

Dann sagte Emma: »Eines verstehe ich noch nicht. Wir haben die Broschenfassung und den Bernstein in der Gruft gefunden. Wieso waren sie dort, wenn du sie doch mitgenommen hattest?«

Opa Hans lächelte. »Das kann ich gerne erklären. Nach Judiths Tod war ich völlig verzweifelt und bin in die Sankt-Valentins-Kapelle gegangen, um dort irgendeinen Trost zu finden. Ich hatte mich bis dahin nicht groß um Gott gekümmert. Er war mir egal. Doch meine Schuld wog so schwer, dass ich es nicht mehr ertragen habe.

In der Kapelle war die Bibel aufgeschlagen, und zwar beim Buch *Offenbarung*. Und da stand dieser Spruch: *Er wird abwischen alle Tränen von ihren Augen.* Der Spruch, der auch auf der Brosche steht.

Ich habe das gelesen und die Worte haben mich direkt ins Herz getroffen: Es ist nicht die Schale – *er* ist es, der alle Tränen abwischt. Nicht irgendein Gegenstand, sondern der lebendige Gott ist unser Tröster. Gott allein kann alles heil machen. Er tröstet und hilft uns, er versöhnt uns und macht uns frei.

Ich habe mich damals in der Kapelle hingekniet und habe meinen ganzen Schmerz vor Gott ausgeschüttet. Und nach einer Weile hat Gott mir seinen Frieden geschenkt. Ich wusste: Er hat mir vergeben. Von diesem Moment an war mir die Schale egal, denn ich hatte etwas viel Besseres gefunden. Den Stein und die Broschenfassung habe ich dann einfach zurückgelegt.«

»Was für ein religiöser Humbug«, schnaubte Weixlhammer. »So ein ausgemachter Schmarrn. Gott gibt es nicht, aber die Schale schon!«

»Sei still, Richard«, sagte Opa Hans ganz ruhig. »Du weißt nicht, was du da redest.«

»Aber warum hattest du dir dann diesen Bibelvers angestrichen, den ich in deiner Bibel gesehen habe, als ich bei dir zum Abendessen war?«, fragte Jaron.

»Welchen Bibelvers?«, fragte Opa Hans zurück.

»Irgendwas aus 1. Chronik, da kam das Wort *Wächter* drin vor.«

»Daran kann ich mich nicht mehr erinnern, aber ich lese gerade das Buch 1. Chronik und streiche immer viel an. Das hat nichts zu bedeuten.«

»Und warum hat die Statue des Fischers da oben an der Treppe dein Gesicht?«, erkundigte sich Franky.

»Weil der Opa meines Urgroßvaters Michael dem Bildhauer Modell gestanden hat. Der suchte nach einem echten Seefischer und hat ihn angesprochen. Jener Vorfahr war offenbar als Maler selbst sehr talentiert, er war gleich dafür zu haben.«

»So, jetzt reicht es, genug geratscht«, fuhr Weixlhammer dazwischen. »Das ist ja alles sehr rührend und harmonisch hier, aber jetzt ist es genug. Schließlich haben wir auch noch wichtige Dinge zu tun.«

Er zeigte mit der Pistole auf Opa Hans. »Du setzt dich jetzt schön brav an diese Wand da, Hans. Und Antonia, Jaron und Franky, ihr setzt euch dazu. Für dich, Emma, habe ich eine ganz besondere Aufgabe.«

»Was?«, rief Emma erschrocken. »Wieso denn ausgerechnet ich?«

»Weil nur du die Schale holen kannst.« Weixlhammer wies mit dem Kopf auf eine der Kellerwände.

Jetzt erst fiel Jaron auf, dass diese, anders als die drei übrigen Wände, nicht aus gemauerten Steinen, sondern aus Naturfels bestand. Etwa auf halber Höhe war ein schmaler Spalt zu sehen.

Der Händler zeigte auf das Loch. »Da hinein, wenn ich bitten darf.«

Emma wich zurück. »Was?«, stammelte sie. »Warum denn?«

Weixlhammer seufzte theatralisch. »Na, weil dort die Schale versteckt ist! Das ist der Jupiterfelsen, auf dem die Seeburg erbaut wurde. Die Schale kann nur dort drin sein.«

»Ich will da aber nicht rein.« Emma weinte fast.

»Du musst aber, dummes Mädel!«, brüllte der Händler. »Stell dich nicht so an!«

»Richard, bitte«, versuchte Opa Hans, ihn zu beruhigen.

»Ach, halt doch die Klappe!«, schnaubte Weixlhammer, bevor er sich wieder an Emma wandte. »Du bist die Kleinste von uns allen. Also gehst du jetzt da rein und holst mir die Schale! Sonst passiert mit deinen Freunden ein Unglück, verstanden?« Er packte Emma am Arm und stieß sie Richtung Felsspalt. »Rein mit dir!«

Emma zögerte kurz, dann wischte sie sich die Tränen von der Wange und steckte den Kopf in den Spalt. Langsam schob sie sich hinein – die Öffnung war so eng, dass sie fast stecken blieb. Doch schließlich verschwand ihr Oberkörper und sie rutschte mit einem kleinen Schrei ins Dunkle.

Weixlhammer reichte ihr die Lampe durch den Spalt. »Hier, meine Liebe – damit du auch richtig suchen kannst.«

»Da ist ein Abgrund!«, hörte man Emmas dumpfe Stimme.

»Dann würde ich vorschlagen, dass du dich gut festhältst und mit der Suche beginnst, bevor du hinunterfällst.«

Jaron konnte hören, wie Emma auf der anderen Seite umherkroch und ab und zu einen kleinen Schmerzensschrei ausstieß. Der Lichtschein der Lampe schimmerte unruhig aus der Öffnung, im Keller war es sonst vollständig dunkel.

Auf einmal bemerkte Jaron, dass Opa Hans sich aufrichtete und langsam auf Weixlhammer zuging.

Dieser starrte so konzentriert in den Spalt, dass ihm das gar nicht auffiel.

Endlich rief Emma: »Da ist etwas!«

Und dann, kurz darauf: »Ich hab sie!«

Das Licht näherte sich der Öffnung und schließlich erschien ihr Kopf. »Ich habe sie gefunden«, sagte Emma keuchend. »Sie ist unglaublich schwer!«

»Gib sie mir«, forderte Weixlhammer gierig.

Emma streckte beide Arme durch den Felsspalt. Mit den Händen umklammerte sie eine runde Schale, etwa so groß wie eine Melone. Sie schimmerte geheimnisvoll im schwachen Schein der Laterne. Es schien beinahe, als würde sie ihr eigenes Licht ausstrahlen.

Für einen Moment waren alle wie gebannt und rührten sich nicht. Nur Opa Hans schlich stetig vorwärts, immer näher an den Spalt und an Weixlhammer heran.

Der atmete tief ein vor Entzücken, als er die Schale sah. Schnell legte er die Pistole auf den Boden und nahm Emma die Schale mit beiden Händen ab. Dann stand er da, über das Gefäß gebeugt, völlig in dessen Anblick versunken.

Opa Hans war jetzt dicht hinter ihm. Er bückte sich und griff nach der Waffe, die neben Weixlhammers Füßen lag.

Da fuhr der Händler hoch. Bevor Opa Hans die Pistole aufheben konnte, trat er ihm kräftig auf die Hand.

Opa Hans schrie vor Schmerz auf, ließ die Waffe jedoch nicht los.

Weixlhammer packte seinen Arm, während er mit der anderen Hand die Schale an seine Brust drückte. »O nein, das kommt gar nicht infrage!«, rief er.

Hilflos mussten die vier Freunde zusehen, wie die beiden Männer um die Waffe rangen.

Auf einmal löste sich ein Schuss. Der Knall hallte an den Wänden wider und war so laut, dass die vier automatisch mit den Händen ihre Ohren bedeckten.

Jaron sah voller Entsetzen, dass sich Opa Hans' Griff um Weixlhammers Arm löste. Dann sackte der alte Fischer zusammen, während sich auf seiner Brust ein dunkler Fleck ausbreitete.

Kapitel 11:

Die Legende

Weixlhammer reagierte nach dem Schuss als Erster. Er ließ die Pistole fallen, presste die Schale mit beiden Händen an seine Brust und lief Richtung Treppe. Jaron versuchte noch, ihn zu erwischen, aber der Händler war auf einmal bemerkenswert schnell und wendig. Er verschwand nach oben, Jaron folgte ihm.

Wenig später hörte man ein lautes Knirschen.

Antonia kniete sich neben Opa Hans, der sie schwer atmend ansah. »Opa Hans«, rief sie entsetzt, »du bist verletzt!«

Er lächelte und griff nach ihrer Hand. »Schon, gut, meine liebste Antonia.« Dann schloss er die Augen.

In diesem Moment kam Jaron wieder zurück. »Weixlhammer hat den Eingang oben geschlossen«, erklärte er. »Und wie es scheint, kann man ihn von innen nicht öffnen. Wir sind eingesperrt.«

»Wie Ferdinand von Beilstein«, flüsterte Franky.

»Sag so was nicht!«, schrie Antonia ihn an. Als sie ihre Hand auf Opa Hans' Brust legte, quoll Blut zwischen ihren Fingern hervor. Ihr wurde ganz schwindelig vor Entsetzen und Angst.

Emma, die inzwischen wieder aus dem Spalt gekrabbelt war, schlug die Hände vor den Mund und kniete sich neben Antonia. »O nein, o nein«, rief sie. »Opa Hans!«

Jaron rannte erneut zur Treppe, und sie hörten gleich darauf, wie er oben verzweifelt gegen die geschlossene

Geheimtür trat und um Hilfe schrie. Franky lief hinterher, um ihm zu helfen. Aber nach ein paar Minuten kamen die beiden zurück in den Keller.

»Es hat keinen Sinn, wir kriegen die Tür nicht auf, und offenbar hört uns niemand. Was machen wir jetzt?«, fragte Jaron gehetzt.

»Keine Ahnung.« Franky wirkte ziemlich verstört. »Ich habe es schon probiert, aber unsere Handys haben hier keinen Empfang. Wir können niemanden anrufen, nicht einmal den Notruf wählen.«

Antonia bemerkte, dass Opa Hans' Atem immer mühsamer ging und dass ihm der Schweiß auf der Stirn stand. In flehendem Ton rief sie: »Opa Hans! Opa Hans! Kannst du uns hören? Wach auf!«

Die Augenlider des alten Mannes flackerten, dann sah er sie trübe an. »Antonia, mein Schatz«, flüsterte er und schloss die Augen wieder. »Du bist hier.«

»Ja, Opa Hans«, antwortete sie verzweifelt. »Aber wir können nicht raus. Weixlhammer ist abgehauen und hat die Tür verschlossen.«

Ganz langsam hob Opa Hans die Hand und deutete auf eine der Wände. »Da habe ich vorhin was gesehen«, keuchte er. »Da ist eine Tür.«

»Eine Tür? Wo?«, fragte Antonia eifrig.

Doch in diesem Moment verlor der alte Fischer offenbar das Bewusstsein. Er reagierte nicht, als Antonia seine Wange tätschelte, atmete aber weiter.

»Es gibt eine Tür«, sagte Emma zu den beiden Jungs.

»Woher willst du das wissen?«, fragte Franky.

»Das hat Opa Hans gerade gesagt.«

»Und woher weiß er das?«, hakte Jaron nach.

»Mann, er hat eben einfach besser hingeschaut! Könnt ihr nicht einfach danach suchen?«, rief Antonia, während sie Opa Hans' Kopf streichelte.

Da begannen Jaron und Franky, die Mauern abzutasten.

Antonia blieb an Opa Hans' Seite. »Lieber Gott«, flehte sie, »bitte lass ihn nicht sterben! Bitte mach ihn wieder gesund!.«

Auf einmal hörte sie hinter sich ein Klacken, dann ein Scharren. Verwundert drehte sie sich um.

»Ich hab sie gefunden!«, jubelte Jaron. Vor ihnen hatte sich eine rechteckige Tür geöffnet.

Emma richtete sich auf. Als Antonia weiterhin die Hand des alten Fischers umklammerte, fragte sie: »Kommst du mit?« Antonia schüttelte den Kopf. »Geht ihr nur. Ich bleibe hier.«

»In Ordnung.«

Die drei verschwanden durch die Tür, Antonia und Opa Hans blieben allein zurück. Sie strich ihm sanft über die Stirn und betete stumm weiter, während ihr Tränen über die Wangen liefen.

Es dauerte eine gefühlte Ewigkeit, bis sie wieder Geräusche hörte.

Von oben ertönte ein lautes Knirschen, dann stapften schwere Stiefel die Treppe herunter. Der Lichtstrahl einer Taschenlampe blendete sie einen Moment, sodass sie schützend den Arm hob.

Als der grelle Lichtschein weiterwanderte, konnte sie eine Polizistin in Uniform erkennen und dahinter einen Arzt, der einen silbernen Koffer trug.

Der Arzt trat zu ihr und sagte sanft, aber bestimmt: »Ich kümmere mich um ihn, mein Kind.«

Aus den Augenwinkeln sah Antonia, dass nun auch noch ein Sanitäter den Keller betrat, und machte ihm schnell Platz. Sie schwankte beim Aufstehen, worauf die Polizistin fürsorglich einen Arm um ihre Schulter legte. »Komm, wir gehen hoch zu deinen Freunden«, schlug sie vor.

Als Antonia oben hinter der Statue ins Foyer der Seeburg traten, kniff sie die Augen zusammen. Sie brauchte eine Weile, bis sie sich wieder an die Helligkeit gewöhnt hatte.

Die Polizistin führte sie hinaus in den Hof und durch das Portal auf den Parkplatz. Dort stand ein Krankenwagen mit geöffneter Heckklappe, eine Polizeistreife und das Auto des Notarztes.

Ein zweiter Sanitäter kam ihnen entgegen. Er hängte eine Decke um Antonias Schulter und bat sie, sich auf das Trittbrett des Krankenwagens zu setzen. Er sah ihr prüfend in die Augen und fühlte ihren Puls. Als er das Blut an ihren Händen bemerkte, schaute er genauer hin.

»Das ist nicht meins. Mir geht es gut«, sagte Antonia schnell.

In diesem Moment erschienen Emma, Jaron und Franky im Portal und eilten zu ihr. »Wie geht es dir?«, fragte Emma besorgt.

»Alles in Ordnung«, beruhigte Antonia. »Aber was ist mit Opa Hans?«

Der Sanitäter, der ihr gerade eine Blutdruckmanschette anlegte, lächelte. »Keine Sorge – mein Kollege hat mich gerade angefunkt. Sie bringen den alten Herrn gleich her. Sein Kreislauf hat nicht ganz mitgespielt, aber das wird wieder.«

»Aber er ist angeschossen worden«, erklärte Antonia ängstlich.

»Das war offenbar nur ein Streifschuss, nichts Wildes«, versicherte der Sanitäter.

Antonia seufzte erleichtert. »Gott sei Dank!«, sagte sie aus tiefstem Herzen.

Nachdem der Sanitäter seine Untersuchung beendet hatte, zog er die Trage aus dem Krankenwagen und verschwand mit ihr im Portal der Seeburg. Emma setzte sich neben Antonia; Franky und Jaron standen vor dem Krankenwagen.

Da fuhr ein weiterer Streifenwagen auf den Parkplatz, und die Polizistin, die Antonia geholfen hatte, trat mit einem Kollegen zu ihnen. »Ich habe ein paar Fragen«, sagte sie. »Geht es euch gut genug, dass ihr sie mir beantworten könnt?«

»Klar.« Die Freunde nickten.

»Erzählt mir doch bitte mal, was da unten geschehen ist. Und vor allem, wer den Schuss abgegeben hat, der Herrn Bernwieser verletzt hat.«

Daraufhin schilderten sie alle Ereignisse ab dem Moment, als sie die Öffnung hinter der Statue entdeckt hatten.

Die beiden Zuhörer fragten immer wieder nach und schüttelten mehrmals staunend den Kopf. »Dass wir echten Schatzjägern zu Hilfe eilen, kommt auch nicht jeden Tag vor«, schmunzelte die Polizistin, als sie geendet hatten. »Fast wie in einer Abenteuergeschichte.«

»Und ihr sagt, der Antiquitätenhändler Richard Weixlhammer hat diese Schale mitgenommen?«, hakte ihr Kollege nach.

Die Freunde nickten.

»Habt ihr zufällig eine Idee, wo er jetzt sein könnte?«

»Wir kennen nur seinen Laden«, antwortete Emma.

»Dann fahren wir jetzt dorthin«, beschloss die Beamtin. »Und ihr vier kommt bitte mit und zeigt uns den Weg.«

Die Freunde folgten den beiden Erwachsenen zu den beiden Streifenwagen. Jaron und Franky stiegen in den einen, Antonia und Emma in den anderen.

Als die Beamtin den Motor anließ, beobachtete Antonia durchs Fenster, wie die Sanitäter die Trage aus der Burg rollten. Darauf lag Opa Hans, zugedeckt und festgeschnallt, eine Sauerstoffmaske auf dem Gesicht. Er war immer noch sehr blass, die Augen hatte er geschlossen.

Antonia schickte ein kurzes Dankgebet zum Himmel und bat Gott, auch weiterhin auf Opa Hans aufzupassen.

Dann wandte sie sich an ihre Freundin. »Erzähl doch mal, wie ihr aus dem Keller rausgekommen seid«, verlangte sie.

»Das war ein Ding!«, sagte Emma sofort. »Ich dachte ja eigentlich, es könne nicht mehr verrückter werden, aber hör zu: Hinter der Mauer war ein gewundener Gang und dann kam eine zweite Treppe. Als wir die raufgestiegen sind, war es stockdunkel und der Weg versperrt. Vor uns befand sich eine glatte Holzwand.

Erst haben wir gedacht: *Das war's jetzt, wir kommen nie raus.*

Aber dann hat Jaron angefangen, wie verrückt zu hämmern und zu treten, und da hat die Holzwand an einer Stelle ein winziges Stück nachgegeben. Also haben wir alle an dieser Stelle so fest gedrückt, wie wir konnten. Und schließlich war der Spalt breit genug, dass wir uns durchquetschen konnten.

Dreimal darfst du raten, wo wir uns wiedergefunden haben.«

»Keine Ahnung, sag schon«, forderte Antonia ungeduldig.

»In der Kapelle!«, verkündete Emma. »Und die Holzwand, die den Eingang versperrt hat, war die Rückwand des riesigen Holzaltars – von diesem Teil, das vorne in der Kapelle steht.«

»Gibt's ja nicht«, staunte Antonia.

»Doch, so war es. Und dort hatten wir dann natürlich wieder Empfang und konnten den Notruf wählen. Na ja, und den Rest weißt du.«

Es fing schon an zu dämmern, als die beiden Streifenwagen vor dem Laden des Antiquitätenhändlers anhielten. Die Vorhänge der benachbarten Häuser bewegten sich und der ein oder andere Allmannshauser schaute neugierig durch die Fensterscheibe. Dass die Polizei an einem Sonntagabend gleich mit *zwei* Fahrzeugen mitten im Dorf anrückte, fiel auf.

Die Eingangstür war offen, und die kleine Gruppe durchquerte rasch den Laden und betrat das Büro.

Hier empfing sie ein Bild des Jammers: Der Antiquitätenhändler saß völlig in sich zusammengesunken an seinem Schreibtisch, ohne die goldene Schale zu beachten, die vor ihm stand.

»Herr Weixlhammer?«, fragte die Polizistin.

Der Händler sah auf. Seine Haare hingen ihm wirr um den Kopf, seine Nickelbrille war ihm fast bis zur Nasenspitze gerutscht und aus seinen geröteten Augen rannen Tränen. »Es funktioniert nicht«, greinte er. »Es ist nichts passiert, obwohl ich schon zwei Schalen voll getrunken habe!«

Er schlug die Hände vors Gesicht und fing an zu schluchzen. »Ich … wollte … doch … nur … gesu-hu-hu-hund werden«, stammelte er.

»Ist das die Schale, die er aus dem Keller mitgenommen hat?«, fragte die Beamtin die vier Freunde.

Jaron nickte. »Ja, das ist sie.«

»Herr Weixlhammer, ich muss Sie bitten mitzukommen«, sagte die Polizistin daraufhin. »Sie werden der Körperverletzung mittels einer Schusswaffe beschuldigt und der unerlaubten Entfernung historischen Kulturguts.«

Ihr Kollege trat zu dem Händler, ergriff ihn am Arm und zog ihn hoch.

Weixlhammer ließ es geschehen, ohne Widerstand zu leisten. Er schwankte, als er stand, und starrte in die Luft, als ob er die vier Freunde gar nicht wahrnehmen würde. »Nur gesund werden. Nur gesund werden«, wiederholte er immerzu.

Der Polizist musste ihn stützen, als er ihn hinausführte.

Stumm traten die vier Freunde nun an den Schreibtisch. Vor ihnen stand die Schale, nach der sie so lange gesucht hatten.

»Das ist sie also«, flüsterte Jaron staunend.

Emma streckte ihre Hand aus und fuhr über den Rand. »Als ich sie dort unten gefunden habe, konnte ich sie mir nicht näher anschauen. Da habe ich nur daran gedacht, schnell wieder aus dieser Felsspalte rauszukommen«, sagte sie nachdenklich. »Aber sie fühlt sich ganz kühl und glatt an.«

»Ich glaube, ich habe noch nie etwas so Schönes gesehen«, meinte Antonia und ergriff sie mit beiden Händen. »Boah, ist die schwer!«, rief sie, während sie die Schale hochhob.

Sie betrachtete das Gefäß von allen Seiten und drehte es schließlich um. »Schaut mal«, forderte sie die anderen auf. »Da ist der Spruch eingeritzt, den wir schon kennen: *Et absterget Deus omnem lacrimam ab oculis.*«

Nacheinander nahmen die Freunde die Schale in die Hand, jeder betrachtete sie ganz genau.

»Dass unsere Schatzsuche nun wirklich zu Ende ist, kann ich trotzdem noch nicht ganz begreifen«, sagte Antonia, als sie die Schale schließlich wieder auf den Tisch stellte.

Emma nickte. »Ja, dazu werde ich auch eine Weile brauchen.«

Die Jungs stimmten zu.

Jetzt mischte sich die Polizistin ein, die bisher alles schweigend beobachtet hatte. »Das ist also der Schatz, von dem ihr erzählt habt?«, vergewisserte sie sich.

»Ja, das ist er«, bestätigte Franky.

»Wenn diese Schale tatsächlich uralt ist und aus reinem Gold besteht, ist sie zweifellos sehr wertvoll. Das überlasse ich lieber den Spezialisten.« Sie zückte ihr Smartphone. »Am besten rufe ich im Kunsthistorischen Museum an.«

Sie wählte eine Nummer und wurde offenbar zu einem Historiker verbunden. Dem schilderte sie kurz den Fund und was die vier Freunde darüber erzählt hatten.

»Es kommt jemand hierher«, erklärte sie, nachdem sie das Gespräch beendet hatte. »So lange werde ich hierbleiben und die Schale bewachen. Ich bekomme auch gleich noch Verstärkung, damit mehrere Zeugen den Fund bestätigen können.«

Fragend sah sie die vier Freunde an. »Soll euch nachher einer meiner Kollegen nach Hause fahren?«

»Ich glaube, wir laufen lieber«, antwortete Antonia und sprach damit wohl allen aus dem Herzen. »Wir haben so einiges zu bereden.«

Kapitel 12:

Ein Abend am Seeufer

Die Sonne schien in das Krankenzimmer der Klinik in Kempfenhausen, als Jaron erwartungsvoll die Tür öffnete.

Hinter ihm raschelte Geschenkpapier: Antonias Mutter, Gitti, versuchte noch rasch, den großen Blumenstrauß auszupacken, den sie gerade in einem Blumenladen gekauft hatte. Und man hörte Emma kichern, die offenbar Franky in die Seite pikste. Der hatte sichtlich Mühe, einen riesigen Stapel Pizzakartons zu balancieren, ohne sich die Finger zu verbrennen.

Der einzige Bewohner des Zimmers sah ihnen staunend entgegen. Es musste ihm so vorkommen, als würde der Strom von lachenden, scherzenden Besuchern gar kein Ende mehr nehmen.

»Opa Hans!«, riefen Sina und Lukas und stürzten als Erste zu ihm.

Der alte Fischer breitete seine Arme aus und umfasste sie beide gleichzeitig, so gut er das eben konnte. »Autsch«, sagte er schmunzelnd, als sich die beiden an seine Brust schmiegten, »nicht zu sehr drücken. Da tut es doch noch ziemlich weh!«

»Bist du wirklich angeschossen worden?«, fragte Lukas und stellte sich wieder hin, um Opa Hans genauer anzusehen. Der Pyjama bedeckte jedoch den Verband, sodass er nichts erkennen konnte.

»Ja, aber es war wirklich nur ein Streifschuss«, beruhigte ihn Opa Hans. »Mein Kreislauf hat die Aufregung nicht ganz vertragen, deshalb bin ich kurz ohnmächtig geworden. Aber bald war alles wieder in Ordnung.«

Die Erwachsenen stellten rund um das Bett Stühle auf. Außer Antonias Familie und Jarons Mutter waren auch noch Frankys Eltern, Germano und Maria, gekommen. Und Emma war ebenfalls für einige Gäste verantwortlich: Sie hatte nicht nur ihren Vater, ihre Stiefmutter und ihre Stiefschwester, sondern auch noch ihre Mutter und ihren Stiefvater mitgebracht. Es war ein sehr großer Kreis, aber die Enge schien niemanden zu stören. Jeder suchte sich ein Plätzchen.

»Das ist aber eine Überraschung«, sagte Opa Hans und lächelte in die Runde, nachdem sich alle gesetzt hatten. »Mit so viel Besuch habe ich nicht gerechnet.«

»Wir haben doch deinen Geburtstag noch gar nicht gefeiert«, rief Andreas, der sich in die hinterste Ecke des Raums gequetscht hatte.

Germano verteilte bereits Pizzakartons an alle. Auch für Opa Hans hatte er die Lieblingspizza mitgebracht: Pizza Frutti di Mare.

»Ja, genau«, nickte Angelika. »Außerdem haben uns die Kinder inzwischen verraten, was ihr zusammen in den letzten Monaten erlebt habt. Dass das alles gut ausgegangen ist, müssen wir einfach feiern!«

Als die Freunde am Abend vorher nach Weixlhammers Verhaftung zur Seeburg zurückgekehrt waren, hatten sie Antonias Eltern und Jarons Mutter im Foyer angetroffen. Die drei Erwachsenen hatten kaum fassen können, dass es in der Burg geheime Gänge gab, Schatzgewölbe und Höhlen – und mittendrin vier Teenager, die das alles ganz allein entdeckt hatten.

Es hatte eine ganze Weile gedauert, bis die Freunde ihnen die Schatzsuche geschildert hatten: von der zufälligen Entdeckung der Gruft unter der Sankt-Valentins-

Kapelle über das Abenteuer an der Kreuz-Eiche, den Fund der Zährenborn-Quelle bis hin zu den Ereignissen rund um die Bergung der Schale.

Angelika, Gitti und Andreas waren viel zu überrascht gewesen, um richtig böse zu werden. Sie hatten während der langen Erzählung nur immer wieder die Köpfe geschüttelt und ein »Das gibt's doch nicht!« oder ein »Du meine Güte!« eingestreut.

Nachdem Emma und Franky nach Hause gefahren waren, hatten sie dort natürlich alles noch einmal berichten müssen, wie sie später den anderen schrieben. Und alle Eltern hatten einstimmig beschlossen, Opa Hans am nächsten Tag gemeinsam zu besuchen.

Deshalb waren sie jetzt alle hier und füllten sein Krankenzimmer mit Gelächter, Gesprächen und dem Duft der besten Pizza am Starnberger See. Während sie aßen, erzählten die vier Freunde und Opa Hans noch weitere Einzelheiten ihrer Abenteuer und beantworteten zahlreiche Fragen.

Irgendwann öffnete sich die Tür, und eine Krankenschwester, die einen Becher mit Medikamenten in der Hand hielt, schaute herein. »Was ist denn hier los?«, fragte sie verdutzt.

»Party«, erklärte Franky trocken. »Wir haben was zu feiern.«

»Das sieht man«, sagte die Schwester und lächelte. »Ich will die Party bestimmt nicht auflösen, aber leider sind immer nur vier Besucher auf einmal erlaubt. Deshalb sollten die meisten von Ihnen bitte wieder aufbrechen.«

»Kein Problem«, versicherte Andreas freundlich. »Wir wollten sowieso nicht lange bleiben und sind schon fast weg.«

Gemeinsam packten sie die Pizzakartons zusammen. Und es dauerte tatsächlich nicht lange, bis sich alle Erwachsenen sowie die jüngeren Kinder von Opa Hans verabschiedet und das Zimmer verlassen hatten.

Nur die vier Freunde blieben noch zurück. Sie hatten noch einiges mit Opa Hans zu besprechen. Die Krankenschwester gab ihm seine Medikamente und verschwand dann ebenfalls. Nach all dem Trubel war es plötzlich merkwürdig still im Zimmer.

Antonia setzte sich an Opa Hans' Seite und griff nach seiner Hand. »Geht es dir wirklich wieder gut?«, fragte sie besorgt. »Ich hatte ganz schön Angst um dich da unten in dem Keller.«

Opa Hans nickte und drückte ihre Hand. »Es geht mir gut. Nur glaube ich, dass ich noch so einiges zu klären habe.« Er seufzte. »Erzählt doch bitte mal von Richard. Ich weiß noch gar nicht, was mit ihm passiert ist.«

Daraufhin fasste Antonia kurz zusammen, was sich in Weixlhammers Büro abgespielt hatte. »Sie haben ihn verhaftet«, schloss sie, »und abgeführt. Er war völlig fertig und konnte vor Verzweiflung kaum laufen.«

Opa Hans hatte während ihrer Schilderung die Stirn gerunzelt. »Daran bin ich nicht ganz unschuldig«, sagte er nun bedrückt. »Ich habe einiges dazu beigetragen, dass Richard so geworden ist, wie er heute ist. Ich habe viel Schuld auf mich geladen. Sobald ich kann, besuche ich ihn und bitte ihn um Entschuldigung. Vielleicht kann er mir verzeihen.«

Er hielt kurz inne. »Er hat euch ja schon erzählt, was für ein gemeiner Kerl ich in meiner Jugend gewesen bin. Ich habe ihn wirklich schlecht behandelt und er wollte eigentlich nur gesund werden. Es ist tragisch, dass er seine ganze Hoffnung auf die Schale gesetzt hat und nun so enttäuscht wurde.«

Der alte Mann sah die vier Freunde der Reihe nach an. »Auch euch muss ich um Verzeihung bitten. Es war falsch, euch die Brosche wegzunehmen, aber bitte glaubt mir: Ich habe es wirklich nur gemacht, weil ich Angst um euch hatte. Und es tut mir auch sehr leid, dass ich euch im Zorn so heftig angefahren habe.«

»Das wissen wir«, sagte Emma. »Und natürlich verzeihen wir dir gerne.«

Die anderen nickten zustimmend.

»Klar«, bekräftigte Franky.

Opa Hans lächelte. »Danke. Da fällt mir ein Stein vom Herzen. Es tut sehr gut, wenn Leute einem vergeben.«

In diesem Moment musste Jaron an seine Mutter denken. Er war noch nicht dazu gekommen, sich mit ihr auszusprechen. Und mit einem gewissen Unbehagen erinnerte er sich daran, wie unfreundlich er zu ihr gewesen war.

»Eins habe ich noch nicht gecheckt«, ergriff nun Franky das Wort. »Wie kam es, dass du zusammen mit Weixlhammer in diesem geheimen Keller warst?«

»Um diese Frage zu beantworten, muss ich etwas weiter ausholen. Also, am Samstagabend kam Richard bei mir vorbei. Ihr hattet ihm wohl erzählt, dass die Brosche verschwunden war?«

»Ja, als wir am Samstagvormittag oben am Bismarckturm waren, haben wir ihn angerufen«, bestätigte Jaron.

»Als er vor meiner Tür stand, war er offensichtlich sehr aufgewühlt. Ich habe ihn hereingebeten. Und kaum saßen wir am Tisch, hat er sofort angefangen: Er hatte sich gleich gedacht, dass ich die Brosche genommen hatte, und er hat mich angefleht, mit ihm gemeinsame Sache zu machen. Miteinander sollten wir die Brosche in das Relief am Bismarckturm einsetzen und die Schale finden. Sie würde dann uns beiden gehören, sagte er.

Aber das war doch genau das, wovor ich Angst hatte: Ich wollte nicht, dass die Schale je wieder ans Tageslicht kommt. Also habe ich ihn abgewiesen. Er ist dann wutschnaubend rausgestürmt.«

»Und dann hast du uns die Textnachricht geschickt, richtig?«, fragte Franky.

»Welche Nachricht?«, erwiderte Opa Hans verblüfft.

»Na die, die wir am Samstagabend von dir bekommen haben: Du wolltest dich gestern Mittag mit uns treffen.«

»Ich habe euch keine Nachricht geschrieben. Mein Handy ist nämlich seit Kurzem wie vom Erdboden verschluckt.«

»Dann hat dir das Weixlhammer garantiert geklaut, als er bei dir war«, vermutete Emma.

»Ja, so muss es gewesen sein«, pflichtete Jaron ihr bei. »*Er* hat uns diese Textnachricht geschickt, die war ja auch ganz anders geschrieben.«

Die Freunde lächelten einander an, weil alle wussten, was er meinte: Weixlhammer hatte keine Rechtschreibfehler gemacht.

»Dann hat er uns also zu dir gelockt, um uns als ›Wächter‹ zu erschrecken und sich gleichzeitig die Brosche zu schnappen«, fuhr Antonia fort. »Er muss sich im Bootsschuppen versteckt haben, bevor wir an deiner Hütte eingetroffen sind.«

Opa Hans nickte nachdenklich. »Das ergibt Sinn. Ich habe am Samstagabend nämlich auch einen merkwürdigen Anruf bekommen. Ein Restaurant in München hat eine Ladung Fische für Sonntagmittag bestellt. Aber als ich dort aufkreuzte, wussten die von nichts.

Da war mir sofort klar, dass Richard dahintersteckte und mich vom See weglocken wollte. Ich bin dann so schnell wie möglich nach Allmannshausen zurückgefahren. Dort kam ich genau in dem Moment an, als Richard mit seinem Wagen zum Bismarckturm abgebogen ist.

Ich bin ihm dann heimlich gefolgt und habe beobachtet,

wie er die Brosche eingesetzt hat. Ich wusste ja selbst nicht, wo sich das Versteck der Schale befindet. Und ich hatte ebenfalls damit gerechnet, dass sich am Turm eine Tür öffnet.

Richard hat unglaublich lange gebraucht, um die Karte zu entziffern, und ist dann zu meinem Erstaunen zur Seeburg gefahren. Es hat dann noch mal eine Weile gedauert, bis er in der Burg herausgefunden hat, dass sich die Statue, die aussieht wie mein Vorfahr, drehen lässt.

Unten im Keller habe ich ihn dann gestellt. Er hat sofort die Pistole gezogen und mich bedroht.

Ich war aber so wütend, dass ich trotzdem auf ihn losgegangen bin. Es war wie damals, als ich noch ein junger Bursche war: Vor lauter Zorn habe ich an nichts anderes mehr denken können als daran, ihn außer Gefecht zu setzen. Ich konnte ihn zu Boden ringen und ihm die Waffe abnehmen. In dem Moment seid ihr dann hereingekommen.«

»O Mann, was bin ich froh, dass das gut ausgegangen ist«, seufzte Emma. »Und dass die Schale nun in Sicherheit ist.«

Opa Hans nickte. »Ja, das ist gut. Ich bin ebenfalls sehr froh darüber.« Er griff noch einmal nach Antonias Hand und drückte sie. »Ich bin ja hin- und hergerissen«, sagte er. »Auf der einen Seite bin ich furchtbar stolz auf euch. Auf der anderen Seite wünsche ich mir aber, dass euch dieses Abenteuer gelehrt hat, in Zukunft vorsichtiger zu ein.«

»Das können wir dir nicht versprechen«, erwiderte Antonia mit einem verschmitzten Lächeln. »Dafür sind die vier vom See viel zu neugierig.«

Als Jaron an diesem Abend die Wohnungstür aufschloss, wusste er, dass noch eine Sache zu tun blieb. Er konnte den Fernseher hören, während er seine Jacke aufhängte, und fand seine Mutter wie erwartet auf dem Sofa.

»Hallo, Schatz«, begrüßte sie ihn und schaltete das Gerät aus. »Habt ihr euch noch gut mit Opa Hans unterhalten?«

»Ja, haben wir«, antwortete er. »Wir haben noch ein paar Details geklärt, die nicht jeder wusste.« Er setzte sich neben sie und sah sie an.

»Äh, Mama«, druckste er dann herum, »es tut mir voll leid, dass ich dich so angemacht habe wegen Papa. Das war megablöd von mir.«

»Na ja«, erwiderte sie und griff nach seiner Hand, »ich kann dich verstehen.« Tränen füllten ihre Augen, als sie weitersprach. »Du musst mir glauben, dass es keinen Tag gibt, an dem ich nicht wünschte, ich könnte alles ungeschehen machen. Ich vermisse Papa auch.«

»Ja, das glaube ich dir«, sagte Jaron leise.

»Ich habe wirklich nicht gewusst, dass du dich für den Unfall verantwortlich fühlst. Du trägst überhaupt keine Schuld daran«, schluchzte sie. »Das tut mir so leid.«

Als Jaron seine Mutter weinen sah, kullerten auch ihm ein paar Tränen über die Wangen. Er nahm sie in den Arm und sie weinten gemeinsam.

Nach einer Weile putzte sich seine Mutter die Nase und erklärte: »Jaron, ich verzeihe dir, dass du mich so angeschrien hast.«

»Danke«, sagte Jaron und lächelte ein wenig schief.

Zögernd erzählte er dann: »Opa Hans hat uns berichtet, dass es ihm sehr schlecht ging, weil er sich die Schuld am Tod seiner Tochter gegeben hat.«

»Das kann ich mir vorstellen.«

»Aber irgendwann hat er es Jesus gesagt und das hat ihm so einen Frieden ins Herz gegeben.«

Seine Mutter sah ihn an und nickte langsam. »Ja, das habe ich auch erlebt. Ich habe Gott gesagt, was mich belastet, und er hat mir geholfen. Mein Kummer und die Verzweiflung, die waren dann nicht mehr ganz so schlimm. Und schließlich konnte ich mich sogar wieder freuen.«

Jaron senkte den Blick, er wusste nicht, was er sagen sollte. Aber er hatte das Gefühl, dass er in nächster Zeit keine Albträume mehr haben würde.

Zwei Wochen später

Als die große Stretch-Limousine und noch drei andere schwarze Autos vor der Burg vorfuhren, staunten die vier vom See nicht schlecht.

Zwar hatten sie vor ein paar Tagen die Einladung des bayerischen Ministerpräsidenten bekommen, bei der feierlichen Übergabe der Schale an den israelischen Botschafter dabei zu sein. Und da hatten sie schon geahnt, dass das ein einmaliges Erlebnis werden würde. Aber sie waren nicht darauf vorbereitet gewesen, auf so pompöse Weise abgeholt zu werden.

»Boah, wie cool ist das denn!«, rief Franky begeistert. »Was für ein Luxusschlitten!«

»Oh Mann, ich bin so aufgeregt«, sagte Emma und rückte sich nervös ihre Brille zurecht.

Antonia, die sonst so abenteuerlustig war, stimmte ihr insgeheim zu. Sie zupfte etwas verlegen an dem neuen Kleid, das sie zusammen mit Emma ausgesucht hatte.

Sie, die sonst nie Kleider oder Röcke trug, hatte sich durch den massiven Protest ihrer Mutter und ihrer Freundin davon überzeugen lassen, dass sie die bayerische Staatskanzlei nicht in Jeans und T-Shirt betreten konnte. Und das rote, knielange Kleid sah wirklich gut aus, das hatte sie selbst zugeben müssen, als sie sich damit im Spiegel betrachtet hatte.

Auch Jaron hatte sie bewundernd angeschaut, als sie in den Burghof getreten war.

Ihre Haare trug sie heute offen, ebenso wie Emma, die auch ein neues Kleid anhatte. Ihres hatte ein Muster aus großen Blumen und stand ihr hervorragend, wie Antonia mit Anerkennung feststellte.

Sogar die beiden Jungs hatten sich in Schale geworfen. Jaron sah in Jeans und Sakko, darunter ein weißes Hemd, echt schick aus. Franky trug sogar einen Anzug mit Krawatte und hatte sich die Haare ordentlich nach hinten gegelt. Ein Duft nach italienischem Männerparfüm umwehte ihn.

Hinter den vier Freunden standen ihre Eltern, ebenfalls fein herausgeputzt und sichtlich voller Erwartung.

Die Limousine hielt direkt vor dem Eingangsportal der Burg und der Fahrer stieg aus. Er trug eine schwarze Uniform mit Kappe und weißen Handschuhen. »Na, ihr seid wohl die Helden, die die Schale gefunden haben«, sagte er freundlich.

Die vier nickten.

»Schön, dann fahren wir mal zum Ministerpräsidenten.« Er kam um den Wagen herum und öffnete ihnen die Tür im Heck.

Nacheinander stiegen die Freunde ein und sahen sich staunend um: Eine gemütliche Ledercouch nahm die ganze Breite des Fahrzeugs ein. Ihr gegenüber befand sich ein großer Bildschirm. An den Seitenwänden standen niedrige Schränkchen unter den langen Fenstern, darauf Gläser und ein Korb voller Snacks.

Franky rutschte auf der Couch ganz durch und öffnete neugierig eine der Schranktüren. Dahinter kam ein Kühlschrank zum Vorschein, der voll bestückt war mit Limonade und Cola.

»Wie krass ist das denn!«, rief er begeistert.

Hinter dem Fernseher fuhr nun surrend eine Trennwand herunter und das Gesicht des Fahrers kam zum Vorschein. »Bedient euch ruhig«, sagte er. »Das ist alles für euch.«

Die vier sahen sich mit offenem Mund an und fingen an zu lachen, so unfassbar war das alles.

Die Trennwand fuhr wieder hoch, der Motor begann, leise zu schnurren, und die Limousine setzte sich in Bewegung.

»Cool, mein Lieblingsschokoriegel!«, meinte Franky und griff in den Kühlschrank.

»Pass aber auf, dass du nichts vollschmierst«, mahnte Emma.

»Ja, Mama, ich pass schon auf«, gab er zurück und grinste sie an.

»Spinner«, schnaubte sie. »Schieb auch mal was für uns rüber.«

Also spielte Franky den Kellner und versorgte seine Freunde mit Getränken, Chips und Süßigkeiten.

»Das ist so was von krass«, lachte Jaron und nahm einen Schluck von seiner Cola.

»Ich fühle mich wie ein Filmstar«, meinte Emma und schob sich ein Gummibärchen in den Mund.

Franky hatte sich inzwischen die Fernbedienung geschnappt. »Wollen doch mal sehen, ob der hier auch funktioniert«, murmelte er und schaltete das Gerät ein. Tatsächlich erschien das Bild eines Privatsenders, auf dem gerade eine Quizshow lief. »O prima«, rief Franky. »Die schaue ich manchmal, die ist lustig!« Er lehnte sich zurück und lächelte zufrieden.

Doch Emma zog empört die Augenbrauen hoch. »Ernsthaft? Du hast die einmalige Gelegenheit, in so einer Limousine zu fahren, und willst jetzt fernsehen? Ich glaub's nicht.«

Franky machte den Mund auf, aber bevor er antworten konnte, beugte sich Antonia vor und riss ihm die Fernbedienung aus der Hand.

»Hey!«, protestierte er.

Ohne sich davon irritieren zu lassen, schaltete Antonia den Fernseher aus und stopfte die Fernbedienung in die

Ritze hinter ihr. »Emma hat recht«, sagte sie energisch. »Das Ding bleibt aus!«

Franky fügte sich schmollend, entdeckte aber auch so genug Sachen, mit denen er Quatsch machen konnte. Direkt neben ihm befand sich eine ganze Reihe von Knöpfen, mit denen sich Musik oder Licht ein- und ausschalten oder auch die Trennwand zum Chauffeur bedienen ließ. Gründlich, wie er war, probierte er alles mehrmals aus. Fast wünschte sich Antonia, sie hätte ihm den Fernseher gelassen.

Die fünfundvierzig Minuten Fahrt nach München waren viel zu kurz, um alles ausgiebig genießen zu können. Viel zu schnell bog die Stretch-Limousine mit den anderen Wagen, in denen die Eltern saßen, in das Tor vor der bayerischen Staatskanzlei ein.

Ein großer Pulk von Fotografen und Journalisten drängte sich rechts und links vom Eingang.

»Ach, du liebe Güte, was ist denn da los?«, staunte Antonia. »Was geht denn hier ab?«

»Tja, wenn so berühmte Forscher wie wir ankommen, dann ist das schon was Besonderes«, antwortete Franky, strich sich die Haare noch mal extra glatt und trank schnell seine dritte Cola aus.

»Forscher? Eher: Spinner!«, prustete Emma.

Die Limousine hielt direkt vor dem Eingang der Staatskanzlei. Ein schwarz gekleideter Mann öffnete ihnen die Tür und die vier stiegen aus.

Sobald sie auf der Treppe standen, prasselte ein Gewitter aus Fragen und Blitzlichtern auf sie nieder.

»Emma, wie war es, in der Jupiterhöhle die Schale zu finden?«

»Wer von euch ist der Kung-Fu-Kämpfer?«

»Schau bitte mal hierher, Antonia!«

Die vier wussten gar nicht, wo sie zuerst hinsehen

sollten. Sie hatten nach der Entdeckung der Schale zwar schon einige Interviews gegeben, aber so viele Reporter auf einem Fleck waren doch etwas einschüchternd.

Der Mann, der ihnen die Wagentür geöffnet hatte, sagte freundlich: »Geht einfach weiter, Zeit für Fragen ist später noch.«

So erreichten sie schließlich das prachtvolle Foyer und blickten sich bewundernd um. Eine Gruppe von Menschen erwartete sie, an ihrer Spitze erkannte Antonia den bayerischen Ministerpräsidenten, den sie schon manchmal im Fernsehen gesehen hatte.

Der Mann trat lächelnd auf sie zu und reichte ihnen nacheinander die Hand. »Ihr seid also die vier scharfsinnigen Teenager, die diesen kostbaren Schatz gefunden haben«, begrüßte er sie. »Ich muss schon sagen: Hut ab!«

»Kein Problem«, erwiderte Franky cool. »Das gehört doch zu den Pflichten eines jeden guten Staatsbürgers.«

Der Ministerpräsident lachte und Antonia verdrehte die Augen.

Sie gingen alle zusammen in den Festsaal, wo sich schon ein großes Publikum versammelt hatte. Der Ministerpräsident zeigte ihnen höchstpersönlich ihre Plätze in der ersten Reihe. Hinter ihnen strömten die Journalisten in den Saal, an dessen Wänden sogar einige Fernsehkameras aufgereiht waren.

Noch bevor die vier das alles richtig erfassen konnten, begann die offizielle Feier mit einem Musikstück.

Dann erhob sich der Ministerpräsident vom Stuhl neben Jaron, stieg auf das Podium und begrüßte die Leute. Er erzählte von dem unglaublichen Fund am Starnberger See, von der Schale aus dem Tempel in Jerusalem, und führte kurz aus, wie sie von Israel nach Bayern gelangt war.

Als er geendet hatte, wurde die Schale auf einem roten Kissen hereingetragen.

Ein Raunen ging durch den Saal, erneut blitzten die Fotoapparate der Reporter auf.

»Wir freuen uns sehr, dass wir an diesem historischen Tag diese kostbare Schale wieder an ihr Ursprungsland Israel zurückgeben können«, fuhr der Ministerpräsident fort. »Und das ist nur möglich, weil vier junge Leute außergewöhnlichen Mut und Durchhaltevermögen bewiesen haben. Ohne sie würde dieses Kulturgut noch in der Höhle schlummern, in der sie es gefunden haben.

Deshalb ganz herzlichen Dank an Antonia, Emma, Jaron und Franco! Kommt doch mal nach vorne!«

Ein tosender Applaus brandete durch den großen Saal, als sich die vier Freunde erhoben. Sie stiegen zum Ministerpräsidenten auf die Bühne und standen etwas verlegen neben ihm. Als der Applaus verebbt war, wurden ihnen noch einige Fragen gestellt. Sie sollten noch genauer erzählen, wie sie die Schale gefunden hatten und was sie alles bei der Schatzsuche erlebt hatten.

Dann betrat der israelische Botschafter die Bühne, und Emma durfte ihm die Schale überreichen. Das wunderschöne Gefäß wurde auf ein Podest gestellt, bevor nun auch der Botschafter eine Rede hielt.

Nach dem Festakt wurden noch unzählige Fotos gemacht. Die Freunde waren alle froh, als sie endlich in einem Nachbarsaal an einem großen Tisch saßen und ein Festessen serviert bekamen.

Erst Stunden später brachte die Stretch-Limousine sie wieder nach Hause.

An diesem Abend saßen sie gemeinsam auf dem Bootssteg der Seeburg und beobachteten, wie die Sonne hinter dem Horizont versank.

»Was für ein Tag, oder?«, seufzte Emma glücklich.

»Ja, was für ein Abenteuer«, bestätigte Antonia.

»Das war schon der Hammer«, stimmte auch Jaron zu.

»Ja, und vor allem das Essen! Ich bin noch ganz aufgedreht«, rief Franky.

Emma grinste »Kein Wunder, du hast ja mindestens einen halben Kasten Cola getrunken. Das ist der Zuckerschock.«

»Und was war das eigentlich für ein Spruch: ›Das ist die Aufgabe eines jeden Staatsbürgers‹?«, prustete Jaron.

Alle lachten, auch Franky.

Der Himmel verfärbte sich in ein tiefes Orange, während sie die Füße ins kalte Wasser hängen ließen.

»Schon krass, was wir alles erlebt haben«, sagte Franky, auf einmal recht nachdenklich.

»Stimmt, das war echt der Hammer«, pflichtete Antonia ihm bei. »Zuerst diese Grusel-Gruft und die Skelette.«

»Und wie dann das Versteck bei der Kreuz-Eiche eingestürzt ist und ihr erst in letzter Sekunde rausgekommen seid«, erinnerte sich Emma. Sie schüttelte sich, als liefe ihr immer noch ein Schauer über den Rücken.

»Ja, das war echt knapp«, bestätigte Jaron. »Und die Kletteraktion bei der Zährenborn-Quelle war auch ziemlich krass.«

Antonia nickte. »Ich bin echt froh, dass bei allen diesen Abenteuern kein Unglück passiert ist. Bestimmt hat Gott auf uns aufgepasst.«

»Das glaube ich auch«, meinte Jaron. »Und dass ihr mich im letzten Sommer so schnell in eure Clique aufgenommen habt, fand ich übrigens voll cool.«

Emma lächelte.

»Ist doch klar«, grinste Franky und versetzte ihm einen freundlichen Rippenstoß.

»Ich find's auch ganz okay, dass du jetzt hier bist.« Antonia hoffte im Stillen, dass sie möglichst gelassen wirkte, als sie Jaron für einen Moment ansah.

Er erwiderte ihren Blick und lächelte verlegen.

Zu ihrem Ärger bemerkte sie, dass sie rot wurde. Deshalb senkte sie den Kopf und sagte schnell: »Auch wenn du immer wieder mal nervst.«

Jaron grinste. »Na, das beruht auf Gegenseitigkeit.«

»Hä, was ist denn das dort auf dem See?«, rief auf einmal Franky, der aufs Wasser hinausblickte. »Was schwimmt denn da?« Er deutete auf eine kleine Holzkiste, die an der Oberfläche schaukelte. »Die ist gerade aufgetaucht!«

»Da blubbert auch was«, stellte Jaron fest, während er seine Augen zusammenkniff.

Jetzt sahen es alle: Rings um die Kiste stiegen große Blasen an die Wasseroberfläche.

»Ach, das ist bestimmt nur ein Taucher«, meinte Antonia. »Wobei – komisch ist das schon.«

Plötzlich verschwand die Kiste wie von Geisterhand gezogen wieder unter der Wasseroberfläche.

»Merkwürdig. Was kann das sein?«, überlegte Jaron.

»Oh Leute, lasst es gut sein. Mein Bedarf an Abenteuern ist gedeckt«, stöhnte Emma. »Die Suche nach der Schale genügt mir fürs ganze Leben.«

»Na, mal sehen, ob du in zwei, drei Monaten nicht anders denkst«, wandte Franky ein.

Und Antonia dachte: *Schwer vorstellbar, aber wahrscheinlich wird er recht behalten.*

Nachwort der Autoren:

Was stimmt – was stimmt nicht?

Bestimmt habt ihr euch gefragt, was alles stimmt von der Geschichte, die wir in diesen vier Bänden erzählt haben. Die Schale aus dem Tempel in Jerusalem, diese Burg am Ufer des Starnberger Sees, der römische Soldat, der nach Bayern reist – alles nur erfunden? Vielleicht habt ihr euch gedacht: »Das ist alles so abenteuerlich, das kann nicht wahr sein!«

Tatsächlich ist aber einiges von dem, was in unserer Geschichte passiert, genau so geschehen, es gibt die Orte tatsächlich. Manches haben wir ausgeschmückt. Was genau, das schreiben wir hier für euch auf.

Die Schale, Jerusalem und Publius

Der Römer Publius Iulius Pintamus war der Ausgangspunkt unserer Geschichte. Ihn gab es wirklich, sein Grabstein findet sich heute in der Sankt-Alto-Kirche in Leutstetten am Starnberger See. Wenige Kilometer südlich der Kirche liegt die *Villa Rustica*, die Ruine eines römischen Gutshofs. Man vermutet, dass Publius diesen Hof gebaut hat, nachdem er aus der römischen Armee entlassen wurde.

Diesen römischen Gutshof besuchen die vier Freunde im dritten Band, und wenn ihr wollt, könnt ihr ihn euch im Internet ansehen. Man kann heute noch erkennen, wo eine Bodenheizung die Zimmer erwärmt hat.

Von Publius wissen wir, dass er als Dekurio in der römischen Armee gedient hat, und zwar in einer Legion, die den Bar-Kochba-Aufstand in Judäa 135 nach Christus niedergeschlagen hat. Dass Publius Christ war, mit einem jüdischen Priester befreundet war und nach der Zerstörung der Stadt dessen Sohn bei sich aufnahm, haben wir uns ausgedacht.

Den Tempel in Jerusalem haben die Römer schon 70 Jahre nach der Geburt von Jesus ausgeräumt und die heiligen Gegenstände mitgenommen. Vom großen siebenarmigen Leuchter, der Menora, weiß man, dass er nach Rom transportiert wurde. Wohin die anderen Gegenstände – auch die goldenen Schalen, in denen sich die Priester die Hände wuschen –, gelangt sind, ist bis heute ungeklärt.

Dass einer der Priester eine solche Schale rettete und versteckte, ist erfunden.

Magdalena

Die Zeit um 800 nach Christus war eine spannende Zeit im südlichen Deutschland, denn damals waren die Christen noch in der Minderzahl. Zwar waren schon manche Fürsten zum Christentum übergetreten, aber der Glaube an die alten, germanischen Götter war immer noch weit verbreitet. Viele Menschen wussten nichts von Jesus. Von Irland kamen Mönche nach Bayern und gründeten Klöster. Aber sie trafen auch auf einige Leute, die die gute Nachricht von Jesus schon gehört hatten.

In Allmannshausen befand sich sehr wahrscheinlich eine Kultstätte. Der Name des Dorfs leitet sich von *Alahmunt* ab, dem Namen der Sippe, die dort siedelte. Alahmunt bedeutet *Tempelschutz,* und schon 804 nach Christus wird der Ort erwähnt. Die traurige Geschichte von Magdalena ist aber komplett erfunden.

Ferdinand

Die Gedanken Martin Luthers wurden im 16. Jahrhundert auch in Bayern diskutiert, und einige Fürsten entschieden sich, seinen Lehren zu folgen. Der bayerische Herzog Albrecht V., der ein überzeugter Katholik war, fand das gar nicht gut. Er behinderte und bekämpfte alle bekennenden Lutheraner. Ein Adliger wie Ferdinands Vater hätte es schwer gehabt, denn Herzog Albrecht V. zwang sogar die evangelischen Pfarrer, das Land zu verlassen. Heute noch ist Bayern überwiegend katholisch.

Das Schloss Unterallmannshausen existiert seit 1517 und gehörte viele Jahrhunderte lang der Familie von Höwarth. Unter ihnen gab es zwar einen Ferdinand, aber den Namen *von Beilstein* haben wir uns ausgedacht.

Michi, Ludwig und Friederike

Obwohl es tatsächlich eine Familie von Höwarth gab, ist Friederike ein Produkt unserer Fantasie. Das Gleiche gilt für Michi und Ludwig und alle ihre Nachkommen.

Schloss Unterallmannshausen

Die Seeburg und Schloss Unterallmannshausen

Manche von euch wissen es: Die beiden Schlösser am Starnberger See gibt es wirklich. Sie gehören zu *Wort des Lebens*, der Organisation, für die Alexander arbeitet. Dort finden Freizeiten für Kinder und Jugendliche statt – es sind also nicht Schlosshotel und Jugendherberge, sondern die Kinderburg und das Jugendschloss.

Vieles, was wir in der Seeburg (Kinderburg) beschrieben haben – die Kapelle, der Turm, der Strand am See, das Foyer mit der Statue des Fischers –, könnt ihr euch dort anschauen. Die Statue lässt sich sogar drehen! Allerdings öffnet sich dahinter kein Geheimgang. Und die Seeburg hat zwar einen Keller, aber den kann man jederzeit über eine Treppe erreichen, und er liegt auch nicht unterhalb der Kapelle.

Die Statue des Fischers im Foyer der Seeburg

Natürlich gibt es die Wohnungen von Antonia und Jaron so nicht; dort befinden sich Gruppenräume und Zimmer. Also wenn ihr mal einen Blick auf den See werfen wollt, wie Jaron es im ersten Band tut, dann laden wir euch auf eine unserer Freizeiten bei *Wort des Lebens* ein. Im Wald vor der Seeburg stehen die Bauwagen des Wagendorfs, in denen man auch übernachten kann. Nur den *alten Heinrich* werdet ihr leider vergeblich suchen.

Schloss Unterallmannshausen ist, wie schon erwähnt, das Jugendschloss von *Wort des Lebens*. Es sieht zwar von außen aus wie ein richtiges Schloss, aber das elegante Innere und den Speicher voll altem, geheimnisvollem Gerümpel haben wir uns ausgedacht. Auch die Quelle auf dem Gelände, den Zährenborn, gibt es nicht. Dafür einen kleinen Weiher, in dem sich Fische tummeln.

Bootshaus am Starnberger See

Wenn ihr vor dem Jugendschloss steht und auf den See schaut, seht ihr mehrere Bootsschuppen direkt am Wasser, die uns zu Opa Hans' Fischerhütte inspiriert haben. Das Bootshaus des Jugendschlosses ist eine »Garage« für Boote, von der aus man direkt auf den See fahren kann. Darüber könnte sich durchaus eine kleine Wohnung befinden.

Der Bismarckturm von Allmannshausen

Von der Fischerhütte noch ein Stück die Uferstraße entlang und dann den Berg hinauf, kommt ihr zum Bismarckturm. Von dort aus hat man einen tollen Blick auf die Zugspitze.

Und auf der dem Dorf zugewandten Seite könnt ihr das Relief mit dem Phönix entdecken, das wir in diese Schatzsuche eingebaut haben. Zugegeben, wir wissen nicht, ob der Vogel wirklich ein Phönix sein soll, aber ein Huhn ist er nicht, so viel kann man sehen. Die Vertiefung, in die die Brosche gehört, fehlt allerdings.

Das Relief am Bismarckturm

Sankt-Valentins-Kapelle

An einer Wand der kleinen Kirche von Allmannshausen, die dem heiligen Valentin geweiht ist, könnt ihr tatsächlich eine Statue von Maria und Jesus finden. Sie sieht so aus, wie wir sie beschrieben haben. Aber auch hier endet die Realität: Ein Geheimgang ist – jedenfalls soweit wir wissen – nicht dahinter.

Viele andere Orte wie die Klinik in Kempfenhausen, in der Franky in Band 3 liegt, die Pizzeria seiner Eltern am Sportplatz oder das Reitgut Biberkor haben Vorbilder in und um Allmannshausen und Umgebung. Und am Starnberger See gibt es noch so viele spannende Orte zu entdecken, dass uns die Ideen für Geschichten mit Antonia, Jaron, Emma und Franky so schnell nicht ausgehen werden. Ihr dürft gespannt sein.

Alexander und Sandra
Mai 2020

Abenteuer, Freundschaft und die Suche nach einem uralten Schatz schweißen Antonia, Emma, Franky und Jaron zusammen. Begleite die vier vom See auf Verbrecherjagd und tauche ein in die spannende Buchreihe von Alexander Lombardi und Sandra Binder!

Band 1:
Die verborgene Gruft und das Ende aller Tränen
ISBN 978-3-417-28841-4

Band 2:
Ein rätselhafter Unfall und die Suche nach Respekt
ISBN 978-3-417-28855-1

Band 3:
Der silberne Schlüssel und das Geheimnis der Wahrheit
ISBN 978-3-417-28873-5

Band 4:
Der Wächter der goldenen Schale
ISBN 978-3-417-28874-2

Band 5:
Operation Falkenstein und die Angst vor dem Unbekannten
ISBN 978-3-417-28934-3

Band 6:
Die Schatten der Vergangenheit und das schleichende Gift
ISBN 978-3-417-28968-8

Band 7:
Der Fund in der Tiefe
ISBN 978-3-417-28979-4

Band 8:
Eine verschollene Erinnerung
und die Sehnsucht nach einem Zuhause
ISBN 978-3-417-28103-3